der lieben M

zum 60. Geburtstag

Annemarie

+

Beat Kurth

S.F. V.

Nadine Gordimer

Die sanfte Stimme der Schlange

Erzählungen

Aus dem Englischen von
Katrine von Hutten

S. Fischer

Die englische Originalausgabe erschien 1953
unter dem Titel ›The Soft Voice of the Serpent‹
bei Victor Gollancz Ltd., London

Satz: Fotosatz Otto Gutfreund GmbH, Darmstadt
Druck und Verarbeitung: Clausen & Bosse, Leck
Printed in Germany 1995
ISBN 3-10-027017-7

Gedruckt auf chlor- und säurefreiem Papier

INHALT

DIE SANFTE STIMME DER SCHLANGE

Er war erst sechsundzwanzig und sehr gesund, und er war bald stark genug, um in den Garten hinaus gerollt zu werden. Wie alle anderen setzte auch er merkwürdig großes Vertrauen in den Garten: »Nun, bald ist es soweit, und du kannst draußen im Garten sitzen«, sagten sie, schauten ihn eindringlich an und nickten verständnisvoll mit dem Kopf. Ja, er würde bald draußen sein ... im Garten. Es war ein großer Garten, umgeben von alten, dunklen, geschmeidigen Tannen, und er würde zwischen ihren gestuften Zweigen sitzen, unten im Schatten, weit weg. Man glaubte, daß er dort im Garten begreifen würde, was geschehen war; daß es ihm dort leichter fallen würde. Vielleicht schwang etwas von der alten Garten-Eden-Vorstellung mit; daß der verletzliche Mensch in der beruhigenden, unpersönlichen Gegenwart von Bäumen und Gras und Erde seinen inneren Frieden wiederfände, bevor er sich dem Gaffen der Menschen aussetzen würde.

Beim ersten Mal war es merkwürdig; seine Frau schob ihn über den Kieselweg in die Sonne und den Schatten, und er fühlte sich genauso wie damals als kleiner Junge, wenn er sich tief herunterbeugte und die Welt zwischen seinen Fußknöcheln hindurch verkehrt herum sah. Alles war weit und offen, der Himmel, der Wind blies durch das schwankende, zitternde Grün, die Blumen schüttelten protestierend ihre Köpfe. Bewegung...

Er fühlte sich wie ein schwaches Segel, das sich nach der Flaute in einer aufkommenden Brise sanft blähte.

Sie rollte ihn weiter, schob fest und nicht besonders geschickt mit ihren dünnen, hübschen Armen – aber er würde sich bestimmt nicht darüber beschweren oder andeuten, daß es die Krankenschwester besser könnte, denn er wußte, daß sie das verletzen würde –, und als sie an eine Stelle kamen, die er schön fand, stellte sie die Bremse des Stuhls fest und richtete ihm alles für den Vormittag dort bequem her. Das war das erste Mal gewesen, und jetzt saß er jeden Tag dort. Er las viel, wurde aber manchmal ganz plötzlich und unweigerlich abgelenkt von der eingesunkenen Stelle dort unter der Decke, wo sein Bein gewesen war. Da lag sein eines Bein, und daneben hing die Decke durch. Beim Hinschauen fühlte er, daß sein Bein nicht da war; er fühlte, wie es langsam von den Zehen bis zum Oberschenkel hoch verschwand. Er fühlte, daß er kein Bein hatte. Nach ein paar Minuten schaute er wieder in das Buch. Er ließ die Erkenntnis nie ganz an sich herankommen; er begriff es körperlich, ließ aber nicht zu, daß *er selbst* es wirklich begriff. Er fühlte, wie das Wissen hochdrängte, immer näher kam, dunkel, niederschmetternd, bereit, jeden Augenblick zu explodieren – aber er wandte sich immer noch rechtzeitig ab und schaute wieder in das

Buch. Das war sein System; so ging er damit um. Er wollte das Wissen nahe herankommen lassen, unwiderstehlich nahe, wieder und wieder, drauf und dran, ihn zu überfallen, wenn er allein im Garten saß. Und wieder und wieder würde er sich gerade noch rechtzeitig abwenden. Langsam würde dieses Verhalten zu einer Gewohnheit werden und die beruhigende Kraft einer Gewohnheit besitzen. Langsam würde sein Verhalten zu einer dermaßen eingefleischten Gewohnheit werden, *daß er die Wahrheit niemals erkennen würde.* Und eines Tages würde er merken, daß er erreicht hätte, was er wollte: *Er würde das Gefühl haben, daß er schon immer so gewesen war.*

Dann wäre die Gefahr vorbei, für immer vorbei.

In ein bis zwei Wochen mußte er nicht mehr die ganze Zeit lesen; er konnte das Buch hinlegen und sich umblicken, konnte zuschauen, wie sich die Tannen seidig wie feines, glattes Kinderhaar im Wind teilten, konnte zuschauen, wie die kleinen Vögel auf der Telefonleitung balancierten, konnte zuschauen, wie der fette, alte Täuberich vor Lust gurrend hinter seiner feinen, patrizischen grauen Genossin hertrippelte. Seine Frau kam, setzte sich neben ihn und nähte, manchmal sprachen sie miteinander, aber oft saßen sie stundenlang, den ganzen Vormittag lang da, sie machte bei der Arbeit so kleine und unauffällige Bewegungen wie die Vögel, während er den Kopf nach hinten fallen ließ und mit halbgeschlossenen Augen zum leuchtenden Himmel emporschaute. Hin und wieder fingen ihre Augen, die aus alter Gewohnheit meist nach innen schauten, irgendein kleines Ereignis ein, einen Farbtupfer im Garten, und mit einem kurzen Auflachen oder einem Ausruf, mit dem sie ihn darauf aufmerksam machen wollte, vertrieb sie die Stille. Um elf Uhr stand sie auf, legte das Nähzeug weg und ging ins Haus, um den Tee zu holen; die Kieselsteine knirschten, als sie langsam und leichtfüßig den Weg entlang in die Sonne ging, und sie wurde eher von der Sonne als von ihren eigenen Muskeln vorwärts bewegt. Er schaute ihr gelassen nach ... er wurde gesund. In seinem ruhigen Blick, in seinem entspannten Mund, in seiner nach oben geöffnet daliegenden Hand drückte sich Stärke aus ...

An einem Tag schwirrte eine große Heuschrecke trocken schnarrend an ihrem Kopf vorbei, und sie sprang schreiend auf und ließ das Nähzeug fallen. Er machte sich über sie lustig, als sie sich zusammenschaudernd bückte, um es wieder aufzuheben. Sie ging ins Haus, um den Tee zu holen, und er begann zu lesen. Aber nach kurzer Zeit legte er das Buch zur Seite, gähnte und sah, daß sie ein in einem Rosenbeet liegendes Röllchen rosa Stopfgarn vergessen hatte aufzuheben.

Er lächelte und dachte an sie. Und dann wurde er sich eines merkwürdigen kleinen Altmännergesichtes bewußt, das ihn in einer Art von gebanntem Entsetzen anstarrte. Dort hockte, unter seinem Blick starr vor Angst, eine sehr große Heuschrecke. Was für einen witzigen Kopf das Kerlchen hatte! Ein kummervoll wirkendes, langes Gesicht, das einen irgendwie an einen kahlen Kopf denken ließ, und so ein bedrückter Mund. Es sah wie ein kleines Persönchen aus einem Disney-Cartoon aus. Es bewegte sich leicht und blickte immer noch angstvoll zu ihm auf. Ein merkwürdiger Körper, der in einer Art von altmodischer Rüstung steckte. Er hatte sich noch nie klargemacht, was für lächerlich aussehende Insekten Heuschrecken waren! Na ja, natürlich nicht; man erlebt sie in der Mehrzahl als eine Plage – man geht nicht herum und schaut ihnen in ihre Gesichter.

Das Gesicht wirkte merkwürdig menschlich und sogar ausdrucksvoll, aber beim Betrachten des Körpers fand er, daß dieser Körper eigentlich gar nicht Körper genannt werden konnte. Die Ähnlichkeit dieser Kreatur mit Menschen endete bei ihrem Gesicht. Der Körper bestand aus dünnem Papier, das über einen Rahmen aus Streichhölzern gespannt war, er sah aus wie das selbstgemachte Flugzeug eines kleinen Jungen. Und das konnte doch wohl schlecht Beine genannt werden – die großen, ausgezackten Hinterbeine sahen wie Teile eines alten Krans aus, und die vorderen wie – wie eine von ihren Haarnadeln, zusammengebogen. In diesem Augenblick hob das Geschöpf langsam eines seiner Vorderbeine, fuhr sich damit zitternd über den Kopf und strich dabei den linken Fühler nach unten. Genauso wie ein Mann ein Taschentuch herausziehen und sich damit über die Augenbraue streichen würde.

Er begann sich sehr für das Geschöpf zu interessieren und beugte sich in seinem Stuhl nach vorn, um es näher betrachten zu können. Es spürte seine Anwesenheit, und er war überrascht, unter seinen steifen, gepanzerten Seiten die Schläge eines Herzens zu se-

hen. Wie schnell es atmete... Er lehnte sich etwas zurück, um es weniger zu ängstigen.
Er beobachtete es genau, versuchte, indem er sich nicht rührte, daß es seine Anwesenheit vergaß, und wurde sich bewußt, daß in dem Kerlchen eine Art Kampf vor sich ging. Es schien die Muskeln anzuspannen: diese koordinierte Kraft zog wie eine langsam kleiner werdende, zitternde Bewegung durch seinen Körper und verebbte als kaum wahrnehmbares Zucken in den Oberschenkeln seiner großen Hinterbeine. Aber die Heuschrecke blieb, wo sie saß. Ein paarmal lief diese Welle der Anspannung durch ihren Leib, aber dann endete sie überraschenderweise in ein paar ungleichmäßigen Hüpfern, das Fahrgestell – wieder wie bei einem Flugzeug – schleifte auf dem Boden.
Dann lag die Kreatur da, auf eine Seite gefallen, die Fühler in seine Richtung ausgestreckt. Sie ruderte mit den Vorderbeinen und tastete auf dem weichen Boden nach einem Halt, beugte die Knie und strengte sich auf das äußerste an. Mit einem Ruck richtete sie sich auf, und da sah er – er beugte sich wieder nach vorn –, was das Problem war. Es war das gleiche Problem. Sein eigenes Problem. Die Kreatur hatte ein Bein verloren. Nur der lange Oberschenkel des linken Beines war noch da, mit einer schönen runden Öffnung, in der die andere Hälfte des Beines gesteckt hatte.
Jetzt, wo er beobachtete, wie die Heuschrecke wieder und wieder all ihre Kraft zusammennahm und ihr Körper dem ausgesandten Befehl rätselhafterweise

nicht gehorchte, wußte er genau, was sie empfand. Natürlich kannte er dieses Gefühl! Die absolute Sicherheit, daß das Bein da wäre: man müßte es nur heben... Der Oberschenkel des Heuschreckenbeines bebte, hob sich; warum konnte sie dann nicht gehen? Sie versuchte es wieder; der Befehl wurde erteilt; er wurde ausgesandt, das Bein hob sich, jetzt war es bereit – jetzt!... Der Oberschenkel senkte sich nach unten, nichts, nichts hielt ihn hoch.

Er lachte und schüttelte den Kopf. Er *wußte genau*... Großer Gott, *ganz genau* wie – er rief in Richtung des Hauses – »Komm mal schnell her! Komm her und schau dir das an! Du hast noch einen Patienten!«

»Was?« schrie sie. »Ich mach gerade Tee.«

»Komm her und schau dir das an!« rief er. »Jetzt sofort!«

»... Was ist denn los?« fragte sie und näherte sich der Heuschrecke leicht angeekelt.

»Deine Heuschrecke!« sagte er. Sie sprang mit einem kleinen Schrei zurück.

»Keine Angst – sie kann nicht hüpfen. Sie ist genauso harmlos wie ich. Du mußt ihr das Bein abgehauen haben, als du nach ihr schlugst!« Er lachte sie an.

»Oh, das hab ich nicht gemacht!« sagte sie vorwurfsvoll. Sie verabscheute die Heuschrecke, aber sie verabscheute noch mehr, jemanden zu verletzen. »Ich hab sie nicht mal berührt! Ich hab nur in die Luft geschlagen... Ich hab ihr ganz bestimmt nicht das Bein abgeschlagen.«

»Schon gut. Es ist eine andere Heuschrecke. Aber jedenfalls hat sie ein Bein verloren. Du mußt es einfach mal sehen ... Sie weiß nicht, daß das Bein fehlt. Gott, ich weiß genau, wie sich das anfühlt ... Ich hab sie beobachtet, und ehrlich gesagt, es ist ganz unheimlich. Ich sehe, daß sie sich genauso fühlt wie ich!«

Sie lächelte ihn von der Seite her an; sie schien sich plötzlich über irgend etwas zu freuen. Dann fiel ihr die Heuschrecke wieder ein, sie kam näher, beugte sich, die Hände auf den Hüften, nach vorn.

»Na ja, wenn sie nicht hüpfen kann ...«, sagte sie.

»Hab keine Angst«, sagte er lachend. »Faß sie an.«

»Ach, das arme Ding«, sagte sie und hielt mitfühlend den Atem an. »Kann nicht mehr gehen.«

»Bedaure sie nicht, sonst kriegt sie Selbstmitleid«, neckte er sie.

Sie blickte auf und lachte. »Ach du –«, sagte sie abwehrend und tat so, als ob sie böse wäre. Die Heuschrecke wandte ihr weiterhin ihr ernstes, dümmliches Gesicht zu. »Schade, es ist so ein witziges altes Kerlchen«, sagte sie. »Aber was wird aus ihm?«

»Keine Ahnung«, sagte er. Er saß im selben Boot und brauchte keine Verantwortung und kein Mitleid zu empfinden. »Vielleicht wächst das Bein nach. Eidechsen wächst der Schwanz nach, wenn sie ihn verlieren.«

»Ja, bei *Eidechsen*«, sagte sie. »Aber doch nicht bei Heuschrecken. Ich fürchte, die Katze erwischt sie.«

»Laß ihr einen kleinen Rollstuhl machen, dann kannst du sie mit mir hier rausschieben.«

»Ja«, lachte sie. »Für sie müßte es nur eine Art kleiner Wagen sein mit Rädern.«

»Oder vielleicht könnte ihr beigebracht werden, mit Krücken zu laufen. Ich bin sicher, daß die Farmer sich darüber freuen würden, wenn sie aktiv bliebe.«

»Armes altes Kerlchen«, sagte sie und beugte sich wieder über die Heuschrecke. Und wie damals als neugieriges Kind hob sie ein dünnes Zweiglein auf und stieß die Heuschrecke damit sehr sanft an. »Das Komische ist, es ist sogar das gleiche Bein, das linke.« Sie schaute sich zu ihm um und lächelte.

»Ich weiß«, sagte er lachend und nickte. »Wir zwei ...« Und dann schüttelte er seinen Kopf, lächelte und sagte noch einmal: »Wir zwei.«

Sie lachte und wedelte stärker mit dem Zweig, als sie eigentlich wollte. Als er die Heuschrecke berührte, war plötzlich ein trockenes Schwirren zu hören, und sie flog davon.

Sie stand da, mit dem Zweig in ihrer Hand, fürchtete sich wieder ein bißchen und fragte, beunruhigt wie ein Kind: »Was ist passiert? Was ist passiert?«

Einen Augenblick lang herrschte Stille.

»Sei doch nicht so dumm«, sagte er irritiert. Sie hatten vergessen, daß Heuschrecken fliegen können.

DER FANG

Jeden Morgen, wenn sie auf dem harten, nachgiebigen Sand lagen, gingen seine dünnen, starken, knochigen Beine in Augenhöhe vorbei. Sie waren, angeschwemmt aus der tobenden Stadt, glücklich, dort zu liegen, aber weil sie daran gewöhnt waren, die Zeit einzuschätzen nach den verschiedenen Geräuschen, die die Stadt hervorbringt – Kinder, die in Wohnungen schreien, Lastwagen, die laut vorbeifahren, und Fahrräder, die frühmorgens vorbeibimmeln, das Quietschen von Rädern, das Zischen beim Braten und die menschlichen Insektengeräusche, wenn Tausende mittags reden und gehen und essen –, vermittelte ihnen die stille Küste, die sich nur den Gezeiten anpaßte, eine Art von Zeitlosigkeit, die, so sehr sie sie auch geistig genossen, ihre an Regelmäßigkeit gewöhnten Körper doch durch einen Mangel an äußerem Druck durcheinanderbrachte. So schrumpfte der dumpfe Tritt seiner Füße, die auf dem Sand näher kamen, an ihren Köpfen vorbeigingen, zusammen mit dem Atmen des Mannes in der aufgekrempelten verblichenen Hose, so schrumpfte dies alles zusammen zur Figur eines indischen Fischers, der sich langsam am Strand entfernte … All das wurde zu etwas, auf das sie warteten. Sein Kommen und

Gehen teilte den Morgen in drei Teile ein; in die kurze Zeit frühmorgens, bevor er vorbeiging, in die Zeit, in der er tatsächlich vorbeiging, und in die lange, warme Mittagszeit, die folgte, nachdem er vorbeigegangen war.

Nach ein paar Tagen begann er guten Morgen zu sagen, und wenn sie aufschauten, sahen sie sein Gesicht, den langen Kopf mit einer glänzenden Glatze, von lockigem Haar umgeben, das von grauen Strähnen durchzogen war, die schön geschwungene Nase, die Indern so selbstverständlich geschenkt wird, dunkle, leicht von der Sonne gerötete Augen, ein großer, fleischiger Mund, der beim Lächeln stark ungleichmäßige Zähne freigab, die leicht vorstanden, wie die kräftigen, nützlichen Zähne eines Tieres. Aber sie hätten ihn an den Beinen erkannt, an den dunkelhäutigen Füßen mit den paar schwarzen Haaren auf den großen Zehen, den langen, harten Schäften der Schienbeine, die straff von weicher, glänzender Haut bedeckt waren, den Sehnen an den Knöcheln, die wie die Seile an den Segeln eines Schiffes angezogen waren.

Sie schauten ihm untätig nach und waren nicht deshalb auf sein Leben als Fischer neidisch, weil sie es selbst leben wollten, sondern weil es etwas von der Freiheit von Urlaub an sich hatte. Sie schauten ihn mit dem merkwürdigen Respekt an, den Menschen für jemanden empfinden, der etwas von dem Rest der Welt abgerückt ist. »Es ist ein gutes Leben«, sagte der junge Mann, und die Worte drückten nicht ganz den Respekt aus, den er empfand. »Ich seh *dich* vor mir«,

sagte das Mädchen lächelnd. Es sah ihn in seinem blauen, zerknitterten Anzug, wie er eine in braunes Papier eingewickelte Flasche Brandy trug, ein paar Bananen und die Abendzeitung.
»Er hat ein nettes, offenes Gesicht«, sagte der junge Mann. »Er hätte nicht so ein Gesicht, wenn er als Kellner im Hotel arbeiten würde.«
Aber als sie an einem Morgen mit ihm sprachen, als er in der Brandung direkt vor ihnen Chad fischte, erfuhren sie, daß er genau wie sie hier nur Ferien machte von einem komplizierteren Leben. Er arbeitete in der fünf oder sechs Meilen entfernten Zuckerraffinerie und hatte jetzt gerade seinen zweiwöchigen Jahresurlaub. Da fischte er, erzählte er ihnen, weil er das gern am Sonntag tat. Er grinste breit und hob das Kinn in Richtung des Meeres, als er den glitzernden Blinker in die heranrauschende Welle warf. Sie standen wie Kinder daneben, einer zerrte den anderen zurück, wenn er die Angelschnur auswarf, und traten mit den Händen auf dem Rücken wieder heran, wenn er die flachen, silbrigen Fische einholte und sie kopfüber in den Sand steckte. Sie stellten ihm Fragen, und er antwortete mit einer Art von offener Freudigkeit, als ob er seine Stellung als Fachmann, ein Künstler vor einem Publikum, aus reiner Freundlichkeit beiseite schöbe. Und sie stellten ihm angeregt eine Frage nach der anderen und hatten das Gefühl, daß ihr Wissen, daß auch er hier Ferien machte, eine plötzliche Intimität zwischen ihnen schüfe, wie die Feststellung zwischen Fremden, daß sie einen gemeinsamen Freund haben. Die Tatsache,

daß er ein Inder war, störte sie fast überhaupt nicht. Sie vergaßen fast, daß er wirklich einer *war*. Und obwohl sie es nicht wußten, bewirkte das eine Art Übermut, den Wunsch, ausgelassene Gespräche zu führen, so wie man sich streckt und im Sonnenlicht mit den Beinen in die Luft tritt, nachdem man in einem engen dunklen Raum eingesperrt war.

»Warum holen wir nicht den Fotoapparat«, fragte das Mädchen und begann beim Einholen der Fische zu helfen. Und der junge Mann ging über den Sand weg und kam zurück und fummelte mit der Ernsthaftigkeit eines Amateurs an der komplizierten Fotoausrüstung herum. Er kniete sich in den feuchten Sand, der unter seinem Gewicht nachgab und feucht knirschte, und versuchte, den Augenblick einzufangen, in dem sich die Geschicklichkeit des Fischers in seinem Gesicht widerspiegelte. Das Mädchen schaute ruhig zu und biß sich in der reglosen Sekunde, in der die Kamera aufblitzte, auf die Lippe. Der Inder war sich ohne jede Eitelkeit bewußt, daß er im Mittelpunkt stand, fischte weiter und lächelte hin und wieder ganz beiläufig sein langzähniges Lächeln.

Die Fühler ihrer Freundschaft wurden einen Moment lang heftig eingezogen, als er seinen Fang in einen Sack steckte und wie das Natürlichste von der Welt fragte: »Möchten Sie einen für das Mittagessen kaufen, Sir?« Er hockte auf seinen Fersen, der Wind blies ihm eine störrische Haarsträhne immer wieder über das Ohr. Er konnte nicht wissen, wie zurückgeworfen sich die zwei dort über ihm fühlten. Er wollte etwas verkaufen. Sowohl die Enttäuschung als auch die Bestätigung eines selbstzufriedenen Vorurteils brachte sie wieder zu sich. Natürlich, er war schließlich nicht in der gleichen Position wie sie. Sie änderten ihre Einstellung ihm gegenüber ganz leicht.

»Na ja, wir wohnen im Hotel«, sagte das Mädchen.

»Aber natürlich!« sagte er lächelnd und schüttelte den Kopf. »Sie könnten ihn ja gar nicht kochen.« Sein fehlender Ärger machte alles einfacher.

»Verkaufen Sie manchmal Fisch an das Hotel?« fragte der junge Mann. »Wir müssen darauf achten.«

»Nein – nein, eigentlich nicht«, sagte der Inder. »Ich verkaufe nicht viel Fisch – meistens essen wir ihn da oben selbst.« Er hob die Augenbrauen in Richtung der Hügel, die von Zuckerrohr glänzten. »Ich verkauf nur manchmal was.«

Das Mädchen empfand Verzweiflung darüber, daß es ein Privileg als eine Zumutung empfunden hatte. »Ach so«, sagte es und lächelte ihn bezaubernd an, »das ist wirklich schade. Aber ich glaub, das Hotel muß sich darauf verlassen können, daß es eine bestimmte Menge geliefert kriegt.«

»Ganz genau«, sagte er. »Ich fische ja nur in meiner Freizeit.«

Dann ging er weg, die Küste entlang, seine Füße hinterließen Abdrücke im Sand wie die muskulösen Klauen eines großen Vogels mit kräftigen Beinen.

»In ein paar Tagen zeigen wir Ihnen die Bilder«, rief das Mädchen ihm nach. Er blieb stehen und drehte sich grinsend um. »Das war noch gar nichts«, sagte er. »Sie werden Augen machen, wenn ich was Großes fange. Vielleicht krieg ich bald was, was sich zu knipsen lohnt.«

Er war »ihr Inder«. Zu Hause würden sie sich vielleicht an die Ferien mit ihm erinnern, so wie man sich an ganz bestimmte Ferien erinnert, in denen man jeden Tag am Strand mit einem Spaniel gespielt hat. Es wäre natürlich ein namenloser Spaniel, ein Spaniel, der niemandem gehörte, ein unterhaltendes Geschöpf, das außerhalb dieser Ferien nicht in ihrem Leben existierte, das aber mit großer Intimität zu diesen Ferien gehörte. Und so wie ein Tier jeden Tag menschlicher wird, mußte sich auch die Art ihrer Gespräche mit dem Inder jeden Tag verändern; das einfache Frage-und-Antwort-Spiel, das an den trokkenen Aufprall eines Pingpongballs erinnert und sich so gut für alle Unterlegenen, alle Ausländer und Kinder eignet, wirkte plötzlich zu kindisch. Der Inder war ein Erwachsener und würde vielleicht darüber lächeln. Sie kannten seinen Namen nicht, und jetzt, obwohl sie ihn am vierten Tag danach hätten fragen können, war es plötzlich unmöglich, das zu tun, weil er sich nicht nach ihrem erkundigte. So gewannen ihre Sie's und er's und ich's den Wert von Namen, und ihre Verständigung schien sich noch dadurch zu vertiefen, daß keinerlei Objektivität aufkam, die mit Namen sonst immer verbunden ist. Er sprach mit ihnen ziemlich viel über Johannesburg, wo sie seiner Meinung nach hingehörten, weil das zu seiner Verallgemeinerung von Großstadtleben gehörte, und er wußte gefühlsmäßig, daß sie Stadtmenschen waren.

Und obwohl sie nicht dort wohnten, sondern irgendwo in der Nähe in einer kleineren Stadt, antworteten sie so, als ob es stimmte. Sie sprachen auch etwas über sein Leben; oder besser gesagt über die Verfahrensweise der Zuckerraffinerie, die sein Leben bestimmte. Sie fanden das faszinierend.
»Wenn ich jetzt arbeiten würde, dann würde ich versuchen, eine Führung für Sie zu arrangieren«, sagte er, machte mit der für ihn typischen Art eine Pause und schaute sie dann lächelnd an, den Kopf leicht zur Seite gelegt, so wie man stolz, fast reuevoll zwei attraktive Kinder anschaut. Sie reagierten auf seine zutiefst ehrliche Freude an ihnen mit einem Verströmen warmer Jugendlichkeit, die ihre Haut ausschied wie Schweiß beim Ausbrechen von Angst. »Was für ein faszinierender Mensch er ist«, sagten sie zueinander, sehr neugierig.
Aber meistens sprachen sie über das Fischen, das Meer und über den Küstenstreifen, an dem sie wohnten. Der Inder kannte das Meer, zu Hause hätte das Paar gesagt, er »liebte« es – und er brauchte es nur anzuschauen, um sagen zu können, ob es warm oder kalt war, ob es sicher war oder ob gefährliche Strömungen herrschten, wenn sich die Wellen gleichmäßig an den Strand warfen oder beim heftigen Zurückströmen daran saugten. Er wußte, für sie geheimnisvoll wie ein Wünschelrutengänger, der unterirdische Wasseradern aufspürt, wo die Fische bei Ostwind sein würden, wo, wenn gar kein Wind wehte, und wo, wenn Wolken den Himmel von den Hügeln bis zum Horizont bedeckten. Er stand mit

ihnen auf den glitschigen Felsen und sah, wie sie, eine riesige sich hebende und senkende Wasserfläche, leer und unverständlich wie die Unendlichkeit; aber *er* sah das harte, gierige Leben, das dort unten vor sich ging, glänzende, plumpe Gestalten, die blitzschnell und nahe beieinander durch das blinde Grün sausten, er sah Tentakel, die sich wie dunkle Hände über die tiefen Felsen tasteten. Und er sagte, wenn er vorbeiging in seiner salzstarren Hose, die in Seife und Leitungswasser gewaschene Kleidung peinlich wirken ließ: »Heut morgen, bei den Felsen da vorn.«

Sie sahen ihn fast jeden Tag, aber immer nur morgens. Am Nachmittag hatten sie genug vom Strand und wollten Golf spielen auf dem nahen Golfplatz, der sich zwischen mannshohen Zuckerrohrstauden hindurchzog, wie wenn ein Friseur mit der Haarschneidemaschine eine Schneise durch einen Haarschopf geschnitten hätte, oder sie wollten alte Hotelmagazine lesen auf der überdachten Terrasse, deren Fenster von der salzigen Luft dermaßen undurchsichtig geworden waren, daß das Hinausschauen so war, als würde man mit den trüben Augen eines alten Mannes schauen. Die Küste war heiß und abgelegen; eines Tages nach dem Mittagessen, als ein Mann vom Strand hochkam und, als er an ihren Stühlen vorbeiging, sagte: »Da unten sucht Sie jemand. Ein Inder hat einen riesigen Lachs gefangen, und er sagt, daß Sie versprochen hätten, ihn zu fotografieren« – lehnten sie sich zurück und schauten einander mit einer Art von schläfriger Verzweiflung an. Sie fühlten sich schwach und lustlos und verleugneten ihr Interesse.

»Geh«, sagte sie. »Du mußt hin.«
»Es mußte auch grad nach dem Mittagessen sein«, knurrte er und lächelte.
»Ach, geh schon«, drängte sie mit geneigtem Kopf. Sie selbst rührte sich nicht, sondern saß weiter, das Kinn auf der Brust, da, während er den Fotoapparat holte und den steilen Pfad durch die Büsche hinunterrannte. Sie versuchte sich den Lachs vorzustellen, sie hatte noch nie einen Lachs gesehen: er war wohl rosa und würde heftig um sich schlagen. Wie groß? Sie hatte keine Ahnung.
Ein Kind kam keuchend von der Küste hochgelaufen. »Ihr Mann sagt«, sagte es Wort für Wort, »er sagt, daß Sie sofort runterkommen müssen und daß Sie den Film mitbringen müssen. Er liegt in der kleinen Schublade vom Ankleidetisch unter seinen Taschen tüchern.« Sie erhob sich schwungvoll, als wäre sie bereit zu gehen gewesen. Der kleine Junge rannte den ganzen Weg zur Küste hin vor ihr her und rutschte auf dem steinigen Pfad. Ihr Mann winkte ihr mit ungleichmäßigen Bewegungen vom Strand aus zu, so dringlich und aufgeregt wie eine flatternde Fahne. Sie verstand nichts und begann sich zu beeilen.
»So groß!« rief er. »So groß! Noch nie im Leben so was gesehen! Er muß achtzig Pfund wiegen!« – seine Hände umkreisten eine Riesenmenge Luft.
»Aber wo denn?« schrie sie ungeduldig. Sie wollte es nicht erzählt bekommen, sondern es selbst sehen.
»Da vorn am Strand. Er holt ihn grade. Ich hatte vergessen, daß der Film voll ist; als ich hier ankam, konnte ich nichts machen. Ich mußte zurück, und er

sagte, daß er ihn hierher schleppen würde.« Trotzdem war er nicht fähig gewesen, sich vom Strand zu entfernen und den Film selbst zu holen; er wollte da sein und den Fisch jedem, der vorbeikam, zeigen; er hätte es nicht ertragen, wenn jemand sich den Fisch ohne ihn, der ihn schließlich als erster gesehen hatte, angeschaut hätte.

Endlich kam der Inder um den Felsen am Ende der Bucht herum, ein winzig kleines schwarzes Strichmännchen, das sich tatsächlich lebendig neben dem Streifen mit schwarzem Treibholz bewegte und beim Näherkommen Gestalt annahm. Und dann teilte sich die Gestalt, eine zweite war immer deutlicher neben der ersten zu erkennen, und da war er – ein Mann, der eilig und schwerfällig herankam und einen riesigen Fisch neben sich herschleppte, der ihm von der Schulter bis zu den Fersen herabhing. »Oh!« schrie das Mädchen und biß sich in den gekrümmten Zeigefinger. Der Inder ging in einer Schlangenlinie, als ob er unter dem Gewicht schwankte, und er hatte die Unterarme und Hände, mit denen er das Fischmaul gepackt hielt, krampfhaft gegen die Brust gepreßt. Lange Strähnen von grauem, gelocktem Haar wehten ihm vom Hinterkopf bis über die glänzende hohe und stark gewölbte Stirn, um die herum das Gegenlicht wie ein Heiligenschein aufleuchtete.

»Geh hin und hilf ihm«, sagte das Mädchen zu seinem Mann und beschämte ihn damit. Er stand stolz lachend da wie ein Zuschauer, der beobachtet, wie der Gewinner des Rennens herankommt. Er wunderte sich darüber, daß er nicht von allein darauf gekommen war. »Soll ich wirklich?« fragte er schon im Gehen.

Sie stolperten, den Fisch zwischen sich, heran, keuchten schwer und ließen die schlaffe Masse dieses Prachtexemplars los, das mit einem dumpfen Aufschlag auf den Sand fiel. Sie kamen sich so vor, als hätten sie jemanden vor dem Ertrinken gerettet. Sie traten zurück, um die Erleichterung spüren zu können, ihre Bürde los zu sein, und damit jetzt die Erde diesen Körper tragen könnte. Was für eine wunderbare Kreatur lag da vor ihnen! Zwischen dem feinen Sandbelag glänzten Perlmuttsplitter auf. Ein großes rundes Glasauge starrte ins Weite.

»Ach, wisch den Sand ab!« sagte das Mädchen und lachte. »Damit wir ihn richtig sehen können.«

So erschöpft er auch war, so gehörte er doch zu dem Fisch, und so schleifte der Inder ihn sofort am Schwanz bis ans Wasser, und sie schöpften mit der hohlen Hand Wasser darüber. Als hätte man mit einem Tuch einen Diamanten abgestaubt, kam jetzt der Fisch in seiner ganzen Herrlichkeit zum Vorschein, zwar ein bißchen steif, aber prachtvoll in seinem Kettenhemd aus Schuppen, die wie tausend bunte Opale schimmerten. Hätte er die Fähigkeit zum Mienenspiel gehabt, so hätte er einen Vorwurf wegen seines Todes zum Ausdruck gebracht, so aber war er mit seinen dunklen, glänzenden Augen ganz harte, klare Schönheit; ein König aus einer anderen Welt, der groß genug war, um einen Mann umzuwerfen, jetzt aber tot, gefangen – überwältigend.

Das Kind kam heran und stieß den Zeigefinger auf

sein Auge. Es zog die Nase kraus, lächelte und schnitt mit hochgezogenen Schultern ein Gesicht. »Er kann nix sehen!« rief es fröhlich aus. Das Mädchen versuchte es; das Auge war weich, fest und unzerstörbar; wie ein unter Glas leuchtender Schmetterlingsflügel.

Alle standen da und schauten den Fisch an, der sich in einem Sandstrudel ganz leicht bewegte, als das heranströmende Wasser zart um seinen Körper herumlief und dann sanft wieder abfloß. Menschen kamen über den Strand auf sie zu. Ein paar kamen aus dem Hotel; die schwarzen Caddies verließen den Golfplatz. Die Neuigkeit breitete sich wie ein Netz aus und fing die wenigen, verstreuten Sonderlinge ein, die einander normalerweise in einer Art von eifersüchtiger Eigenbrötelei mieden. Sie kamen heran und starrten und stießen den Fisch, der aus seinem Meer herausgezogen worden war, vorsichtig mit dem großen Zeh an. Die Männer versuchten ihn hochzuheben und stellten knappe Vermutungen über sein Gewicht an. Neunzig, sechzig, fünfzig, sagten sie mit Nachdruck. Niemand war sich sicher. Es war ein wunderbarer Fisch. Der Inder, der bescheiden sein wollte, beschäftigte sich mit praktischen Details, erklärte mit ernstem Charme, so als würde er aus einem Buch zitieren oder von den Erfahrungen eines anderen berichten, wie so ein Fisch an Land gezogen wurde und wie selten er an dieser Küste hier gefangen wurde. Er hielt sein Gesicht abgewandt, beugte sich über den Fisch wie ein Mann, der seine Tränen vor Freunden verbirgt.

»Beißt er? Beißt er?« schrien die Kinder, steckten die Hände in das harte, weißlippige Maul und kreischten auf. »Jetzt reicht's«, sagte eine Mutter.

»Manchmal ist hier ein schöner Stein«, sagte der Inder, rutschte auf den Fersen näher heran, berührte den Fisch nicht, sondern deutete mit seinem braunen Finger auf eine Stelle direkt oberhalb des Fischmauls. Er sah sich nach dem Mädchen um. »Wenn ich in dem da einen finde, bring ich ihn Ihnen mit. Man kann einen schönen Ring daraus machen.« Er lächelte sie an.

»Ich will ein Bild von mir und dem Fisch«, sagte sie entschlossen und fühlte die Sonne sehr heiß auf ihrem Kopf.

Jemand mußte hinter ihr stehen und ihn hochhalten – er war zu schwer für sie. Er war genauso groß wie sie; die anderen betonten es voller Bewunderung. Sie lächelte hübsch und schaute den Fisch nicht an. Dann sollten die wichtigen Fotos gemacht werden: der Inder und sein Fisch.

»Einen Augenblick«, sagte er überraschend, zog einen Kamm aus der Tasche und kämmte sich mit Hilfe seiner glättenden Hand das Haar vorsichtig nach hinten. Er hob den Fisch an den Kiemen aus dem nassen Sand, dabei war ein glucksendes Geräusch zu hören. Ein paar Fotos wurden gemacht. »So?« fragte er immer wieder besorgt, als er sich auf Anweisung des jungen Mannes so oder so hinstellte.

Er stand angespannt da, so als ob er sich von der unsichtbaren Gegenwart einer lang vergessenen Kulisse und einer Topfpalme bedrängt fühlte. »Lä-

cheln!« forderten der Mann und das Mädchen mit ängstlicher Miene. Und als er sie so besorgt um sein Foto sah, konnte er endlich in seinem Lächeln das zum Ausdruck bringen, was in ihm war. Er grinste breit über seine Leistung, und dieses Grinsen enthielt all die unterschiedlichen Teile, aus denen sein Gesicht zusammengesetzt war – die schmale, fein geschwungene Nase, die großen, häßlichen Pferdezähne, die von Fältchen umringten Augen hoben die einander bekämpfenden inneren Widersprüche auf und stellten kraftvoll einen tapferen Augenblick im Leben dieses Mannes dar.
Nachdem die Fotos gemacht worden waren, war der Höhepunkt des Interesses überschritten. Die Aufmerksamkeit der Zuschauer, die sich schnell auf ein Phänomen stürzte, wandte sich wieder den gewöhnlichen Allerweltsdingen zu. Die Bewunderung, die dem Fisch zuteil wurde, konnte nicht nur durch sein pures Dasein aufrechterhalten werden; die Bemerkungen wurden allgemeiner und führten zu Geschichten von anderen Fischfängen, von denen sie gehört hatten. Und was den Inder betraf, der hatte seinen Fisch wegen seines Publikums lange genug vernachlässigt. Wie sehr sich dieses Erlebnis auch von anderen unterschied, ein Fisch war doch ein Fisch. Er machte sich Sorgen, weil er in der heißen Sonne lag, und zerrte ihn etwas tiefer ins Wasser, damit die kleinen Wellen ihn überspülen konnten. Die Mütter dachten, daß die Sonne zu heiß für ihre Kinder sei, und zottelten mit ihnen los. Andere gingen hinterher, redeten über den Fisch und beschatte-

ten ihren Nacken mit den Händen. »Halb drei«, sagte einer. Das Meer glitzerte mit zerbrochenen Spiegeln aus verletzendem Licht. »Was glauben Sie, was Sie dafür kriegen?« fragte der junge Mann und steckte die Kamera langsam in die Fototasche.

»Ich krieg ungefähr zwei Pfund zehn.« Der Inder stand, die Hände tief in die Hüften gestemmt, da und schaute abschätzend auf den Fisch hinunter.

Also würde er ihn verkaufen! »So viel?« fragte das Mädchen überrascht. Mit einer langsamen Bewegung, die zeigte, daß sich das Abschätzen eher auf das Gewicht als auf den Profit bezogen hatte, versuchte er, den Fisch unter dem Arm zu tragen. Aber unter dem Gewicht verbog sich sein ganzer Körper. Er ließ den Fisch auf den Sand rutschen.

»Versuchen Sie es im Hotel?« fragte sie; sie erwartete sich etwas vom Geschmack dieses Fisches, vielleicht einen Beigeschmack all ihrer Gefühle.

Er verstand sie und lächelte. »Nein«, sagte er nachsichtig. »Ich könnte es versuchen. Aber ich glaub nicht, daß sie ihn nehmen würden. Ich versuch es woanders. Die wollen ihn vielleicht.« In seinen Worten schwang die ganze Verlassenheit des Strandes mit seinen ein, zwei winzigen Ferienhäusern mit. »Aber wo denn?« fragte sie beharrlich. Obwohl sie lächelte, irritierte sie das, diese Angewohnheit von Angehörigen anderer Rassen, Fragen nicht zu beantworten, sondern vage, aber hartnäckig zugleich etwas zu versichern, was aber ganz und gar nicht realistisch war. »Nun, da ist diese Pension am Bailey's River – die Besitzerin kennt mich. Sie kauft mir oft Fisch ab.«

Bailey's River war der nächste winzige Ort, etwa eine Meile die Küste entlang entfernt. »Also, ich bin neidisch auf diese Mahlzeit!« sagte die junge Frau und drückte ihm damit noch einmal ihre Bewunderung aus. Sie war, zum Gehen bereit, ein paar Schritte im Sand zurückgetreten; sie streckte die Hand aus, um ihren Mann von hier wegzuziehen. »Wann kann ich das Foto sehen?« fragte der Inder und hielt sie damit auf. »Bald, bald, bald!« sagten sie lachend und gingen los. Er kniete neben seinem Fisch und lachte mit ihnen.

»Ich weiß nicht, wie er es schaffen will, dieses Riesenviech ganz bis Bailey's hinzutragen«, sagte der junge Mann. Er steuerte seine Frau mit der Hand an ihrem zierlichen Nacken. »Es ist doch nur eine Meile«, sagte sie. »J-a, aber –« »Ach, die sind kräftig. Die sind daran gewöhnt«, sagte sie und schüttelte den Sand von den Füßen ab, als sie den Pfad erreichten.

Im Hotel wartete eine Überraschung auf sie. Obwohl der Stausee ihrer ruhigen Zurückgezogenheit voller gewesen war, als sie gedacht hatten, so voll, daß sie ihm nicht hatten widerstehen können, rutschten sie wieder in ihr altes Fahrwasser, das nutzlos und munter wie ein Bächlein immer weiter sprudeln würde. Drei Freunde von zu Hause waren da, machten unerwartet Ferien auf einer Farm, ein oder zwei Meilen landeinwärts. Sie waren hergekommen, um sie zu besuchen, wie sie zweifellos jeden Tag ihrer verbleibenden Ferientage herkommen würden; sie würden Tennis spielen und Picknicks machen, und abends würden sie sich auf der Veranda um einen mit Flaschen und Gläsern vollgestellten Tisch herum halb totlachen. Und so wurden sie von etwas weggerissen, das zu still und zu eindeutig war, um sie länger fesseln zu können, und sie blickten noch einmal zurück, schlugen aber schon den altvertrauten Tonfall an. Sie zeigten den Besuchern ihr Zimmer und gingen mit ihnen die gebrochenen Steinstufen hinunter bis zum ersten Tee auf dem kleinen Golfplatz. Sie waren wild darauf, alles auszuprobieren, was sie sahen; sie hüpften auf den Betten herum, hingen sich zum Fenster hinaus, trampelten auf dem Tee herum und versicherten, daß sie am nächsten Morgen mit den Golfschlägern da sein würden.

Nach ein paar Runden Drinks am späten Nachmittag hatten der junge Mann und seine Frau plötzlich das sichere Gefühl, daß sie sich bisher wirklich tödlich gelangweilt hatten, und das unruhig nagende Bedürfnis, »das Beste draus zu machen« – aus der Zeit, dem Leben, den Ferien, ganz egal was. Als einer vorschlug, daß sie alle in Durban zu Abend essen und ins Kino gehen sollten, waren sie ganz aufgeregt. »Alle in unserem Auto!« schrie das Mädchen. »Wir fahren alle zusammen.«

Die Frauen sausten in das Zimmer, um sich für die Stadt zurechtzumachen, und als die Männer auf der Veranda auf sie warteten und sich ruhiger und vertrauter miteinander unterhielten, ging die Sonne hinter dem Zuckerrohr unter, das blasse, ruhige Meer verschwamm mit dem Horizont und schwemmte lange Schaumstreifen, die weiter oben mit dunklen Löchern wie mit Pockennarben durchsetzt waren, an den Strand. Als sie die staubige Straße zwischen den Bäumen hochfuhren, sickerte gerade die Dunkelheit herab. Weiße Steine leuchteten auf. Als sie zu der Bodensenke kamen, wo der kleine Bach unter der Straße durchfloß, sahen sie jemanden auf dem Markierungsstein sitzen, und als sie langsamer fuhren, bewegte sich die Gestalt kurz ruckartig und saß schon wieder still, bevor sie noch ihre Aufmerksamkeit erregen konnte. Sie redeten. »Was war das?« fragte eine der Frauen nicht sehr interessiert. »Was denn?« fragte der junge Mann und bremste automatisch. »Es ist nur ein alter Inder mit einem Sack oder irgendwas«, sagtc cin anderer. Das Mädchen, das vorne saß, drehte sich um:

»Les«, rief es. »Er ist es, mit dem Fisch!«

Der junge Mann schleuderte leicht und hielt an, die beiden Lichtkegel starrten in die Bäume. Er saß da und schaute seine Frau bestürzt an. »Was könnte denn passiert sein?« fragte er. »Keine Ahnung«, sagte sie und zuckte die Achseln. »Wer ist das denn?« schrie jemand von hinten.

»Ein indischer Fischer. Wir haben uns mit ihm am Strand unterhalten. Er hat heute einen riesigen Lachs gefangen.«

»Wir kennen ihn gut«, sagte der junge Mann; und dann zu ihr: »Ich stoß besser zurück und schau nach, was er hat.« Sie schaute auf ihre Handtasche hinunter. »Es wird schrecklich spät, wenn du Zeit vertust«, sagte sie. »Ich vertu keine Zeit!« Er stieß ruckartig zurück und ärgerte sich über sie oder den Inder, er

wußte selbst nicht über wen. Er stieg aus und schlug die Tür hinter sich zu. Alle drehten sich um und versuchten aus dem Rückfenster zu schauen. Hinten im Auto war es ganz still. Die Frau fing an, eine Melodie zu summen, und verstummte. Das Mädchen sagte mit einem kleinen, hellen Lachen: »Glaubt bloß nicht, daß wir verrückt sind. Dieser Inder ist wirklich ein toller Typ. Wir haben vergessen, euch was von dem Fisch zu erzählen – es war kurz vor eurer Ankunft. Alle waren da und schauten ihn an – der riesigste Fisch, den ich je gesehen hab. Und Les hat ein paar Fotos von ihm mit dem Fisch gemacht; von mir auch eins!«
»Warum zum Teufel sitzt der Idiot dann da rum?«
Sie zuckte die Achseln. »Weiß Gott warum«, sagte sie und starrte auf die Uhr.
Der junge Mann kam zum Fenster; er beugte sich verschwörerisch zu den Wartenden hinunter und machte eine unsichere Handbewegung. »Er ist am Ende«, erklärte er und kicherte nervös. »Er kann den Fisch nicht weiter tragen.« Ein Stück hinter ihm stand der Inder unsicher da und hatte den langen, dunklen Fisch an sich gelehnt. »Aber warum hat er ihn nicht verkauft?« fragte das Mädchen verärgert. »Was können *wir* da schon tun?«
»Ihn als Souvenir mit nach Hause nehmen, natürlich«, sagte ein Mann und freute sich über seinen Witz. Aber das Mädchen schaute seinen Mann vorwurfsvoll an. »Hat er nicht versucht, ihn zu verkaufen?« Er winkte ungeduldig ab. »Natürlich hat er das. Aber was ändert das schon? Tatsache ist, er

konnte das verdammte Biest nicht verkaufen, und jetzt kann er es nicht nach Hause schleppen.« »Also was willst du machen?« fragte es ungehalten mit hoher Stimme. »Die ganze Nacht hier bleiben?« »Schttt«, sagte er und zog die Stirn kraus. Er sagte nichts. Die anderen bewahrten das bewußt rücksichtsvolle Schweigen von Fremden, die so tun, als wären sie beim Familienstreit nicht dabei. Das Schweigen seines Mannes schien es zum Reden zu bringen. »Wo wohnt er denn?« fragte es gottergeben. »Ganz in der Nähe von der Hauptstraße«, sagte sein Mann desinteressiert.

Sie bat die anderen übertrieben liebenswürdig um einen Gefallen. »Würde es euch sehr viel ausmachen, wenn wir den armen alten Kerl ein Stück weit mitnehmen würden?« »Nein, nein... Großer Gott, nein«, sagten sie eilig. »Dann haben wir keine Zeit mehr zum Essen«, flüsterte jemand.

»Kommen Sie her und steigen Sie ein«, rief der junge Mann über seine Schulter, aber der Inder zögerte noch. »*Nicht* der Fisch!« flüsterte das Mädchen ihrem Mann eindringlich zu. »Leg den Fisch in den Kofferraum!«

Sie hörten, wie der Kofferraum geöffnet wurde, wie der Deckel wieder zuklappte. Dann stand der Inder mit dem jungen Mann an der Wagentür. Als er sie sah, lächelte er ihr schnell zu.

»Also macht Ihnen Ihr großer Fang mehr Ärger, als er überhaupt wert ist«, sagte sie fröhlich. Die Worte schienen ihn zu kränken; seine Schultern sackten herab, als ob ihm plötzlich bewußt würde, wie ungeheuer müde er war; er lächelte und zuckte die Achseln.

»Einsteigen«, sagte der junge Mann herzlich, öffnete die Fahrertür und stieg ein. Der Inder zögerte, die Hand auf der rückwärtigen Tür. Die drei, die hinten saßen, rührten sich nicht.

»Nein, da ist kein Platz mehr«, sagte das Mädchen und unterbrach mit klarer Stimme das Schweigen. »Kommen Sie auf diese Seite und steigen Sie hier vorne ein.« Gehorsam ging der Fischer vorne durch die Strahlen der Autoscheinwerfer – einen Augenblick lang wurde sein unverwechselbares Gesicht voll angestrahlt – und öffnete die Beifahrertür.

Sie rückte zur Mitte. »Geht schon«, sagte sie, als er sich setzte.

Seine Gegenwart im Auto war so direkt, als wenn man ihn in die Luft gezeichnet hätte. Die vom Meer gestärkten Falten seiner Hose knirschten leise am lederbezogenen Sitz, seine feuchte alte Tweedjacke roch nach warmer Wolle und sah im Gegenlicht fusselig aus. Er atmete neben ihr tief und langsam. Sie sprach mit ihrer klaren Stimme weiter mit ihm und befragte ihn über seinen erfolglosen Versuch, den Fisch zu verkaufen.

»Der Fang hat mehr Ärger gebracht, als er überhaupt wert ist«, sagte er einmal und schüttelte den Kopf, und sie wußte nicht, ob er zufällig das sagte, was sie gesagt hatte, oder ob er ihre Worte bewußt noch einmal wiederholte.

Sie empfand plötzlich einen Stich von eiskalter Unsicherheit, als ob sie selbst nicht mehr wußte, was sie gesagt hatte, als ob sie nicht mehr wußte, was sie gemeint hatte oder vielleicht gemeint haben könnte. Niemand sonst sprach mit dem Inder. Ihr Mann lenkte den Wagen. Sie war wütend auf die anderen, weil sie ihr alles überließen: das Zuhören von denen, die hinten saßen, war ebenso grausam und unverfroren wie ihr Gaffen.

»Was haben Sie jetzt mit dem Lachs vor?« fragte sie mit fröhlicher Stimme, und er antwortete gehorsam: »Ich schenk ihn wahrscheinlich meinen Verwandten.«

Als sie kurz darauf zu einer Abzweigung von der Hauptstraße kamen, hob der Inder die Hand und sagte schnell: »Hier ist es, danke.« Von seiner Hand ging ein leichter Fischgeruch aus. Der Wagen blieb am staubigen Straßenrand stehen, und er öffnete sofort die Tür und stieg aus.

Er stand da, als ob sein Körper noch die Haltung beibehielte, die er sehr diszipliniert im Wagen eingenommen hatte, er hielt den Kopf leicht gebeugt und die Hände eingerollt. Wenn er eine Kappe gehabt hätte, dann hätte er sie vielleicht so vor sich gehalten. Er stand wie festgenagelt da, die verschwommenen Gesichter schauten ihn aus dem Auto heraus an. Er wirkte merkwürdig hilflos, während der junge Mann den Kofferraum öffnete und den Fisch heraushob.

»Ich muß mich vielmals bei Ihnen bedanken«, sagte er immer wieder sehr ernsthaft. »Ich muß Ihnen danken.«

»Ist schon gut«, sagte der junge Mann lächelnd und startete den Motor. Der Inder sagte noch etwas, aber

der aufbrausende Motor verschluckte seine Worte. Das Mädchen lächelte ihm durch das Fenster zu, wandte sich aber nicht um, als sie wegfuhren.
»In was wir uns auch verwickeln lassen«, sagte sie und breitete ihren Rock auf dem Sitz aus. Sie schüttelte den Kopf und lachte hell auf. »Schade! Der arme Kerl! Was zum Teufel kann er jetzt mit dem riesigen stinkigen Fisch anfangen?«
Und als ob ihre Worte eine hysterische Saite in ihnen berührt hätten, fingen sie zu lachen an, und sie lachte mit ihnen, lachte, bis sie weinte, und fragte immer wieder keuchend: »Was hab ich denn gesagt? Warum lacht ihr denn so? Was hab ich denn gesagt?«

DAS FREUNDLICHSTE, DAS MAN TUN KANN

Im warmen Stumpfsinn des frühen Sonntag nachmittags, wenn der Geruch des Sonntagsbratens noch im Haus hängt und die Hausangestellten die Küchentür hinter sich zugeschlagen haben und glänzend und schwitzend in engen Sonntagskleidern in die Kirche gegangen sind, kommt die Familie verträumt heraus, nachlässig, um sich auf den Rasen zu legen. Die Stunde hat sie träge gemacht: sie kommen heraus und folgen damit einem Instinkt wie dem, der Tieren sagt, sich zum Sterben zu verkriechen. Sie liegen da, der Stunde hingegeben, von Kissen und Büchern umgeben. Die großen Räder haben sich immer langsamer gedreht. Jetzt stehen sie still und hängen reglos da. Nur die winzigen Räder drehen sich noch; lautlos und fleißig und kaum zu bemerken klettern Käfer auf Grashalmen herum, Blumen werden sanft vom leichten Lüftchen auf und ab geschaukelt und atmen, wenn sie wieder hochkommen, der Sonne entgegen. Das Räderwerk der kleinen Welt dreht sich immer noch, wo die Vögel picken und zart auf ihren dünnen Klauen, die wie Zweige aussehen, in den Blumenbeeten herumhüpfen.

»Ist Micky bei dir?« Die Stimme kam eindeutig vom Schlafzimmerfenster her und ließ sie fast zusammenzucken, man konnte sie nicht überhören: der rasierklingenscharfe Ton schnitt durch die feuchte, schwere Luft und verklang. Ihr Kopf, den sie in der Nähe der herunterhängenden, bienenschweren, an zerknittertes Papier erinnernden Blütenkelche der Mohnblumen geneigt hielt, hob sich halb protestierend, mit einer trägen Handbewegung wischte sie die grauen Flecken weg, kleine Insekten, die auf den Seiten von Petrarcas »Lauras Tod« saßen. Vor ihrem geistigen Auge sah sie Micky zusammengerollt irgendwo in der Nähe schlafen ... Auf dem Gras, hinter ihr, neben ihr, irgendwo ... Sie ächzte und winkte zustimmend, schon wieder im Buch, im drückenden Zauber von Hitze und Blumen gefangen, von der Sonne hypnotisiert, und Grashalme, von unten betrachtet, leuchteten an den Rändern dunkelgolden auf. Der Puls verlangsamte sich, und das Blut lief süß und schwer durch die Adern; die Druckbuchstaben tanzten, und sie wurde fast ohnmächtig. Ihr Geist trudelte davon, in halb fertige Gedanken, die untergingen und wieder auftauchten.

In einem der Nachbarhäuser, die auf drei Seiten an den Garten angrenzten, fing ein armes Kind an, Klavier zu üben. Die unsicheren Töne kamen zögernd durch die Luft heran, eine kleine Melodie, die den Nachmittag nicht mehr störte, als das eine Fliege getan hätte, die um das Ohr eines schlafenden Riesen herumgesummt wäre. Die Sonntagszeitung lag herum. Der Vater lag auf den Rücken gerollt da, in der wehrlosen Haltung des mittleren Alters, sein Mund stand halb offen, und die gedehnten Falten an seinem Hals entspannten sich etwas, wie die Falten am Hals eines alten Truthahns. Der kleine Junge hatte Gras im Haar, das wie Wintergras aussah, blaß und hart. Die anderen lasen, dösten, träumten und lagen auf dem Rücken da, der Himmel und die Bäume und das Haus und die leuchtenden Mohnblumen spiegelten sich in ihren Augen wie in einem altmodischen Konvexspiegel wider – die Art Spiegel, die in viktorianischen Tagen das Zimmer widerspiegelten, in das sie hinabblickten, eine andere Welt, in die man steigen könnte, wie *Alice hinter den Spiegeln*. Da war es, das glänzende weiße Haus, die glänzende grüne Tanne, der glänzende blaue Himmel, in dem kleinen runden Spiegel in jedem Auge.

Sie las weiter, verloren, schläfrig, und wischte winzige Fliegen von den Seiten ab, kratzte sich mechanisch am Bein, wo das Gras sie stach.

Und im nächsten Augenblick war alles vorbei; die wunderbare Trägheit bereitete ihr Übelkeit, die herrliche Schläfrigkeit hing ihr schwer um den Hals, sie kämpfte sich frei aus der Umschlingung dieses toten Nachmittags. »Aber ich war ganz sicher ...«, sagte sie verdutzt; sie fühlte sich zu Boden geschlagen vor der Gestalt ihrer Mutter. Ihre Mutter stand da, fast nicht zu ertragen, entschlossen und hart wie die Realität, fordernd und nachdrücklich. Ihr Blick war zu stechend, er schmerzte und zerstörte den Zauber. »Na ja, da haben wir's mal wieder ...«, sagte die Mutter mit höhnischer Resignation, voller Wut, »ich hätte es mir ja denken können, daß du dir nicht die Mühe machst, nachzuschaun.«

»Aber ich hab gedacht ...«

»Ja, natürlich ›hast du gedacht‹ – es war doch gewiß nicht zuviel verlangt, daß du schauen solltest, ob der Hund bei dir ist? Nun, geschehen ist geschehen, und der arme kleine Vogel blutet und ist halb zerfetzt und lebt noch.«

Das Mädchen setzte sich auf. Ihm war schwindelig. Der Nachmittag sang plötzlich und war orangerot. Die großen Räder fingen an, sich zu bewegen, die Welt knarrte und ächzte und verstieg sich in Verwirrung und Aktivität, der Lärm fing wieder an.

Gestern hatten sie einen Vogel gefunden – eine verletzte Taube, die Schleuder eines kleinen Jungen hatte sie am Flügel getroffen. Sie hatten schon einmal einen verletzten Vogel gefunden und ihn in einem Käfig gehalten und gefüttert, bis er wieder fliegen konnte, und diesmal holten sie den alten Käfig und setzten die düstere, sanfte Taube mit Futter und Wasser hinein und vertrauten darauf, daß sie bei guter Pflege bald wieder gesund werden würde. An diesem Nachmittag war die Mutter – die pflichtbewußt immer an alles dachte, was die anderen nach dem ersten Überschwang von Begeisterung vergaßen – zum Schuppen gegangen, um nachzuschauen, wie es dem Vogel ging, und als sie sah, daß er mit gesträubtem Gefieder ängstlich in einer Ecke des Käfigs hockte, hatte sie ihn herausgeholt und ins Gras gesetzt, damit er eine Zeitlang herumpicken konnte, und wollte ihn wieder in den Käfig setzen, falls er noch nicht wieder fliegen konnte. Aber Micky, der Tauben auf der Mauer sehnsüchtig anschaute und erfolglos Jagd auf sie machte, wenn sie auf dem Weg oder im Gras landeten, durfte nicht in der Nähe sein. Deshalb hatte sich die Mutter versichert, daß er mit der Familie vor dem Haus auf dem Rasen wäre. Sie hatte vom Schlafzimmerfenster aus gerufen...

»Ich war sicher, daß er hier wäre«, wiederholte das Mädchen. »Ich war mir ganz sicher. Ich hab gedacht...«

»Ich hatte das ungute Gefühl, daß er ums Haus herum zu dem Vogel hin wäre, und als ich rauskam, spielte er damit herum wie mit einem Knochen.«

»So ein Biest«, sagte das Mädchen und schauderte zusammen.

»Sie lebt auch noch, diese arme Kreatur. Ich hab keine Ahnung, was man jetzt machen soll.« Die Mutter schaute das Mädchen weiterhin anklagend an und gab damit zu verstehen, daß sie keinerlei Schuld an der ganzen Geschichte hätte.

»Du hast sie nicht getötet...?« fragte das Mädchen fast flehentlich.

»*Ich* kann sie nicht töten«, sagte die Mutter. Sie hatte immer alles Unangenehme für ihre Kinder erledigt; sie hatte immer zwischen ihnen und den Scheußlichkeiten des Lebens gestanden: Tod, Krankheit, Verzweiflung.

Das Mädchen schaute nach etwas Bestimmtem im Gesicht seiner Mutter und fand es diesmal nicht.

Plötzlich wünschte sie, wünschte, sie könne die letzte halbe Stunde zurückhaben, sie wollte sie noch einmal erleben, verzweifelt, kindlich, sinnlos, damit sie von ihrem Buch aufschauen und sagen könnte: »Nein, Micky ist nicht hier.«

Sie erhob sich in einer Art von beleidigtem Entsetzen und machte sich auf den Weg um das Haus herum. »Wo?« fragte sie mit angeödeter Stimme, blieb stehen und blickte sich um. Ihr Haar war zerzaust, und Gras hing an ihrem Kleid, ihre rechte Backe war von der Sonne gerötet. »Nahe bei der Hecke«, sagte ihre Mutter.

Sie versuchte sich darauf vorzubereiten, sich vorzustellen, wie der Vogel aussehen würde, aber ihr Geist schreckte vor diesem Gedanken zurück. Er war aufgeregt, war eben gerade zu grob geweckt worden, um klar denken zu können. Die einschläfernde Sonne schaute haßerfüllt auf sie herab, und ihr wurde schlecht davon, so wie sich ein Mann vom Geruch des Alkohols wegdreht, von dem er in der letzten Nacht zuviel getrunken hatte. Der Vogel war ihr egal. Sie wollte nichts mit ihm zu tun haben. Sie wollte ins Haus gehen oder weg, irgendwohin, und so tun, als ob es nicht passiert wäre. Wenn man etwas ignorierte, es vollkommen von sich wegschob und sich dem nächsten Ding zuwandte, war es so, als ob es nie passiert wäre. Wenn sie jetzt einfach wegginge, würde Gras über die Sache wachsen, sie bedecken und verstecken.

Ich bin schwach, sagte sie sich voller Selbstmitleid.

Ich muß die Taube töten.

Etwas erhob sich in ihr und überschlug sich, als sie sich dessen ganz bewußt wurde. Sie empfand stechende Angst, vom Kopf bis zu den Füßen.

Dann ging sie um die Hecke herum, trat in ihren Schatten ein und schaute auf den Boden, der feucht war und mit Moos überwachsen, und sie sah den Vogel nicht. Sie schaute hierhin und dorthin, schob mit dem Fuß ein paar tote Blätter zur Seite, fand ihn aber nicht.

Und dann wandte sie sich um, und da war er, lag in einer kleinen Vertiefung direkt hinter ihr. Da lag er, und es war kein Vogel, es war ein flaches Durcheinander von staubigen Federn, zerrauft und feucht vom Geifer des Hundes, langsam sickerte dunkles Blut aus Wunden, die nicht zu sehen waren, und tränkte die weichen Daunenfedern der – ach, was war es, war es die Brust, der Schwanz; welcher Teil dieses zerfetzten kleinen Körpers war eigentlich noch zu erkennen...

Nur der Kopf. Und als sie den Kopf sah, preßte ihr ein so lebendiger, entsetzlicher Schmerz das Herz zusammen, daß sie spürte, daß ein ihr bisher unbekanntes Gefühl aus ihrer Seele aufgerufen worden war. Es war unerträglich. Es war das Gefühl, das das menschliche Herz zerreißt. Das Gefühl, von dem sich Männer oft verzweifelt abwenden. Denn der Kopf des Vogels war in äußerster Demut auf die zertrümmerte Brust herabgesunken; der Schnabel ruhte kläglich im Gefieder, und die Augen waren merkwürdig geschlossen, dem letzten Martyrium des Leidens hingegeben. Eine leidenschaftliche und verzweifelte Agonie war über diesen kleinen grauen Kopf hinweggezogen, war in der kleinen Seele des Vogels noch einmal aufgeflackert und hatte ihn groß gemacht,

größer als er war, und hatte ihn schließlich überwältigt, und jetzt lag der Kopf auf der zertrümmerten Brust.
Sie hatte das Gefühl, daß nichts das jemals sühnen könnte; nichts, nichts; keine Tränen, keine Trauer, keine Entschädigung durch andere Freuden könnte dies jemals auslöschen.
Sie sah, daß der Vogel noch lebte; daß er noch war; daß er das Entsetzen seiner eigenen Vernichtung erlebte. Und feige und zitternd, im vollen Bewußtsein der Tatsache, daß er jeden Augenblick, den sie aus Feigheit verstreichen ließ, weiterlitt, zog sie sich langsam die Sandale aus. Sehr langsam, leise wimmernd, hob sie die Sandale und schlug damit dem Vogel auf den Kopf. Sie hatte nicht geahnt, daß es so entsetzlich sein würde – daß sie unter dem Schlag der Sandale die Form des kleinen grauen Kopfes fühlen würde, das ganz besondere Entsetzen beim Widerstand des fein gebildeten Schädels und der Zartheit des darüberliegenden Federkleides, all das zusammen auf einen Schlag. Und einen qualvollen Augenblick lang versuchte sich das Leben völlig umsonst und zum letzten Mal in der kleinen Kreatur zu behaupten, sie bäumte sich halb auf und öffnete wild flatternd den schmalen, stummen Schnabel. Sie schlug noch einmal wild zu; noch einmal, zweimal, dreimal. Der Vogel war tot.
Und jetzt war er nichts mehr. Es war ein toter Vogel. Sie zog die Sandale wieder an und fühlte den Sand, der an ihrem nackten Fuß klebte, unangenehm an der Innensohle.

Sie schaute den Vogel an. Wie merkwürdig das war – sie hatte getötet, hatte aus etwas das Leben herausgeschlagen. Sie dachte: Töten ist eine merkwürdige Sache; es ist entsetzlich, bis man es tut. Genau bis zu dem Augenblick, wo man es tut.
Sie hatte so oft etwas über Mord gelesen, und es hatte ihr nichts bedeutet. Es war gefühlsmäßig ebenso unbegreiflich für sie gewesen, wie es eine leidenschaftliche Liebesgeschichte für ein siebenjähriges Kind sein würde. Aber jetzt dämmerte ihr mit kalt prikkelnder Angst, die nicht bekämpft werden konnte, die durch ihre Seele zog und ihre kalten, entsetzlichen Spuren hinterließ, ein dunkles Wissen. Sie fühlte, wie es sich ihr offenbarte: eine todbringende Blume der Erkenntnis, die sie fürchtete und nicht besitzen wollte, die ihre Seele mit einem merkwürdig kalten Saft zum Frieren brachte. Es dämmerte ihr kalt, weil es eine entsetzlich kalte Sache war, das Begreifen, was Befriedigung von Mordlust bedeutet. Ich könnte jetzt alles töten, dachte sie, und die Worte schienen leicht und einfach zu sein. Es waren die Worte des Nicht-Fühlens, und sie hatte Angst vor ihnen. Sie wurde abgestumpft vom Gewicht dieses kalten Wissens, das sie nie mehr vergessen würde, jetzt, wo sie es entdeckt hatte. Ach, die Hoffnungslosigkeit, das Entsetzen des Wissens ... Das leidenschaftliche Mitleid, das sie für den Vogel empfunden hatte, war nichts dagegen. Gern, gern würde sie das wieder fühlen. Aber sie konnte es nicht; sie fühlte nur die kalte Vernunft des klaren Gedankens: Jetzt könnte ich alles töten.

Sie kam in den Vorgarten zurück, etwas atemlos, und hatte das Gesicht merkwürdig verzogen. Sie schauten ihr vom Rasen aus entgegen. »Also, was war los?« fragten sie und schauten ihr ins Gesicht. »Ich hab sie getötet. Sie ist tot«, sagte sie.
»Uaah... Wie gräßlich... Wie konntest du das tun?«
»Es war das Freundlichste, das man tun kann«, sagte jemand vernünftig. »Sie mußte das Leiden des armen Tieres beenden – was hätte sie denn sonst tun können?« Die Mutter erhob sich und ging hinter das Haus, um den toten Vogel wegzuschaffen.

Sie ging ins Haus, weil sie das träge Sonnenlicht nicht ertragen konnte, das jetzt so entsetzlich brannte wie eine elektrische Lampe, die bis ins helle Tageslicht hinein leuchtet. Sie wusch und kämmte sich das Haar und ließ sich das Wasser über die Hände laufen. Und später, abends, ging sie aus und lachte und redete mit einer Gruppe von Bekannten, die vage als »Freunde« bezeichnet werden, und sie sagte und schnitt eine Grimasse dabei: »Ich mußte heute nachmittag was Gräßliches machen – ich mußte einen Vogel töten.« »Wie tapfer von dir!« sagte der junge Mann lachend, mit spöttisch heroischer Betonung. »Für ein Mädchen bestimmt«, sagte ein anderer und spießte eine Olive auf einen farbigen Zahnstocher auf. »Frauen grausen sich davor, einen Käfer zu zerquetschen. Gott weiß, sie können grausam und unbarmherzig auf ihre eigene, teuflisch subtile Art sein – aber wenn es daran geht, irgendeine kleine Kreatur zu töten, sind sie die jämmerlichsten Feiglinge.« »Na ja, ich hab's jedenfalls gemacht«, sagte sie entschieden und leichtsinnig; und sie lachte wie eine geistvolle Frau, nahm die Olive von ihm an und warf sie sich in den Mund.

DIE STUNDE UND DIE JAHRE

Es war einer jener südafrikanischen Tage, die zu keiner bestimmten Jahreszeit zu gehören scheinen: es war still, sehr klar, das trockene Sonnenlicht fiel wie feiner Staub von den Hauswänden herab und funkelte auf der sandigen Straße; es hätte Frühling, Sommer oder Herbst sein können. Rufe und Stimmen strömten von entfernteren Straßen herüber. Der Hund namens Candia bellte, und der Terrier die Straße hinab antwortete mit seinem kurzen, abgehackten Jaulen und, wie ein Orchester, das zu spielen beginnt, nahmen andere Hunde aus allen Himmelsrichtungen das Thema auf und gaben ihren Kommentar dazu.

Sie ging in ihr Schlafzimmer, um die Einkaufstasche zu holen, und sah, als sie sich im Spiegel erblickte, daß da auf der Wange, wo Sydney sie zum Abschied hingeküßt hatte, etwas Eigelb hängengeblieben war. Sie war kurz deprimiert. Beim Abschied am Morgen küßte er sie immer auf den Mund, und sein Mund hatte immer nach dem Frühstücksei geschmeckt. Jetzt klebte etwas von dem Ei an ihrer Wange. Sie war sich nicht bewußt, daß sie seinen Mund vermieden hatte, daß sie ihm statt dessen die Wange hingehalten hatte. Sie mußte sich unwillkürlich weggedreht haben.

Sie nahm Sydneys blauen Anzug, der sorgfältig gefaltet auf dem Bett lag. Ein Zettel lag darauf: »Bring ihn zur Reinigung.« (Er hatte sie zweimal darum gebeten, zuerst beim Frühstück, und dann noch einmal, als er das Haus verließ, aber er schrieb gern Zettel, auf denen er etwas erklärte, er war »sich gern sicher«.) Sie steckte den Anzug in die Tasche und verließ das Haus. Candia sprang auf sie zu und schnupperte an ihren Füßen herum.

Am Anfang ihrer Ehe hatte sie Sydney gesagt, daß sie gern einen Hund hätte, einen Sealyham-Terrier, und er hatte einen bestellt; aber ein paar Tage später war er mit diesem großen grauen Hund angekommen, einer echten Promenadenmischung. »Das ist ein Hund für dich«, hatte er gesagt. »Das ist ein echter Wachhund, der auf alles aufpaßt.«

Sie brachte Sydneys Anzug zur Reinigung und ging zum Metzger und genoß die Betriebsamkeit, das geschäftige Leben in den Läden: die Frauen mit ihren Vorratsbündeln; den erdhaften Geruch des Gemüses beim Gemüsehändler, wo auf dem Boden Salatblätter und gefiedertes Karottengrün herumlagen; den kühlen, süßlichen Geruch in der Drogerie; den Anblick der dünnen, kleinen Mädchen, die zum Milchkaufen geschickt worden waren, aus der Molkerei herauskamen und aufs äußerste angespannt wie Seiltänzer in einem Zirkus die randvollen Krüge vor sich her balancierten.

Sie kaufte ein Pfund Koteletts, etwas Käse und nach kurzem Zögern zwei Körbchen Erdbeeren, weil heute der Tag war, den sie bei sich »Lewis-Tag« nannte.

Einmal pro Woche kam der Bruder ihres Mannes, der junge Lewis, zum Mittagessen zu ihr und brachte normalerweise einen Freund mit. Das war zu einer festen Einrichtung geworden, die durch ihren schönen gemeinsamen Sinn für Humor entstanden war, der Lewis und sie während der tödlich langweiligen Familientreffen in stiller, unbekümmerter, verständnisvoller Kameradschaft von den anderen isolierte. Im Haus ihrer Schwiegereltern war sie eine Fremde, nicht weil sie ihnen nicht willkommen war, sondern einfach deshalb, weil sie anders waren als sie und sie ihre Besuche dort als langweilig empfand – selbst Sydney wurde so wie sie, wurde in die farblose Art ihrer Gespräche hineingezogen –, und nur Lewis, der sie ironisch über den Tisch hinweg anlächelte, gab ihr die Zuversicht, daß der Besuch zu Ende gehen würde, daß jemand, der sich genauso wie sie langweilte, ihr dabei helfen würde, die Langeweile in eine Verschwörung freundlicher Verachtung für die anderen zu verwandeln.

Lewis hatte ziemlich viele verschiedene junge Männer zum Essen mitgebracht – manche einmal, andere mehrmals, und einer, ein guter Freund von ihm, hatte es sich zur Gewohnheit gemacht und war Woche um Woche mitgekommen. Dieser junge Mann namens Paul war außergewöhnlich: sanft, unbefangen, intelligent, er konnte sich so außerordentlich gut anpassen, daß er in die Küche schlendern und über verschiedene Aspekte der Haushaltsführung diskutieren konnte, ohne auch nur im geringsten etwas von seiner sehr attraktiven männlichen Ausstrahlung zu verlieren, zurück ins Eßzimmer gehen und dort mit der üblichen Würde eines jungen Mannes eine politische Diskussion mit Lewis weiterführen.

Die drei waren so gut miteinander ausgekommen, daß sie, obwohl sie es kaum glauben konnte, überrascht, amüsiert und natürlich geschmeichelt war, als Lewis ihr sagte, daß Paul sich entschlossen hatte, nicht mehr an der wöchentlichen »Party« teilzunehmen, weil er das Gefühl hatte, daß er, wenn er weiter hinkäme, anfangen könnte, sie zu »mögen«.

»Unsinn!« hatte sie protestiert und gelacht. Sie konnte es nicht wirklich glauben; es war bloß eine Entschuldigung! »Er muß natürlich wiederkommen. Sag ihm, daß er sich keine Sorgen machen soll.« Und sie wunderte sich darüber auf irgendwie uninteressierte Weise; er hatte sie als Hausfrau erlebt, mit gerötetem Gesicht, nach Essen riechend, ihr Gesicht hatte geglänzt, weil sie sich über den Ofen gebeugt hatte, er hatte sie von ihrem Mann reden hören, wußte, daß sie beständig und ganz ausgelastet war, und fand sie dennoch attraktiv?

Das war mehr als drei Monate her, und in den letzten ein, zwei Wochen hatte er angefangen, wieder mit Lewis zu erscheinen. Er wirkte nicht befangen; die ganze Angelegenheit war völlig verpufft, es war, als ob sie nie erwähnt worden wäre. Er hatte das Ganze vergessen, vielleicht sah er sie jetzt so, wie sie wirklich war, und sie war froh darüber.

Daß Lewis und ein Freund jede Woche zum Mittagessen kamen, war eine der kleinen Freuden, von denen ihre Tage abhingen. Sie hatte nie das kindliche

Bedürfnis abschütteln können, etwas zu haben, »auf das sie sich freute«; und das Wissen, daß heute wieder »Lewis-Tag« war, gab ihr das angenehme Gefühl, daß alles in wohlgeordneten Bahnen lief. Und nachdem sie alles eingekauft hatte, pfiff sie dem Hund und ging die Straße nach Hause zurück. Sie seufzte, als sie es sah – es war nicht die Art Haus, das sie gewollt hatte. Zuerst hatte Sydney es wie einen Witz behandelt; sie waren stillschweigend übereingekommen, daß sie, sobald sie es sich leisten könnten, ein Haus bauen würden, was ihnen gefiel, und daß sie das tun wollten, ohne Sydneys Eltern zu verletzen, die ihnen dieses Haus geschenkt hatten. Aber später hatte sie entdeckt, daß Sydney nur einen Platz wollte, wo er essen, schlafen und seine Füße hochlegen konnte, und daß es ihm nichts ausmachte, wie es aussah.

Mittags klingelte das Telefon.

Es war Lewis, er sagte ihr, daß er in einem weit entfernten Vorort hängengeblieben war, sein Auto war zusammengebrochen, und daß es natürlich ausgeschlossen war, daß er zum Mittagessen kommen könnte. Unglücklicherweise hatte er Paul gebeten, auch zu erscheinen; und jetzt konnte er ihn nicht erreichen, weil er Gott weiß wo war. »Sag ihm, daß es mir leid tut«, sagte er, »sag ihm, daß es mir sehr leid tut.« »Oh!« sagte sie enttäuscht. »Und ich hab Erdbeeren gekauft, wie schade ...«

Sie konnte den leichten, süßen Geruch des Erdbeersaftes an den Händen riechen, als sie den Hörer hielt. Als das Telefon klingelte, hatte sie die Früchte gewa-

schen und beim Anblick des größer werdenden Haufens in der Glasschüssel ein leicht verwegenes Schuldgefühl empfunden, weil sie wußte, daß Erdbeerenkaufen, bevor die richtige Saison dafür war, eine der kleinen Extravaganzen war, die sie sich erlaubte, da sie zu klein waren, um irgend etwas zu bedeuten, die aber dennoch jeden Monat einen ziemlich großen Teil des Haushaltsgeldes verschlangen.
Sie legte auf und ging zurück in die Küche. Und jetzt sind nur wir zwei da, um sie zu essen, dachte sie. Es waren viel zu viele für zwei Personen. Und sie wollte nicht, daß Sydney etwas davon wußte, deshalb konnte sie ihm nicht den Rest als Nachtisch beim Abendessen vorsetzen. Na ja, vielleicht schaffen wir beide ja doch alles.
Plötzlich fühlte sie sich sehr lebendig und empfand die Abwechslung durch die plötzliche Wendung, die der Tag genommen hatte, als sehr angenehm. Sie wusch die Erdbeeren fertig und ging auf die Veranda hinaus. Der Mittag hielt die Straße im Bann. Die Steine blinkten und funkelten, ein stiller Code. Die Sonne schien aus den Wänden der Häuser herauszustrahlen. Im Nachbargarten blühte im Schutz einer Wand ein kleiner Pfeifenstrauch. Die starke, konzentrierte Süße der weißen Blüten wurde plötzlich durch eine unsichtbare Bewegung der Luft zu ihr herübergetragen; der Duft hüllte sie ein, so wie die Blütenblätter einer Blume eine Biene mit einer Welt des Duftes umschließen und berauschen, köstlich, durchdringend, stark und fast stechend, so als ob jemand plötzlich direkt unter ihrer Nase den Stöpsel

aus einer Parfumflasche herausgezogen hätte. Sie fühlte sich geblendet, seltsam und dann sehr friedlich. Sie ging aus der Helligkeit der Sonne zurück ins Haus, in ihr Schlafzimmer und setzte sich einen Augenblick lang reglos an die Frisierkommode, bevor sie sich langsam und sorgfältig das Haar kämmte.

Später saß sie auf der Veranda und nähte, und schließlich sah sie, wie Paul um die Ecke bog und mit gebeugtem Kopf in der Sonne die Straße entlangkam. Als er am Tor ankam, erhob sie sich, und er lächelte und schlug das Tor hinter sich zu und sagte in dem fröhlichen Ton, den Leute bei Begrüßungen anschlagen: »Bin ich spät dran? Tut mir leid – aber ich hatte so ein Gefühl, als ob Lewis mich anrufen würde, deshalb bin ich noch ein bißchen dageblieben und hab gewartet.«

»Ich weiß«, sagte sie. »Er hat angerufen, um mir Bescheid zu sagen. Sein Auto ist zusammengebrochen, deshalb kann er nicht kommen. Er hat sich Sorgen gemacht, weil er es Ihnen nicht sagen konnte.«

Er hob überrascht die Augenbrauen. Er kam die Stufen zu der Veranda hoch. Sie unterhielten sich angenehm, und sie hatte das Gefühl, daß alles einfach war, wie das Drehen eines Schlüssels in einem Schloß. Jetzt wo er da war, fiel es ihr leicht, sich mit ihm zu unterhalten.

Er setzte sich neben sie auf einen Leinenstuhl. Vom Weg die Straße hoch war er noch etwas außer Atem. »Oh«, sagte er und hob seinen Kopf. »Oh, das riecht

ja wunderbar ..., das sind Sie, oder? Ich hab noch nie so ein Parfum gerochen.«
»Ach, dieser Duft!« sagte sie und lachte. »Der kommt von dem Pfeifenstrauch nebenan. Nicht von mir.«
»Wirklich wahr? Ich hab gedacht, das wäre irgendein wunderbares Parfum an Ihnen.«
Sie schüttelte den Kopf, und er lächelte sie mit seinem langsamen, süßen Lächeln an, bei dem, wie bei einem Kind, seine Unterzähne zu sehen waren.
Sie saßen ein paar Minuten lang rauchend und leise redend da.
Als sie hineingingen, waren sie von der Sonne draußen geblendet, und das kleine Eßzimmer war ein merkwürdiger, dunkler Raum, durch den Sterne und Meteore orangerot, grün und purpurrot schossen. Wie immer war Paul ganz unbefangen, er ging in die Küche, um die Gläser zu holen, die das schwarze Mädchen auf den Tisch zu stellen vergessen hatte, und übernahm wie selbstverständlich die Aufgabe, die kalte Rinderzunge aufzuschneiden.
Dennoch schaute sie ihn zum ersten Mal an. Bei den anderen Besuchen hatte sie ihm nur einzelne Blicke zugeworfen, immer dann, wenn er etwas zu dem allgemeinen Gespräch beigetragen hatte. Jetzt las sie die vollständige, ganz persönliche Sprache seines Gesichtes; es war sehr lebendig, wie das Gesicht in einem Traum: nicht nur die Anordnung von Gesichtszügen, sondern eine Verkörperung all dessen, was man einmal über dieses Gesicht gewußt hatte, all die Stimmungen, die Fehler, die Vorzüge waren in diesem Bild enthalten. Sie hatte solch einen Augen-

blick schon bei anderen erlebt, manchmal bei Menschen, die sie seit Jahren oberflächlich gekannt hatte. Es war so, wie wenn man ein Bild direkt von vorn anschaute, das man bislang immer nur aus einem schrägen Winkel sehen konnte.

Wie jung er aussieht, dachte sie. Und dennoch kann er nicht sehr jung sein, er ist älter als Lewis, wahrscheinlich fast so alt wie Sydney. Aber sie vergeht, dachte sie traurig, sie vergeht, diese wunderbare Jugendlichkeit, diese Sauberkeit, die mehr ist als Wasser und Seife und die nichts mit Reinheit zu tun hat – sie können das allerwildeste Leben führen, wenn sie so jung sind, und dennoch wie wunderbare Kinder aussehen. Es ist eine Illusion, ein Glanz, und er vertrocknet. Sydney hat ihn verloren, ist dicker geworden, ein Mann mit einem roten Gesicht, mit groben, unkreativen Händen, ständig halb zur Faust geballt.

Sie hatte das merkwürdige Gefühl, immer wacher zu werden; was war das nur? Eine Art Vorahnung, das Bedürfnis, eine Art Pause zu machen und nachzudenken ... aber sie sprach weiter. Sie erzählte ihm von den Erdbeeren. Sie lachten und drängten einander, mehr zu essen. »Und Ihr Mann?« fragte er und machte mit schlechtem Gewissen eine Pause. »Sollten wir ihm nicht was übriglassen?«

»Ach nein«, log sie, »wissen Sie, er ißt keine Erdbeeren.« Und langsam wurde sie rot; plötzlich waren ihr all die kleinen Boshaftigkeiten, die nagenden Fehler ihres Mannes, von denen dieser junge Mann keine Ahnung hatte und nicht im Traum daran denken

konnte, sehr peinlich. Er blickte sie verwirrt an, konnte sich ihren Gesichtsausdruck nicht erklären. Deshalb lächelte sie ihn plötzlich an.
»Sind Sie manchmal einsam hier?«
»Ja – aber nicht oft; ich hab normalerweise genug im Haus zu tun.«
»Ich denke immer, daß Frauen soviel einfallsreicher als Männer sein müssen – sie haben mehr freie Zeit, können ein weniger diszipliniertes Leben führen. Und dennoch scheinen sie sich nicht zu langweilen.«
Ihre Stimmen klangen höflich, sie tauschten Trivialitäten aus, Allerweltsweisheiten, wie Leute in einem Bus reden würden. Aber je entschiedener ihr Gespräch distanziert blieb, um so stärker wurde die Anspannung zwischen ihnen. Sie hatte das Gefühl, daß sie ihn, obwohl er ihr gegenüber am Tisch saß, ganz nah atmen fühlte, seine glänzenden braunen Pupillen ganz deutlich sehen konnte. Sie spürte die leichte Wärme seiner Wangen.
Ihre Hände umschlossen das Geschirr; die Zeit verging zu schnell, die Notwendigkeit zu sprechen machte die Pause unmöglich, die sie gebraucht hätte, um sich zu sammeln. Der Gesprächsfluß trug sie mit sich fort, sie war halb unwillig, bezaubert, ängstlich – ach, ängstlich! – und fasziniert von der Neuheit dieser Furcht; sie versuchte, sich an Sydney zu erinnern, an ihr Zuhause, daran, wer sie war, an die Ruhe der Respektabilität, und war entsetzt darüber, daß all dies plötzlich die Macht über sie verloren zu haben schien.

Mit dem Ellbogen stieß sie den Pfefferstreuer um, und eine Wolke flog ihr ins Gesicht und ließ sie niesen. Tränen rannen ihr die Wangen hinab, sie keuchte zwischen einem Niesanfall und dem nächsten, und er goß ihr schnell ein Glas Wasser ein, trat zu ihr und hielt das Glas, während sie trank. Als er das Glas hob, berührte seine Hand ihren Unterarm; dort schien ihre Haut zu brennen, und sie war sich dieser kleinen Stelle, die im Gegensatz zu ihrem sonstigen, tauben Körper wieder lebte, sehr bewußt.
Die Irritation legte sich; sie nieste noch ein letztes Mal. »Gottes Segen«, sagte er. Das hatte sie seit ihrer Kindheit nicht mehr gehört; es war Ausdruck dieses alten, alten Aberglaubens, nach dem Kinder ihr Verhalten treu richteten, wie jedesmal, wenn ein Krankenwagen vorbeifuhr, Holz anfassen, oder etwas »bei seiner Ehre hoch und heilig versprechen«. Sie lächelte, als sie daran zurückdachte.
Sie erhoben sich vom Tisch und gingen ins Wohnzimmer.
Um sie herum standen die vertrauten Gegenstände ihres tagtäglichen Lebens. Plötzlich sah sie alles ohne Mitleid, die Möbel, die sie nicht gewollt hatte, die Bilder, die sie nicht mochte, den Teppich, den zu kaufen sie sie gedrängt hatten, weil er praktisch war, Sydneys Stapel von Handelsblättern auf dem Schreibtisch, auf denen verschiedene handschriftliche Rechnungen lagen, und die unvermeidliche, unterstrichene Warnung: *»Nicht berühren!«* Und draußen bellte Candia den Briefträger an. Bitterer Ärger stieg in ihr auf; sie hatte diesen Hund nicht gewollt!

Sie setzte sich auf das Sofa, und er zündete ihr die Zigarette an. Wieder hatte sie das Gefühl, daß er ihr viel näher sei, als er es tatsächlich war, daß sein Gesicht näher käme wie eine Großaufnahme auf der Leinwand.
Seine Nähe bedrückte sie, sie sah seine Ohren, seine braunen Augen, die feste Haut an seinem Kinn.
Bilder, Bücher, Stühle starrten sie an: tot. Sie war weit weg über dem Zimmer, schaute aus großer Höhe darauf hinab; Wellen der Erregung, der großen Distanz liefen zwischen ihr und den vertrauten Dingen hin und her. Die Zigarette zitterte in ihrer kalten Hand. Sie dachte an ihren Mann, an ihre Mutter, so wie man an Menschen über den Abstand von mehreren Jahren hinweg denkt. Der heutige Morgen mochte zu einem ganz anderen Leben gehören.
Ich hab das alles verloren, dachte sie glasklar; es ist verloren, alles wird von diesem Augenblick an ganz anders sein.
Und Gefahr, Veränderung und das Unbekannte öffneten sich wie ein Abgrund vor ihr, nichts war ihr mehr vertraut, und nur ein dunkler Wind wehte mit der wilden Dünung eines fremden Meeres alle Vernunft und alle Gedanken aus ihrem Kopf hinaus, und Angst fuhr ihr wie ein Blitzstrahl durch den Leib.
Sie erzählte ihm etwas über ein Buch, das sie gerade las. Es war ein geschichtliches Werk über die Kriegsmarine, mit Bildern, und sie öffnete es, um ihm ein Bild der sinkenden *Scharnhorst* zu zeigen. Er erhob sich, um das Buch zu nehmen. Sie sah, wie sich sein

Fuß halb umwandte, als ob er zu seinem Stuhl zurückgehen wollte, und dann stehenblieb.

Er küßte sie.

Sie sah, daß seine Augen voller Kummer waren. Dann küßte er sie noch einmal. Sein Kuß war zart und entschieden, und sie wußte, daß er schon lange daran gedacht hatte, sie zu küssen. Jetzt, wo er ihr wirklich nahe war, war das entsetzlich bedrückende Gefühl seiner Nähe verschwunden. Seine Wange an ihrem Gesicht fühlte sich ganz normal an.

Schüchtern hob sie die Hand und strich mit den Fingern die Form seines Unterkiefers nach. Er schaute sie innig an, sein Gesicht sah so verstört aus, daß sie einen Augenblick lang mit ihm zusammen ein Schuldgefühl empfand, als ob sie sich von der Welt abgeschnitten hätten. Er nahm sie in die Arme und küßte sie noch einmal.

Seine ersten Worte schienen die traumartige Situation in die Wirklichkeit zu übersetzen. Es war wirklich wahr. Es fand wirklich statt. Es war keine Einbildung von Intimität, die man sich insgeheim ersehnte, jenseits der kalten, kalten Barrieren, die der gesunde Menschenverstand aufrichtet. Sie hatten sie eingerissen. Sie fühlte, wie sie sich bei der ersten Berührung in Nichts auflösten: sie waren nichts, diese Barrieren, nichts als Worte: Ehe, Ehefrau, Konvention ... Überrascht drehte sie sich zu ihm hin und lächelte, und sie waren in einer Welt, in einer zitternden, membranartigen Welt, die sie einhüllte und sie einschloß wie die glänzende Regenbogenhaut einer Seifenblase.

Dann: ein schmerzhaftes Aufheulen, das laut begann, immer leiser wurde und zu einem leisen Jaulen verebbte ...

Sie bewegten sich wie im Schlaf; sie hörten es und sie hörten es nicht. Immer wieder war das Jaulen zu hören. Der schwere Duft des Pfeifenstrauchs umschlang sie wie eine Schlange. Langsam schüttelte sie den Bann ab, der sie gefangenhielt. Sie schloß die Augen, als ob sie einen momentanen Schwindel bekämpfen wollte. Sie schluckte.

Zwischen ihnen herrschte ein waches Schweigen. Wie Wasser, das leise an den Strand schwabbt, so wurde ihnen das Zimmer, die Straße draußen und die Einsicht, daß sie sich fremd waren, langsam wieder bewußt. »Das ist Candia«, sagte sie und wunderte sich über den Klang ihrer Stimme. Der Hund jaulte weiter. »Ist er verletzt?« fragte er. Sein Gesicht hatte einen merkwürdigen, etwas leeren Ausdruck. »Ich muß gehen«, sagte sie mit Anstrengung. »Ich muß gehen.«

Sie rannten auf die Veranda hinaus, geblendet und geschockt wie Menschen, die mitten in der Nacht aus ihrem Bett geholt werden. Der unsanfte Kontakt mit dem gleißenden Sonnenlicht war entsetzlich. Sie sahen eine Ansammlung von Nachbarn unten auf der Straße. Sie rannte vor ihm hinunter und durch das Tor hinaus.

Ein kleiner Junge bahnte sich seinen Weg durch die Menge und schleppte den großen grauen Hund auf dem Arm; seine langen Hinterbeine schleiften auf dem Boden. »Verletzt«, sagte er. »Fuhr ihm direkt über den Bauch.«

»Oh«, sagte sie und zitterte. Sie nahm ihm den Hund vorsichtig ab.
Er winselte jetzt leise, und Blut tropfte ihm aus dem Maul. »Was ist passiert?« fragte Paul. Er tastete den Hund vorsichtig ab und versuchte, das Ausmaß der Verletzungen festzustellen. »Oh, ich hab alles gesehn«, sagte der Junge eifrig. »Das Fahrrad kam um die Ecke, der schwarze Junge rief einem Mädchen da drüben was zu, er hatte den Kopf weggedreht, er hatte nicht hingeschaut, und Ihr Hund kam auf die Straße gelaufen, er bellte und schnappte nach dem Fahrrad. Da verlor der Junge die Balance und riß den Lenker rum. Fuhr ihm direkt über den Bauch.«
Die Augen des Hundes waren glasig. Paul schüttelte den Kopf. »Wir nehmen ihn am besten mit rein.« Sie kniete sich auf der Straße hin, ließ den Hund auf ihren Schenkeln ruhen. Sie fühlte sich so seltsam, so seltsam. Als ob sie von einem fremden Planeten heruntergekommen sei, mitten unter diese gaffenden Nachbarn. Sie murmelte besorgte Worte, empfand aber nichts.
Sie trugen den Hund ins Haus, sie kümmerte sich um ihn und wußte kaum, was sie tat. Ihre Hände führten instinktiv ein Ritual aus, ganz abgetrennt von ihr. Paul half ihr und war ebenso erstarrt wie sie.
Als er sich einmal neben ihr über den Hund beugte, sah sie voller Staunen seinen Mund, den Glanz der feuchten, zarten rosigen Haut an der Innenseite der Unterlippe. Es war der unbekannte, geheimnisvolle Mund eines Fremden. Sie versuchte sich zu erinnern,

aber statt auf Gefühle stieß sie nur auf entsetzlich negative Gedanken.
Als sie alles getan hatten, was sie für den Hund tun konnten, richteten sie ihm ein bequemes Lager in der Küche her. Sie hob das Jod, die Watte und die restlichen Mullbinden auf, und sie gingen ins Bad, um sich die Hände zu waschen. »Ob er wieder wird?« fragte sie.
»Ich weiß es nicht«, sagte er. »Es ist schwer zu sagen. Vielleicht, wenn er keine inneren Blutungen hat.« Sie nahm das Handtuch, das er benutzt hatte, faltete es mechanisch zusammen und legte es über den Handtuchhalter. Er schaute sie mit einer seltsam gequält wirkenden Traurigkeit an. Sie wollte etwas sagen, ihm etwas Echtes sagen, aber sie konnte es nicht.
»Ich geh jetzt besser«, sagte er. Er schob den Ärmel zurück, um auf die Uhr zu schauen. »Es ist ziemlich spät – ich muß zurück zur Arbeit nehm ich an.«
Es entstand eine Pause.
»Es tut mir leid...«, sagte er leise, sehr leise. Sie fürchteten sich beide davor; sie wollten, daß es gesagt und vorbei wäre. Eine kleine Bewegung ihres Kopfes wirkte merkwürdig kummervoll. Sie wandte sich plötzlich um, als ob ihr etwas eingefallen wäre, und verließ schnell das Badezimmer.
Schweigend gingen sie zur Haustür. »Nun, auf Wiedersehn...«, sagte er. Sie lächelte mit dem Mund, fühlte, wie sich ihre trockenen Lippen hoben. »Auf Wiedersehen.« Der starke Duft des Pfeifenstrauches wehte herüber, fiel über sie her. Das Tor quietschte hinter ihm. Er wandte sich unsicher um, schaute ihr

kurz in die Augen und ging dann die Straße hinunter.
Sie wußte und fürchtete, daß sie wieder ins normale Leben zurückkommen und wieder alles fühlen würde. Sie war entsetzt beim Gedanken daran, ihr Leben weiterleben zu müssen, zu entdecken, daß alles weiterging, wo sie doch so ganz verändert war. Sie ging mit unterdrückter Traurigkeit, die sie sogar von sich selbst trennte, im Haus herum. Sie kannte das gefühllose Abgetrenntsein der Enteigneten.
Sie ging in die Küche und sprach mit dem Mädchen, und das Mädchen hatte keine Ahnung. Schließlich sah sie mit endgültiger, stechender Verzweiflung ihren Mann aus dem Büro heimkommen. Er kam herein und war sofort gefangengenommen von dem verletzten Hund; Sydney hatte keine Ahnung.
Sie lebte von Tag zu Tag und konnte einfach nicht glauben, daß ihr Leben genauso wie immer weiterging. Die Zeit verging. Das große Meer des Alltags schwappte über diese Stunde hinweg.
Nichts passierte.
Aber ein paarmal in ihrem Leben kam sie auf ihren schwachen Glauben an die Macht der Ereignisse zurück; und sie erwartete, verändert zu werden.
Später, als sie Kinder hatte, dachte sie, daß diese ihre Ehe dramatisch verändern würden, aber sie blieb gleich, nicht besser, nicht schlechter. Sie versank in einer leichten Resignation und schaffte es fast, zu vergessen, wie sehr sie sich gewünscht hatte, daß es anders sein möge. Langsam verging ein Jahr nach dem anderen, und alle Ereignisse wurden allmählich

dem Familienleben einverleibt und gingen darin unter.
Aber sie hielt an der halb abergläubischen Überzeugung fest, daß irgendwo Veränderung lauerte, daß sie ein paarmal auf der Schwelle zu einer Veränderung gestanden hatte, und nur ein paar kleine, unerklärliche Störungen dafür gesorgt hatten, daß die Veränderung sich still abgewandt hatte und vorbeigeschlüpft war.
Sie sah Paul noch zweimal. Einmal ging er beim Aussteigen aus einem Zug an ihr vorbei und sah sie nicht. Und das andere Mal während der Ferien in Durban. Sie war mit ihren Schwestern zusammen und er mit seiner Frau: ein brünettes, hübsches Mädchen, merkwürdig wie eine Puppe.
Der Fremde, der Paul war, kam ihr irgendwie bekannt vor, wie wenn man jemanden trifft, den man nur einmal auf einem Schnappschuß gesehen hat.

DER ZUG AUS RHODESIEN

Der Zug kam vom roten Horizont her und raste auf dem einzigen, geraden Gleis auf sie zu.

Der Stationsvorsteher kam aus dem kleinen, aus Backsteinen gebauten Bahnhofshäuschen mit dem spitzen Dach und spürte die scharf gebügelten Falten an den Hosenbeinen seiner Sergeuniform. Eine Woge der Erwartung zog durch die kräftig gebauten schwarzen Verkäufer, die im Staub warteten; das Gesicht eines unendlich überrascht aussehenden geschnitzten Holztieres ragte aus einem Sack heraus. Die barfüßigen Kinder des Stationsvorstehers kamen näher. Von den grauen Lehmhütten mit den unordentlichen Dächern, die von einer verzierten Lehmmauer umgeben waren, liefen Hühner und Hunde, deren Haut straff wie Pergamentpapier über ihren Knochen spannte, hinter den schwarzen Kindern auf den Bahnsteig zu. Der rötlich glühende Abendhimmel warf seinen blasseren Widerschein auf den Bahnhof, auf den mit einem Schild »Güter« versehenen Wellblechschuppen, auf den mit einer Mauer umgebenen Kraal, auf das graue Wellblechhaus des Bahnhofsvorstehers und auf den Sand, der überall hinfloß, von einem Horizont bis zum anderen, und

kleine rhythmische Schattenbecher warf, so daß er zum Meer wurde und sich sanft über den schwarzen Füßen der Kinder schloß.
Die Frau des Bahnhofsvorstehers saß hinter dem Fliegengitter auf der Veranda. Über ihrem Kopf schaukelte ein gehäutetes Schaf leicht im Luftzug hin und her.
Sie warteten.
Der Zug schrie von weitem; aber es kam keine Antwort; und der Schrei war weiter zu hören: Ich komme ... ich komme ...
Die Lokomotive wurde größer, wurde groß und zog die Wagen hinter sich her, die zum Zugende hin immer kleiner wurden; die Schienen wurden blitzschnell breiter, um den Zug herankommen zu lassen.
Quietschend, ruckend, rempelnd, keuchend füllte der Zug den Bahnhof.

Kann ich das da mal sehn – die junge Frau beugte sich noch weiter aus dem Gangfenster hinaus. Missus? lächelte der alte Junge und schaute die Tiere an, die er in der Hand hielt. Er hatte um seinen grauen Finger einen Faden geschlungen, daran hing ein winziges, gewebtes Körbchen; er hob es fragend in die Höhe. Nein, nein, sagte sie ungeduldig und beugte sich weiter aus dem Zugfenster in Richtung des Mannes, der in eine alte Decke eingehüllt war; das da, das da, sagte sie, und ihre Hand deutete darauf. Es war ein Löwe, aus weichem Holz geschnitzt, das an Rührkuchen erinnerte; ein Wappentier, schwarz und weiß, mit eingebrannten impressionistisch wirkenden Details. Der alte Mann hielt ihn immer noch lächelnd zu ihr hoch, das Lächeln kam nicht aus dem Herzen, sondern richtete sich an den möglichen Käufer. Zwischen den an van Dyck erinnernden Zähnen hatte der Löwe eine schwarze Zunge im Maul und stieß ein endloses Gebrüll aus, das zu schrecklich war, um gehört werden zu können. Schau, sagte der junge Ehemann, schau mal da! Um den Hals hatte das Ding einen Streifen Fell (Ratte? Hase? Meerkatze?); eine echte Mähne, majestätisch, an der man irgendwie erkannte, daß der Künstler Freude an dem Löwen hatte.

Den ganzen Zug entlang sprangen die Künstler im Staub herum und streckten ihre holzgeschnitzten Figuren den Gesichtern im Zug entgegen. Böcke, erschreckt und stocksteif, die mit runden, schwarzweißen Augen vor sich hin starrten. Noch mehr Löwen, im Kampf mit merkwürdigen, dünnen, überlangen Kriegern, die Speere umklammert hielten und deren Schlitzaugen keine Angst verrieten. Wieviel? fragten die Zugreisenden. Wieviel?

Gib mir 'nen Penny, sagten die Kleinen, die nichts zu verkaufen hatten. Die Hunde kamen und setzten sich ziemlich ruhig unter den Speisewagen, wo der Zug den Geruch nach kochendem Fleisch mit Zwiebeln ausstieß.

Ein Mann lief unter dem Bogen aus ausgestreckten grauschwarzen und weißen Armen durch, die Geld gegen starrende hölzerne Augen und steif in die Luft ragende Holzbeine austauschten; der Mann ging un-

ter den Stimmen und dem Feilschen hindurch und überprüfte die Räder. An den Hunden vorbei; er schaute zum Speisewagen hoch, wo er hinter Glas auf Gesichter starrte, die Bier tranken, immer zwei und zwei, zwischen sich eine genormte Vase mit einer blassen, toten Blume darin. Bis hin zum Zugende, zum Dienstwagen, wo die Kinder des Stationsvorstehers gerade zwei Laib Brot für ihre Mutter abgeholt hatten; und bis zur Lokomotive, wo der Stationsvorsteher und der Lokführer gegen die dampfende Beschwerde des ruhenden Biestes ansprachen.
Der Mann rief ihnen etwas zu, etwas Lautes, Witziges. Sie drehten sich in einem Dampfwirbel um und lachten. Die beiden Kinder flitzten über den Sand, hielten die Brote an sich gepreßt und rannten durch das eiserne Tor und über den Pfad durch den Garten, in dem nichts wuchs.
Reisende entfernten sich von den Fenstern und gingen in die Abteile, um Geld zu holen oder jemand zu rufen, der etwas anschauen sollte. Diejenigen, die drinnen saßen, schauten auf: es waren plötzlich andere, eingesperrte Gesichter, abgeschnittene, nach dem Kontakt mit draußen. Da war eine Orange, die ein schwarzes Kind gern haben würde... Was war mit dieser Schokolade? Sie war nicht sehr gut...
Ein junges Mädchen hatte eine Handvoll harter Pralinen, die niemand mochte, aus einer Schachtel zusammengesucht und warf sie den Hunden am Speisewagen zu. Aber die Hühner rasten heran und schluckten die Pralinen unglaublich schnell, bevor sie noch richtig im Staub lagen, und die Hunde

schauten mit ihren braunen Augen etwas befremdet auf und erwarteten gar nichts.
– Nein, laß ihn, sagte die junge Frau, nimm ihn nicht…
Zu teuer, zu viel, sie schüttelte den Kopf, sprach mit hoher Stimme mit dem alten Mann und gab den Löwen auf. Er hielt ihn dort in der Höhe, wo sie ihn ihm zurückgereicht hatte. Nein, sagte sie und schüttelte den Kopf. Drei Schilling und sechs Pence? fragte ihr Mann laut. Ja, Baas! lachte der Alte. *Drei Schilling und sechs Pence?* – der junge Mann konnte es kaum glauben. Ach, laß es doch sein, sagte sie. Der junge Mann hielt inne. Willst du ihn nicht haben? fragte er und ließ den Alten sein Gesicht nicht sehen. Nein, macht nichts, sagte sie, laß es sein. Der alte Schwarze hielt seinen Kopf weiter schräg, schaute sie von der Seite an und hielt den Löwen hoch. Drei Schilling und sechs Pence, murmelte er, wie alte Leute Sachen wiederholen.
Die junge Frau zog den Kopf zurück. Sie ging ins Abteil und setzte sich hin. Von dem Fenster aus war auf der anderen Seite nichts zu sehen; Sand und Büsche; ein dorniger Baum. Durch die offene Abteiltür, vor ihrem Mann im Gang, war der Bahnhof, waren die Stimmen, die winkenden Holztiere, rennende Füße. Sie schaute sich die lustige, geschnitzte Holzblende am Bahnhofsdach an; sie dachte an den Löwen und lächelte. Dieser Streifen Fell um seinen Hals herum. Aber die hölzernen Böcke, die Nilpferde, die Elefanten, die Körbchen, die sich schon unter dem Sitz und im Gepäcknetz aus dem braunen

Einwickelpapier herausbeulten! Wie würden sie zu Hause aussehen? Wohin würden sie gestellt werden? Was würden sie bedeuten? Weit entfernt von den Orten, wo sie sie gefunden hatten? Weit entfernt von der Unwirklichkeit der letzten paar Wochen? Der Mann da draußen. Aber er ist nicht ein Teil der Unwirklichkeit; er war ganz echt. Merkwürdig... Irgendwie hatte sie die Vorstellung, daß das Leben mit ihm ein Teil der Ferien war.

Draußen klingelte eine Glocke. Der Stationsvorsteher lehnte sich ans Zugende und hielt die grüne Flagge zusammengerollt in der Hand. Ein paar Männer, die ausgestiegen waren, um sich die Beine zu vertreten, sprangen auf den Zug, hielten sich an der Aussichtsplattform fest oder standen einfach auf dem eisernen Treppchen, das Geländer in der Hand; aber doch im Zug, dem einzigen staubigen Bahnsteig, dem Blechhäuschen, dem toten Sand sicher entkommen.

Ein Ächzen war zu hören. Der Zug machte einen Ruck. Die Biertrinker schauten durch die Fensterscheibe, als ob sie nicht durchschauen könnten. Hinter dem Fliegengitter saß die Frau des Stationsvorstehers und schaute die Abfahrenden unter der immer dunkler werdenden Fleischmasse an.

Ein Schrei ertönte. Die Flagge entrollte sich. Die einzelnen Waggons des Zuges stießen gegeneinander. Er fuhr los; langsam glitt das Bahnwärterhäuschen nach hinten, die Schreie der Eingeborenen, die neben dem Zug herliefen, kamen unterschiedlich laut durch das Fenster hereingeflogen. Starrende

Holzgesichter winkten wie betrunken, da, dann fort, und fragten zum letzten Mal an den Fenstern. Hier, ein Schilling und Sixpence, Baas! – Wie man automatisch die Hand öffnet, um einen Ball zu fangen, griff ein Mann schnell in seine Tasche, kramte einen Schilling und ein Sixpence-Stück heraus und warf sie zum Fenster hinaus; der alte Schwarze warf ihm keuchend, die Zehen im Sand gespreizt, den Löwen zu.
Die schwarzen Kinder winkten, die Hunde standen still, mit unsicher gehobenen Schwänzen, und schauten zu, wie der Zug losfuhr: an den Lehmhütten vorbei, wo sich eine Frau vom rauchigen Feuer wegdrehte, um zu schauen, ihre Hand in die Hüfte gestemmt.
Der Stationsvorsteher ging langsam ins Bahnwärterhäuschen.
Der alte Schwarze stand da, beim Atmen hob sich die Haut zwischen seinen Rippen, er balancierte mit seinen steifen Füßen im Sand, lächelte und schüttelte den Kopf. In der offenen Hand, die er in der Haltung des Empfangens nach oben hielt, lag der erhaltene Schilling und das Sixpence-Stück.
Das blinde Zugende wurde hilflos aus dem Bahnhof gezogen.

Der junge Mann kam atemlos vom Gang herein. Er schüttelte lachend und triumphierend den Kopf. Da! sagte er. Und wackelte kräftig mit dem Löwen in ihre Richtung. Ein Schilling und Sixpence!
Was? sagte sie.

Er lachte. Ich hab mit ihm aus Spaß gehandelt – als der Zug schon losgefahren war, kam er hinterhergerannt... Ein Schilling und Sixpence, Baas! Da hast du deinen Löwen.

Sie hielt ihn von sich weg, den Kopf mit dem offenen Maul, die spitzen Zähne, die schwarze Zunge, die wunderbare Halskrause aus Fell. Sie schaute ihn mit einem Ausdruck an, als ob sie ihn nicht sähe, als ob sie etwas anderes sähe. Ihr Gesicht war erhoben und verzerrt wie das Gesicht eines verdrossenen Kindes. Ihr Mund hob sich nervös an einem Winkel. Sehr langsam, vorsichtig, hob sie einen Finger und berührte die Mähne, da, wo sie am Holz befestigt war.

Aber wie konntest du das tun? sagte sie. Er war schockiert über den Kummer in ihrem Gesicht.

Großer Gott, sagte er, was ist denn los?

Wenn du das Ding wolltest, sagte sie, ihre Stimme wurde hoch und brach in der schrillen Ohnmacht der Wut, warum hast du es dann nicht gleich gekauft? Wenn du es wolltest, warum hast du dann nicht dafür bezahlt? Warum hast du es nicht anständig genommen, als er es dir anbot? Warum mußtest du darauf warten, bis er damit dem Zug nachlief, und ihm einen Schilling und Sixpence geben? Einen Schilling und Sixpence!

Sie hielt es ihm entgegen und versuchte, ihn zu zwingen, es ihr abzunehmen. Er stand erstaunt da, seine Hände hingen herab.

Aber du hast es doch gewollt! Es hat dir doch so gut gefallen?

– Es ist ein wunderbares Stück, sagte sie scharf, als wollte sie es vor ihm beschützen.
Es hat dir doch so gefallen! Du hast selbst gesagt, daß es zu teuer war –.
O, *du* –, sagte sie hoffnungslos und wütend. *Du* ...
Sie warf den Löwen auf den Sitz.
Er stand da und schaute sie an.
Sie setzte sich wieder in die Ecke, stützte das Gesicht auf die Hand und starrte aus dem Fenster. Alles drehte sich in ihrem Kopf. Ein Schilling und Sixpence. Ein Schilling und Sixpence. Ein Schilling und Sixpence für das Holz und die Schnitzarbeit und die Sehnen an den Beinen und die Krümmung des Schwanzes. Für den Mund, der so offen stand, und die Zähne. Die schwarze Zunge, geschwungen wie eine Waffe. Die Mähne um den Hals. Einen Schilling und Sixpence dafür zu geben. Heiße Scham stieg in ihr auf und klang ihr in den Ohren wie rieselnder Sand. Rieseln, rieseln. Sie saß da, krank. Eine Müdigkeit, eine Geschmacklosigkeit, die Entdeckung einer Leere bewirkten, daß ihre Hände ihren Griff lockerten, als ob die Stunde den Griff nicht wert sei. Sie fühlte sich wieder so. Sie hatte gedacht, daß es etwas mit Alleinsein zu tun hätte, mit allein zu sein und zu sehr sich selbst zu gehören.
Sie saß da und wollte sich nicht bewegen oder sprechen oder sogar irgend etwas anschauen; damit die Stimmung mit nichts in Verbindung gebracht werden könnte, mit keinem Ding, keinem Wort, keinem Anblick, mit nichts, das wieder auftauchen und das Gefühl wieder in Erinnerung bringen könnte ... Rauhe

Rußflocken wehten herein, setzten sich auf ihren Händen fest. Ihr Rücken blieb im genau gleichen Winkel abgewandt von dem jungen Mann, dessen Hände zwischen seinen gespreizten Beinen herabhingen, und dem Löwen, der auf der Seite in der Ecke lag.

Der Zug war aus der Station gefahren wie eine Schlange aus ihrer Haut. Er rief dem Himmel zu, ich komme, ich komme; und wieder war keine Antwort zu hören.

EIN WÄCHTER DER TOTEN

Als meine Großmutter 1939 starb, wurde Onkel Jules das Familienoberhaupt. Es gab keinen Mann in unserem Haus; mein Vater, ein schlechter Ernährer, den meine Mutter ohne zu klagen ertrug, dem seine eigene Unwichtigkeit voll Bedauern bewußt war, hatte uns vor acht Jahren verlassen, war auf und davon gegangen. Onkel Jules war der Bruder meines Vaters, und er schien sich bei Familienkrisen, wie Hochzeiten und Begräbnisse, zu materialisieren. In Johannesburg, wo wir lebten, gab es noch viele andere Verwandte väterlicherseits, aber wir sahen sie nicht oft. Ziemlich plötzlich, beim unbestimmten Kommen und Gehen irgendwelcher Geschäfte (Diamantenkäufe? Reisen in Sachen Schmuck?), die Onkel Jules von Johannesburg und manchmal sogar von Südafrika fernhielten, tauchte er auf und traf alle nötigen Anordnungen.

Obwohl meine Großmutter eine alte Dame mit dem zarten, rosigen Teint war, den man bekommt, wenn man im verregneten England aufwächst, und freundlich und schnell sprach wie die Cockneys in London, und obwohl sie Freunde in unserer Straße hatte, in diesem nicht schicken Viertel von Johannesburg, die Schotten und Buren und Italiener waren, war sie, als sie starb, jüdisch; alles andere spielte keine Rolle mehr, sie war nur noch jüdisch. Ihre Rasse und ihre Religion, die sie leichtfertig ignoriert hatte, erhoben am Ende Anspruch auf sie, auf eine Initiation, die wir nicht verstanden und die sie uns entzog, wie ihr Tod an sich es noch nicht getan hatte.

Ich war ein Mädchen von sechzehn Jahren und die älteste von drei Kindern, aber mir, genau wie meinem Bruder William und meiner Schwester Helen, hatte Jüdischsein einzig und allein bedeutet, daß wir eine halbe Stunde frei hatten, während die anderen Kinder in unserer Klosterschule Religionsunterricht hatten. Wenn Mutter irgendwelche jüdischen Bräuche gekannt hatte – und ich bezweifle das –, dann hatte sie die lang vor unserer Geburt vergessen. Jüdische Begräbnisse waren einfach und schmucklos – keine Blumen; nur ein kurzes Gebet am offenen Grab, und dann wird der schlichte, hölzerne Sarg hinuntergelassen. In Südafrika wenigstens ist es nicht üblich, daß jüdische Frauen zu Begräbnissen gehen, selbst zu denen ihrer engsten Freunde. Onkel Jules bestellte einen Rabbi, der das Gebet auf dem Friedhof sprechen sollte, setzte eine Todesanzeige in die Zeitung und telefonierte allen Verwandten durch, wann das Begräbnis sein würde. Wir konnten gar nichts tun. Wir glaubten nicht einmal, daß meine Großmutter tot war. Sie hatte eine Banane für Helen zerdrückt und mehr davon abgeschmeckt als zerdrückt, als die Gabel einfach ihren Mund nicht mehr erreicht hatte. Ein Blutgerinnsel, sagte der Doktor, aber uns kam es so vor, als wäre sie einfach unterbrochen worden und würde gleich zurückkommen und sagen: »Also, was hab ich gemacht, als ...«

Am Nachmittag des Tages, an dem sie starb, saßen die Familie und zwei verlegene Nachbarn im Wohnzimmer, wo die Schwertfarne meiner Großmutter in den Fenstern standen und das Licht grün färbten. Onkel Jules, der sehr beschäftigt war, kam und ging. Schließlich machte er eine Pause und setzte sich in den braunen Sessel, lebhaft trommelte er mit den Fingern und biß nervös an der Innenseite seiner Wangen herum. Seine Augenbrauen zogen sich zusammen, als ihm durch den Kopf ging, was alles noch gemacht werden mußte. Plötzlich schossen die Augenbrauen in die Höhe, er spitzte den Mund und sagte: »Wir müssen einen *Wacher* bestellen.«

»Einen was?« fragte William.

»Einen *Wacher*«, sagte Onkel Jules. »Ich muß in der Synagoge anrufen und ...« Vor sich hin murmelnd ging er zum Telefon.

Ich stand auf und ging hinter ihm her in den Gang. »Was ist ein *Wacher*?« flüsterte ich und zupfte ihn am Jackenärmel.

»Guter Gott! Das weißt du nicht?«

»Schttt!« sagte ich und zerrte an seinem Ärmel. Ich wollte nicht, daß meine Mutter es hörte.

Mit einem Blick zum Zimmer hin, in dem die anderen saßen, sagte er leise: »Ein Wächter der Toten.«

Diese Worte aus dem Munde dieses sachlichen Mannes schienen mir wie eine Beschwörung zu sein, die jemand achtlos wiederholt, der sie irgendwo überhört hat und jetzt wieder sagt, ohne zu wissen, was er da eigentlich sagt. Ein Wächter der Toten. *Wer* wacht? dachte ich, und was bewacht er? Das, was ihnen schon passiert ist? Einen Hinweis darauf, wohin sie gegangen sind? Was für eine Art Mann kann Wache halten, wenn es nichts zu bewachen gibt, außer dem, was vergangen ist, unbeschrieben, und zurückliegt und dem, was unbekannt ist, unbeschrieben und bevorsteht? Ein Wächter der Toten.

»Wie lange bleibt er da?« fragte ich.

»Vom Sonnenuntergang bis zum Sonnenaufgang, glaube ich wenigstens«, sagte mein Onkel. Dann zog er das Telefonbuch unter den Zeitschriften hervor, die sich immer auf dem wackeligen Tisch im Gang stapelten.

Die Synagoge schickte einen älteren Mann, der einen dicken Bauch hatte, über dem eine Uhrkette hing, und darunter spindeldürre Beine, die in sauberen, schäbigen braunen Schuhen verschwanden, die von jahrelangem Polieren geschmeidig geworden waren. Er trug eine Brille, die seine braunen Augen sehr groß erscheinen ließ, er hatte einen kleinen Bart, und sein Gesicht war angenehm rosa und mit symmetrischen Falten versehen – eine Falte unter jedem Auge, eine Falte um jeden Mundwinkel herum, eine Falte zwischen Kinn und Hals, eine Falte dort, wo der Nacken an den Kragen stieß. Er hatte sogar eine kleine Falte unter jedem Ohrläppchen, als ob die großen, nützlich aussehenden Ohren unter ihrem eigenen Gewicht und ihrer Nützlichkeit im Laufe der Jahre abgesackt wären.

Er nahm seinen Hut ab und legte seinen Stock weg und machte sich sofort in dem Raum zu schaffen, in dem meine Großmutter lag, in der ganz besonderen Stille von jemandem, der nicht atmet, in ihrer Hälfte des alten Doppelbettes, das sie mitgebracht hatte, als sie bei uns einzog. Er legte sie auf den Boden, zündete eine Kerze an, stellte einen Stuhl woanders hin. Ich erwartete fast, daß er anfangen würde, leise vor sich hin zu summen. Meine Mutter stand in der Tür und biß sich auf dem Gelenk des Zeigefingers ihrer zusammengeballten Hand herum, ganz genau so, wie es meine zehnjährige Schwester manchmal tat. Wir Kinder wußten nicht, daß das Legen des Leichnams auf den Boden das im jüdischen Glauben verankerte Verleugnen von weltlicher Bequemlichkeit bedeutete. Wir sagten nichts. Selbst meine Mutter sagte nichts. Sie schaute nur die auf dem Boden liegende Gestalt so an, wie Leute einem Kranken nachblicken, der in einem Krankenhausflur zu irgendeiner unvorstellbaren Behandlung in einem unvorstellbaren Raum weggerollt wird.
Etwas später kam Onkel Jules, der sich außer Haus um das Begräbnis, das am nächsten Nachmittag stattfinden sollte, gekümmert hatte, zurück ins Wohnzimmer. »Der, wie heißt er noch mal, ist gekommen«, sagte William.
»Der *Wacher*? Gut!« sagte Onkel Jules und warf seinen Regenmantel in eine dunkle Ecke des Flures.
Die Dunkelheit der ersten Nacht – der ersten Nacht, in der sie nicht da war – stieg in allen Zimmern des Hauses auf. Als die Lichter angeknipst wurden, jetzt

in diesem Zimmer, dann in jenem; als die Familie in die Schlafzimmer ging, in die Küche, ins Badezimmer und, ohne nachzudenken, in jedem Zimmer Licht machte, fing meine Großmutter wirklich an, tot zu sein. Das elektrische Licht erhellte jedes dunkle Zimmer und fand sie dort nicht mehr.

Bis jetzt hatte es im Haus um diese Zeit immer nach etwas Gebratenem gerochen; die Tür meines Zimmers flog auf, und sie sagte: »Liebling, sollen wir Chips essen?« Ihre Wangen waren noch rosiger, wenn sie kochte; die winzigen Diamantohrringe, die seit über vierzig Jahren in ihre Ohrläppchen hineingewachsen waren, blitzten lebendig in ihren rosa Ohren. Sie schaute angespannt und respektvoll meine Schulbücher an und wartete auf meine Antwort. Dann überließ sie mich meiner Arbeit, und einen Augenblick später hörte ich, wie sie im Flur mit Helen sprach.

Meine Großmutter hatte seit dem Verschwinden meines Vaters bei uns gelebt und uns den Haushalt geführt. Mutter hatte ein kleines Schreibwarengeschäft und kam jeden Abend wie der Mann in der Familie nach Hause und erfuhr von meiner Großmutter, was während des Tages passiert war, und mußte Entscheidungen fällen und Rechnungen bezahlen. Es war genauso, wie es vorher mit meinem Vater gewesen war. Meine Großmutter hatte es nicht gern, wenn sie Entschlüsse fällen mußte. Als mein Großvater noch lebte, hatte sie das niemals gemußt. Sie hatte niemals, wie meine Mutter, mit einem Mann zusammengelebt, der auf alle Autorität verzichtete, mit einem Mann, an den sich anzulehnen genauso gewesen wäre, wie sich an Luft anzulehnen. Sie hatte fröhlich ihr ganzes Leben lang im Schatten ihres Mannes gelebt, und sie respektierte meine Mutter sehr.

Obwohl man es nicht merkte, wurde mir später aus der Erfahrung meines eigenen Lebens als Frau bewußt, daß meine Mutter den Respekt ihrer Mutter mit einer Art Sehnsucht akzeptierte. Meine kleine Großmutter war so weiblich wie eine Taube, mit ihrer vollen Brust, in ihrem grauen Kleid; stolz auf ihre zwei neuen Hüte, im Winter und im Sommer; leicht zu Tränen gerührt von Shirley-Temple-Filmen, die sie und Helen in den kleinen Vorstadtkinos anschauten; sie erinnerte sich an die fünfzig Jahre alten, glücklichen, vulgären, unschuldigen Schlager, die wir Kinder gern hörten. Mutter schätzte sie im wahren Sinn dieses Wortes, wie ein Mann eine Frau schätzt, und eine Frau ein Kind, sah in ihr aber auch das, was sie selbst nicht hatte – dieses leicht zu Tränen Gerührtsein, diese sanfte Schwäche, diese Unterwürfigkeit allem Geschlechtlichen gegenüber.

Onkel Jules ging in das Zimmer meiner Großmutter, um mit dem Wächter zu sprechen, und wir Kinder, unfähig irgendwo zu bleiben, selbst in unseren eigenen Zimmern, machten uns auf die Suche nach unserer Mutter, die in der Küche war und das Abendessen zubereitete. Den ganzen Tag lang hatte sie irgend etwas gemacht; ich hätte nicht sagen können, was sie gemacht hatte, aber sie ging hierhin und dorthin, nahm etwas in die Hand, und ihre Augen blickten konzentriert nach unten. Als wir in die Küche kamen, machte sie sich gerade am Küchentisch zu schaffen, und die Katze strich kläglich um ihre Beine herum und bettelte um Futter. Unser Haus war klein, die ganze Wohnung war auf einem Stockwerk, und Onkel Jules hatte gerade das Zimmer meiner Großmutter betreten, als ich ihn durch den Gang zurückkommen hörte.

»Hast du ihm nichts gegeben?« fragte er dringlich.

Meine Mutter schaute Onkel Jules an und sagte: »Was will er denn haben?«

»Er *will* gar nichts haben. Aber, großer Gott, das wird doch immer so gemacht.« Mein Onkel fühlte, daß er jetzt nicht verzweifelt sein durfte, und war sich unsicher, was für ein Gefühl er meiner Mutter gegenüber zeigen *konnte*. Im Angesicht des Todes sind alle Haltungen gleich lästig und verletzend.

»Soll ich ihm was kochen?« fragte meine Mutter.

»Nein, nein, du mußt was zu trinken für ihn haben. Das ist so üblich. Eine Flasche Brandy. Die bekommen immer eine Flasche Brandy.«

»Was?« fragte meine Mutter.

»Hast du keine Flasche Brandy oder so was im Haus?« fragte Onkel Jules geduldig. »Du hast doch bestimmt *irgendwas*?«

»Oh, ja«, sagte meine Mutter. »Trinkt er Brandy? Willst du mir sagen, daß er heute nacht Brandy trinken wird?«

Mein Onkel lächelte und zuckte die Achseln. »Nun«, sagte er, »so ist eben der Brauch. Das ist immer so.«

»Es ist eine ungeöffnete Flasche da«, sagte meine Mutter. »Ich hab sie weggestellt. Ich hol sie.« Sie verließ die Küche. Die Katze strich immer wieder um das Tischbein herum. Kurz darauf war meine Mutter zurück. »Ist das gut so?« fragte sie ängstlich und reichte meinem Onkel eine ungeöffnete Flasche Brandy.

»Natürlich, natürlich«, sagte er. »Was kann er denn erwarten – doch keinen Napoleon?« Seinem Ausdruck nach zu schließen war klar, daß er das Gefühl hatte, wieder etwas Falsches gesagt zu haben. Er seufzte, verließ die Küche und trug den Brandy am Flaschenhals.

»Komm her, meine Katze«, sagte meine Mutter, nahm etwas Hackfleisch aus dem Eisschrank und setzte sich auf den Küchenstuhl, damit die Katze ihr leicht aus der Hand fressen konnte. Kurz darauf hatte sie das Fleisch gierig verschlungen; die Katze leckte die leeren Finger ab. Meine Mutter fing zu weinen an, sie hatte ihr Gesicht verzogen und sah Helen ähnlicher als je zuvor, und Tränen rannen ihr in den Mund. Helen, William und ich standen still auf der anderen Seite des Küchentisches und hatten Angst, sie zu berühren.

»Ich will nicht, daß er bei ihr ist! Ich will nicht, daß er bei ihr ist!« sagte meine Mutter. Niemand antwortete, niemand sagte etwas oder bewegte sich.

Nach einer Weile erhob sie sich, putzte sich die Nase und ging zur Spüle, um sich die Hände zu waschen.

Die Familie und Onkel Jules saßen unter der runden gelben Deckenlampe am Eßtisch. Alles schmeckte sehr gut; alle waren sehr sanft und aufmerksam. Liebe wurde uns bewußt, zwischen uns Kindern und in uns; Williams Hand, die die Butter weiterreichte, war meine Hand; das Haar meiner kleinen Schwester, das auf ihrem Rücken lag, war mein Haar. Dies war eine aufregende Entdeckung, um so aufregender, als wir sie gemeinsam erlebten. Wir konnten sie allerdings nicht mit meiner Mutter teilen. Sie saß da, reichte uns die Speisen und war geistig und körperlich ganz allein an ihrem Tischende.
Hinterher zogen wir ins Wohnzimmer um und setzten uns ruhig hin. William und Helen taten so, als ob sie läsen, Mutter und ich saßen einfach nur so da. Onkel Jules starrte zwischen seinen Knien auf den Boden. Vor einer oder zwei Stunden war uns bewußt geworden, daß meine Großmutter *nicht da* war – das Fehlen, die Abwesenheit, das *Wegsein* von jemandem, den wir liebten und der uns vertraut war. Jetzt war da wieder etwas, jemand. Ich fühlte die Anwesenheit unserer toten Großmutter wie die eines Fremden im Nebenzimmer.
Bevor meine Mutter zu Bett ging, ging sie in das Zimmer, in dem meine Großmutter lag, und wir Kinder folgten ihr. Der Wächter, der die Brille abgenommen hatte und die Augen ausruhte, erhob sich von seinem Stuhl. Er wirkte etwas wie ein Museumswärter; ich hatte das Gefühl, daß er sagen könnte: »Nun, gibt es irgend etwas Bestimmtes, was Sie gern sehen würden? Haben Sie irgendwelche Fragen?«

Meine Mutter ging zu meiner toten Großmutter, bückte sich und berührte ihr Haar.
»Entschuldigen Sie«, sagte der alte Herr. Mit einem Angstschauer erinnerte ich mich an die Hinweise in Ausstellungen: »Bitte nicht berühren!«
»Was?« fragte meine Mutter.
»Es ist nicht erlaubt«, sagte der alte Herr bedauernd.
»Ich mach doch überhaupt nichts«, sagte meine Mutter. »Ich bin gekommen, um meiner Mutter einen Gute-Nacht-Kuß zu geben.«
»Es ist nicht erlaubt – die Toten zu berühren«, sagte der Wächter.
Meine Mutter stand über die tote Frau gebeugt da und hatte ihren Kopf ihm zugewandt. Ihr Blick schien einen Kreis um sie und ihre Mutter zu ziehen, den der alte Herr, der ohne seine Brille zwinkerte, ruhig und sich seiner Sache bewußt nicht zu überschreiten wagte. Ich wußte, daß er sich meiner Mutter keinen Schritt nähern konnte, dorthin, wo meine Großmutter lag. Er bewegte seine Hände mit der entschuldigenden, flehentlichen Verneinung eines kleinen Beamten. Und wie alle kleinen Beamten berief er sich auf die Autorität, die hinter ihm stand. »Es verstößt gegen die jüdische Religion«, sagte er achselzuckend und leidvoll lächelnd.
Meine Mutter holte tief Luft und sagte dann scharf: »Aber sie ist an nichts Ansteckendem gestorben! Ich könnte nichts von ihr kriegen!«
Der Wächter sah schockiert aus. Seine Haltung dem Tode gegenüber war abstrakt, die Abstraktion eines

Professionellen; meine Mutter ging individuell wie ein Amateur darauf zu. Er zuckte noch einmal die Achseln.

»Warum? Warum?« fragte meine Mutter beharrlich. Und bevor er etwas antworten konnte, fragte sie wieder: »Warum? Warum soll ich sie nicht küssen?« Sie war aufgeregt und wütend, die Art unmögliche, aggressive Wut, die sich selbst ernährt und gar nicht beruhigt werden will. Ich dachte, daß sie mit dem Fuß aufstampfen und die Zähne blecken könnte.

»Es gibt doch keinen Grund dafür, oder? Oder?« wiederholte sie mit schriller Stimme.

Ich fühlte mich krank, und mein Herz schlug entsetzlich schnell. »Aber, Mutter«, sagte ich, »er kann nichts dafür. Es ist nicht *seine* Schuld.« Ich schaute meine Großmutter an, die so tief schlief.

Meine Mutter schaute den Wächter giftig an, der dastand und sich an einem Ohr zupfte, wie ein einfacher, gleichgültiger Esel, der nicht einmal weiß oder so tut, als ob er es nicht wisse, daß all das Klopfen, Schieben und Schreien des Eseltreibers ihm gilt.

»Nein«, sagte sie mit zitternder Stimme. »Ich weiß, daß es nicht sein Fehler ist.« Und ich sah, daß sie ihn gerade deshalb haßte, weil es nicht sein Fehler war, weil er es nicht ändern konnte. Sie wollte ihm für seine Unschuld das Fell über die Ohren ziehen.

In ihrer untröstlichen Wut rauschte sie zur Tür. Dann erinnerte sie sich, wandte sich um und schaute meine Großmutter an, die allein auf dem Boden lag, und mit einem entsetzlichen, schmerzhaften Schock wurde ihr bewußt, daß sie sie vergessen hatte, daß sie

ihren letzten Augenblick mit ihr verloren hatte, verloren vor lauter Wut.
Als ich im Dunkeln in meinem Bett lag, dachte ich, daß der Wächter, der arme alte Herr mit den gut polierten Schuhen, am nächsten Morgen vielleicht auch tot sein würde – von der ohnmächtigen Wut der Trauer meiner Mutter still und unschuldig auf seinem Stuhl sitzend getötet.

Aber am Morgen war alles anders. Am Morgen bereitete meine Mutter unglaublicherweise und tröstlicherweise ein großes Frühstück mit geräucherten Heringen und Rührei zu. »Bring mir das Messingtablett aus dem Eßzimmer«, sagte sie. »Er wird morgens, bevor er geht, etwas essen wollen, der arme alte Kerl. Er ist nicht mehr so jung, die ganze Nacht auf einem Stuhl zu sitzen!«
Ich schaute sie an. Ihr Gesicht über dem Herd sah ruhig aus.
Ihre Hände bewegten sich langsam und fühlten sich sehr kalt an. Sie füllte das Tablett und trug es in das Eßzimmer und stellte es vor den alten Herrn. Er saß geduldig am Tisch, hatte seine Serviette in den V-Ausschnitt seiner Weste gesteckt, und sie goß ihm Tee ein. Die Tränensäcke unter seinen Augen waren dicker geworden; er aß die ganze Zeit, wie ein folgsames Kind. Als er alles aufgegessen hatte, wischte er sich den Mund sorgsam ab, legte die zerdrückte Serviette auf den Tisch und dankte ihr.
Er ging hinaus, um seinen Hut und seinen Stock zu holen, und sie stand da, die Hand auf der Teekanne,

und schaute hinter ihm her. Onkel Jules bezahlte dem Wächter seine zwei Guineen Gebühr, und der alte Herr ging weg und trug ein ordentlich in Papier eingewickeltes Paket, in dem die Brandyflasche sein mußte – angebrochen oder nicht, das konnte man nicht wissen.

Meine Mutter trug das Frühstückstablett in die Küche, und ich folgte ihr. Sie sah sehr müde aus; ein Nerv zitterte unter ihrem linken Auge. »Der arme alte Kerl«, murmelte sie leise. »Er muß wirklich alt sein.«

»Hmm. Und die ganze Nacht lang auf–«, sagte ich.

Ein schwaches Lächeln hob die Winkel ihres Mundes, der trocken und dünn aussah. »Er hat einen Apfel gegessen«, sagte sie. »Neben ihm lagen zusammengerollte Apfelschalen auf einem Stück Zeitungspapier. Oje! Er hat einen Apfel gegessen. Ich erinnere mich erst jetzt dran, daß ich es dort gesehen hab.«

»Aber hat er denn nicht–«, sagte ich und wußte kaum, was ich sagte, fing aber zu verstehen an.

»Geschlafen«, sagte sie. »Die ganze Zeit geschlafen. Fest geschlafen.«

Einen Augenblick lang herrschte Stille – Küchenstille, zusammengesetzt aus dem leisen Zischen der Kochtöpfe, dem Kratzen eines Messers, einem tropfenden Hahn. »Mutter«, sagte ich, »hast du–« Sie wandte mir den Rücken zu. Vielleicht hörte sie mich nicht einmal – und ich fragte sie nie, was ich sie zu fragen begonnen hatte.

Ich habe sie bis zum heutigen Tag nicht gefragt. Damals dachte ich schockiert, daß sie diesen Morgen meinte; daß sie morgens in das Zimmer gegangen war und ihn gefunden hatte. Ich sah, als ob ich selbst dort gewesen wäre, das dunkle Totenzimmer mit der brennenden Kerze, mit dem schlafenden alten Mann, dessen Kinn seitlich auf seinen faltigen Hals hinabgesunken war, die grüne Spirale der Apfelschale, den leichten Duft des verschwundenen Apfels im Raum, und meine Mutter, zum letzten Mal allein mit meiner Großmutter.

SCHÄTZE DER SEE

An einem Strand an der Südküste von Natal hatte der Sand Zeit, alle Fußabdrücke aufzunehmen. Am Ende des Tages waren sie zu sehen, vielleicht etwas zertrampelt, aber die meisten Abdrücke der Füße waren noch ganz deutlich; die schnelle Spur eines rennenden Kindes, die verspielten Pfotenabdrücke eines großen Hundes, die gleichmäßigen Spuren, die die harten, knochigen Füße eines laufenden indischen Fischers hinterlassen hatten. Sie erhoben so wenig Anspruch auf Autorität über die Küste, wie eine Flagge, die ein Forscher in eine Schneemulde steckt, Machtanspruch auf die weiße, verwirrende Vorherrschaft am Pol erhebt. Der Strand, das Meer, die wahnsinnig singenden Büsche waren das Lebendige, das Echte, das Vorherrschende hier; die leichten Fußspuren hatten keinen wunderbaren Hintergrund für eine Gruppe von laufenden, springenden und herumalbernden Menschen gebildet, aber hatten es immerhin geschafft, einen kleinen Teil des Strandes zu tüpfeln, einen kleinen Teil einer so ungeheuer großen Komposition, daß die Fußspuren niemals das ganze Bild hätten beherrschen können. Weißer Sand lag um die wenigen, weit entfernten, undeutlichen Fußabdrücke, Sand trocknete in einer dünnen, leuchtenden Kruste im Wind, schwang sich von einer Bucht zur nächsten, Meile für Meile, von Fels zu Fels.

Hierher hatten sie sie gebracht, als sie zwei Jahre alt war, um dazusitzen mit einem Hut aus geflochtenen Maisblättern, ihre Füße unter einem schweren, feuchten Sandberg begraben. Hier hatte sie sich gewehrt und gekämpft und gegen die Berührung des Meeres angeschrien, bis das Gefühl, diese aufsteigende, einhüllende Kühle hinten bis zur Taille hoch zu spüren, und der Geruch des schäumenden, prikkelnden Wassers eine neue Freude in ihr erweckte, und als sie Jahr für Jahr wieder dorthin gebracht wurde, schien das Meer sie anzutreiben, aufzudrehen, zu tauchen, zu strampeln und zu schreien. Es war an dieser Küste, oder einer ganz ähnlichen, daß sie zum ersten Mal einen Hinweis auf die Geschäftigkeit des Meeres entdeckte, die merkwürdigen, dikken, feuchten Gummiblätter, die roten Blüten, die auf der Unterseite von Felsen festgeknöpft waren, die stillen Fische und die langsamen Schleimklümpchen, die in perfekten Gehäusen lebten, die Hunderte nach einer Laune verschieden geformten und gefärbten Muscheln. All diese zarten Kunstwerke, die das Meer geschaffen hatte. Sie hatte all das entdeckt, als sie von ihrer schwarzen Kinderfrau bei Ebbe über die kleinen Strände geführt wurde, wo die Wellen zwischen den Felsen Hunderttausende von kleinen Muscheln mit dem Geräusch leise klimpernden Geldes umdrehten, sich dann schäumend zurückzogen und die Muscheln im Sonnenlicht feucht und bunt schimmerten. Die Kinderfrau sammelte braunrückige Kaurimuscheln, die wie winzige Schildkröten aussahen, um die Deckel von Milchkrügen damit zu verzieren, aber das Kind stopfte seine Taschen mit allem voll, was hineinpaßte. Als sie zurück in ihr Zimmer kam und sie auf dem Bett ausstülpte, waren ihre Taschen feucht von einer merkwürdig schweren, salzigen Feuchtigkeit. Es waren winzige glitzernde Muschelstückchen. Jetzt lagen sie mit dem Sand auf der Bettdecke, glanzlos wie Porzellan. Ein paar Strandschnecken, die sie eingesteckt hatte, waren ekelhaft in ihren kleinen Türmchen verkrustet, tot.

Sie warf sie zum Fenster hinaus.

Aber am nächsten Tag und im nächsten Jahr war sie wieder dort, hockte sich mit den Knien am Kinn hin und las die innen unglaublich rosa schimmernden Austernschalen auf, die feucht vom Meer waren.

Als sie erwachsen wurde, reiste sie, aber aufregender als all die toten Paläste, die Berge und Städte, die Bilder und Monumente, das Ballett, das Theater, die Oper und die spannenden Gespräche von Kaffeehaus-Philosophen war der Anblick kleiner Buben, die in südlichen Häfen zum Schiff hinschwammen und nach den Münzen der Passagiere tauchten. Sie hing sich über die Reling, die sich ihr in den Bauch drückte, und warf die Münzen in ihrer Erregung so weit sie nur konnte. Und sie schien zu fühlen, wie der dünne Rand der Münze durch die enorme grüne Schwere des Wassers schnitt und die Blasen von den Ohren des Jungen aufstiegen, als er ihr bis zum

Grund nachtauchte. Das Meer war so riesengroß, so wunderbar, war fähig, Schiffe zu verschlingen und nie wieder herzugeben, und dennoch schaffte es der Junge, einen kleinen Penny zurückzuerobern. Er gewann den Kampf mit dem Meer von der Oberfläche bis auf den tiefsten Grund. Eines Tages, als sie weit draußen waren, ging sie zur Reling und warf einen Penny hinein, der von ihrer Hand in zehntausend Meilen endloses, graues Wasser fiel. Fort, verloren, vom Meer aufgenommen und zu winzig klein, um auch nur irgendeine Bedeutung zu haben.

»Ein geheimer Wunsch, meine liebe junge Dame?« fragte ein zarter, alter Herr beim Vorbeigehen. Und sie lächelte das strahlende Lächeln des Einverständnisses, das wir alle dankbar aufsetzen, wenn wir uns andere vom Leib halten wollen. Er verbuchte dieses sonnige Strahlen in seiner Sammlung von typischen Eigenschaften junger Frauen.

In Amerika wurde ihre Faszination für das Meer als eine Art körperliche Leidenschaft mißverstanden, ähnlich dem, was sie gefühlt hatte, als sie, fast noch ein Baby und noch dabei, verschiedene sensorische Entdeckungen zu machen, in ein für sie neues und tragendes Element eingetaucht worden war, das weniger langweilig als Luft war. Sie schickten sie an die Strände von Florida, ließen sie auf einem zerbrechlichen Holzbrett über die langen Brecher flitzen und warteten auf den Ausdruck wütender Lust auf ihrem Gesicht, der für sie den Triumph bedeutete. Sie legten sie unter einem mit Fransen versehenen Sonnenschirm auf eine Luftmatratze, um die stechende

Sonne und das rauhe Salz von ihr fernzuhalten, und um sie herum hatten sich Tausende versammelt, um die Vorzüge einer anderen Art des Flusses Ganges zu genießen. Sie schenkte ihnen ein strahlendes Lächeln und vermutete, daß das genau das sei, was ihnen Vergnügen bereitete. Aber als sie, entschlossen, ihr alles zu geben, das Meer aufgefordert hatten, ihr einen richtigen Kick zu versetzen, nahmen sie sie mit zum Tiefseefischen vor der Küste von Florida, und sie empfand ein sehr persönliches Vergnügen, als sie einen großen Fisch aus der Tiefe des Meeres zog, der sich vor Lebendigkeit krümmte und herumwarf. Sie wollten sie fotografieren, wie sie ihn am Schwanz bis zu ihrer Schulter hochhob. Aber sie rief, daß sie ihn ausstopfen lassen wolle, und warf ihn triumphierend dorthin, wo er nicht zurück ins Meer springen konnte.

Danach fischte sie überall, wo sie hinkam, und die Anzahl der wunderbaren, glänzenden, nach Luft schnappenden Geschöpfe, die sie aus dem Meer zog, vergrößerte sich fast so schnell wie ihre Sammlung von Muscheln, die sie an allen Stränden der Welt allein sammelte und in Schachteln und alte Kopfkissenbezüge warf. Zu Hause ließ sie sich ein spezielles Aquarium bauen und versuchte, Salzwasserfische und Seepflanzen zu überreden, dort wie im Meer zu wachsen. Aber da sie per Flugzeug in Spezialcontainern transportiert und von Lichtern und künstlichen Strömungen in dem großen Wasserbehälter verstört wurden, weigerten sie sich, sich auch nur im geringsten an die neue Umgebung anzupassen. Jedesmal

wenn sie an die weißen Strände zurückkehrte, wo Hunderte von Anemonen bei ihrer Berührung zurückschreckten und Fische, die so klein und zierlich waren, daß man ihre Gräten durch das schimmernde Fleisch hindurch sehen konnte, die heftigen Gezeiten und die Bedrohung durch größere Fische leicht überlebten, lächelte sie über den Triumph des Meeres. Das Meer behielt seine Schätze für sich. Warf sie achtlos auf den Strand im Vertrauen darauf, daß der Reichtum niemals enden würde, daß es immer mehr, mehr, mehr gäbe; im Vertrauen darauf, daß, wer auch immer sie nähme, er doch herausfinden würde, daß er nichts genommen hatte: Die ausgesuchten Muscheln und Steine, die Kinder gesammelt hatten, ließen die Farben, um dererwillen sie ausgesucht worden waren, am Strand zurück; das Seegras, das sie aus dem langsam schwebenden Wald abgerissen hatte, wurde zu einem faulig klebrigen Haufen, der nicht wiederzuerkennen war; der herrliche Fisch wurde, erst einmal an Land gezogen, so grotesk und dumm, daß er nur noch gegessen werden konnte.
Etwa zu dieser Zeit traf sie einen Mann, dessen Vorstellung von ihr so sehr dem entsprach, wie sie sein wollte, daß sie sich sehr in ihn verliebte. Er war jung und schön, und durch ihn fühlte sie sich zum erstenmal verletzlich. Sie wollte nicht, daß er flog; sie hatte plötzlich Angst um ihn, wenn er jenseits der Brecher im Meer schwamm. Er hatte ihr Leben wie ein Schwamm aufgesaugt, und sie freute sich darauf, für die ihr verbleibende Zeit in den Fugen seines Seins zu leben. Ihre Freunde wurden vernachlässigt, ihre

Bücher nicht gelesen, ihr Aquarium wurde ein grünliches, vertrocknetes, unnützes Ding.
Sie wollten so bald wie möglich heiraten, aber bevor sie sich ein warmes Nest bauen konnten, mußte er noch geschäftlich nach Rhodesien fahren. Sie konnte sich nicht klar darüber werden, was ihr mehr Freude bereiten würde: mit ihm zu fahren oder zwei kurze Wochen lang vertrauensvoll auf ihn zu warten, irgendwo, wo sie es schön fand. Sie entschied sich für das letztere und zog ein zusätzliches Vergnügen daraus, daß sie den Entschluß akzeptierte, den er für sie traf. Plötzlich war alles ganz perfekt; sie würde in das verlassene Dorf an der Südküste fahren, in dem sie so oft schon gewesen war. Sie würde in der Sonne im Sand spielen (er fand ihr Vergnügen an kleinen Tümpeln in Felsvertiefungen und an Muscheln und an merkwürdigen Meerestieren einen erstaunlichen und merkwürdigen Rest an Kindlichkeit in einer Person, die so eindeutig weltgewandt war sie wie), und er würde zu ihr hinkommen.
Was gab es sonst noch zu entscheiden? Er zog die Stirn kraus und kümmerte sich um alles. Oh, ein Ring! Sie mußte einen Ring von ihm haben, um damit kundzutun, daß sie auf ihn wartete. Was für eine Art Ring wollte sie haben? Wie wäre es mit einem Saphir?
Oh nein! sagte sie schnell und hatte eine glückliche Inspiration. Eine Perle! Eine große rosa Perle.
Natürlich, eine Perle wäre genau das richtige für sie!

Sie lag flach auf einem glatten schwarzen Felsen und wurde von versteckten schwarzen Krabben beobachtet, die allein durch die Luftverdrängung ihres reglosen Körpers wie versteinert waren. Ihr Glück wuchs um die rosafarbene Perle herum, so wie die Perle um ein winziges Sandkorn herumgewachsen war. Der warme Schimmer der Perle an ihrem Finger war das Zentrum ihres Lebens, die Tatsache der Liebe, um die herum sich die Zukunft versammelte. Und wie Menschen in der Sorge, daß vielleicht schwerere Zeiten bevorstehen, sich alle möglichen Befriedigungen verschaffen, die zu einem Glück gehören, daß schon in sich eigentlich groß genug ist, fügte sie ihrem Glück eine feine, aber starke Nuance durch das Wissen bei, daß hier, wo die sanfte Seeluft an ihren Achselhöhlen vorbeistrich und ihr Glück gleichmäßig wie ihr Herz in ihr schlug, das Symbol dieses Glücks, die rosa Perle an ihrem Finger, zugleich auch der schönste Schatz des Meeres war. Das Meer machte nichts schöner als eine Perle. Und obwohl sie dem Meer nicht mehr gehörte, war die Perle so schön wie immer geblieben. Alles, was das Beste, das Reichste, das Höchste, das Perfekteste war, strömte empor und erfüllte ihr Leben bis zum äußersten Rand. Und der wertvollste Schatz des Meeres hing an ihrem Finger. Sie lächelte träge das lange, langsame, entspannte Lächeln, das von ihrem Gesicht auf den warmen Fels unter ihr überzugehen und sich für immer in den Furchen dieses Felsens, in dem Sand dieser Küste, an der Küste dieses Meeres festzusetzen schien.

Die Tage vergingen langsam, und sie schätzte das, denn sie konnte warten. Warten war zu einem positiven Zustand geworden, wie die Balance eines Tropfens, der bereit ist, herunterzufallen. Den ganzen Tag lang wanderte sie am Strand herum und beobachtete, wie sich ihre Fußspuren mit Feuchtigkeit füllten, und lag Nachmittage lang hoch oben auf dem Felsen und ließ ihre Hand wie einen Vogel in die sich kräuselnde Wasseroberfläche des kleinen Felsensees eintauchen. Sie war zu erfüllt, um irgend etwas zu wollen: um fischen zu wollen oder das Leben in den Felsenseen zu erkunden oder sich bei dem großen alten Hund beliebt zu machen, indem sie ein Stück Treibholz für ihn wegschleuderte. Sie lag da, die Augen gegen die Sonne halb geschlossen, und manchmal hatte sie, obwohl sie still war, das Gefühl, als ob sie sänge. Manchmal schlief sie ein. Und wenn sie erwachte, sah sie Kreise und schwarze Flecken, und als sie steif ihren Kopf hob, schwankten das Meer und der Himmel so, wie wenn man auf einer stürmischen Überfahrt aus dem Bullauge schaut.

An einem Nachmittag erwachte sie aus einem kurzen, leichten Schlaf und sah, als sie ruhig dalag, aus dem Augenwinkel heraus etwas Rosafarbiges sich auf einem Felsen auf der anderen Seite des kleinen Sees bewegen, an dem sie lag. Es hätte eine Krabbe sein können, aber es schien etwas anderes zu sein. Sie setzte sich auf, um besser sehen zu können. Es bewegte sich wieder. Sie lächelte in der warmherzigen Schwäche für alles Leben, die ihre eigene jetzige

Lebensfreude erzeugte. Sie hockte sich hin und kletterte an den Rand des Felsens, sie streckte die Hand aus, um sich festzuhalten, und beugte sich über den Felssee, um besser sehen zu können. Das Wasser glitzerte zu ihr herauf. Die Helligkeit wurde durch Schwärze ersetzt. Schwindelig sah sie etwas, was ein Stück Fels zu sein schien, ein Stück dreieckige Dunkelheit. Sie hielt wie ein Kind beim Hinfallen überrascht die Luft an und stürzte in den Felssee.

Der See war sehr flach, ein Kind hätte darin herumplanschen können, und sie lag einen Augenblick mit einem Arm auf dem Felsen da, an dem sie sich den Kopf angeschlagen hatte, der Sand wurde im Wasser aufgewirbelt, die winzigen Krabben krochen von dem gestiegenen Wasserspiegel weg. Dann rutschte ihr Körper hinab, das Wasser bedeckte ihr Gesicht, und der Blutstropfen, der aus einem Kratzer an ihrem Kinn quoll, färbte das Wasser ganz leicht wie ein winziger Tropfen Koschenille. Das Wasser bedeckte kaum ihren Rücken. Aber später am Nachmittag kam die Flut, und die Wellen schwappten über den Felsen in den kleinen See und drehten sie um und um und bewegten sie neugierig hin und her.

Die ganze Nacht lang hob und senkte, hob und senkte das Meer ihren Körper, bis kein Teil ihres Körpers nicht vom Wasser berührt worden war. Und am Morgen, als bei Sonnenaufgang die Ebbe kam, lag sie ruhig, geschützt in dem Felssee, und eine sanfte Strömung zog unter ihrer auf dem Wasser treibenden Hand vorbei und spielte mit ihren Fingern so fein wie auf einem Holzblasinstrument, zog so behutsam wie möglich um den kalten Finger herum, auf dem die Perle immer noch glänzte, wunderschön im Wasser glänzte.

DER GEFANGENE

Als ich bei Mrs. Keyter zur Schule ging, saß ich neben dem alten Schiebefenster, das zum Hof hinausging. Aber es war zu hoch für mich, und ich konnte nicht hinausschauen. Ich saß am Rand der ersten Reihe, direkt unter dem Augenwinkel von Mrs. Keyter, aber ich konnte sie auch beobachten; das rauhe Holz unserer Bänke, deren Maserung durch ewiges Schrubben wellig geworden war und das mit Furchen von Bleistiften und Taschenmessern durchzogen und von Schmutz und Schweiß blank poliert war, schnitt mir in die Oberschenkel. Die Kinder stöhnten über den Schreibblöcken; der dreibeinige Wecker tickte auf dem Schrank; ich saß da, tat nichts, beobachtete sie, ohne den Kopf zu heben, die Bleistiftspitze fühlte sich kalt auf meiner Zunge an, meine Hand lag da, als ob sie das schützen wollte, was ich geschrieben hatte.

Ihre linke Hand fuhr sich langsam seitlich das Kinn entlang und fing an, an dem Haar zu ziehen. Das Haar war eine einzelne, farblose Borste, die im Licht glänzte. Ihr Daumen und ihr Zeigefinger versuchten, es zu packen, es zwischen die beiden Fingernägel zu klemmen. Aber es schlüpfte durch und schien nicht da zu sein. Aber wenn die Spitze ihres Zeigefingers danach tastete, war es wieder da – dieser kleine Stich. Sie versuchte es wieder.

Ein kleiner roter Hof entstand um das unsichtbare Haar herum. Ungeschickt vor Ungeduld zwickten der Daumen und der Zeigefinger die Haut, die danach noch roter wurde, blitzschnell zu einer weißen Falte zusammen.

Dann wandte sie den Kopf, nahm ein Lineal oder einen Bleistift und schlug damit auf den Tisch: »Fangt an!« Wie Blasen, die zur Wasseroberfläche aufsteigen, stieg die Aufmerksamkeit der Kinder; glasige Augen erhoben sich, Köpfe nickten, die ruhige Konzentration machte sich mit kurzen Bewegungen breit. – Ich beugte wütend den Kopf, um die Arbeit zu beenden, die ich noch nicht einmal angefangen hatte. Als das Lineal wieder auf dem Tisch aufschlug und die Stimme sagte: »Jetzt –«, ließ ein Anfall von Panik meinen Bleistift schwarz und hastig über die leeren Zeilen fahren. »Alle fertig?« – Es war eine hohe, langsame, fragende Stimme, die nur Feststellungen traf. Die nachlassende Aufmerksamkeit der anderen Kinder rempelte meinen überforderten Geist. »Schließt eure Bücher.« FRAGE 1, schrieb sie mit Kreide an die Wandtafel, mit schwingenden Bewegungen, als ob sie eine Bürste in der Hand führte. Dann das a, in Klammern, die es wie Klauen umschlossen.

Obwohl ich vergessen habe, wie es war, ein Kind zu sein, kann ich mich doch immer an die Schule erinnern. Und die Erinnerung ist so, als ob man einen alten Saum öffnet, der abgewetzt ist und vor langer Zeit genäht wurde; wenn man sich durch die dunklen, niedrigen Gänge tastet, sind Gerüche da und Dinge, über die man stolpert, und plötzlich streicht die Hand über eine Oberfläche, die man kennt. An der Seite des Hauses lagen feuchte Steine unter der Hecke, dazwischen Nadelkissen aus Moos; wenn man die Hand hob, um den Raum verlassen zu dürfen, konnte man im Sommer dorthin gehen und sich auf die kühlen Steine setzen. Ein hellgrauer Staub wuchs überall im Klassenzimmer; Kreidestaub flog wie Pollen aus dem alten Handtuch, mit dem die Kinder der Reihe nach die Tafel abwischten. Mrs. Keyters Hand, die auf einem Schulbuch ruhte, als sie sich herunterbeugte, um etwas zu erklären, machte auf dem Papier ein weiches, trockenes Geräusch; ihre Berührung war so trocken wie feiner Seesand. Aber draußen war die rote Erde des Hofes, in dem wir in der Spielstunde herumschrien, feucht, weil sie von einem großen Aprikosenbaum überschattet wurde, und in dem Aprikosenbaum wohnte eine Eule.

Die Eule gehörte Mark, Mrs. Keyters kleinem Jungen. Er besuchte mit uns zusammen ihre Schule. Und mit uns zusammen verließ er sie, als er mit neun oder zehn Jahren alt genug war, um in eine richtige Schule mit Glocken und Schuluniform und richtigen Klassenzimmern zu gehen. In unseren ersten ein, zwei Jahren in der Regierungsschule besuchten wir Mrs. Keyter manchmal; und dann wußten wir ihr nichts mehr zu sagen, und in unseren Turnanzügen und Schulabzeichen, mit Füllfederhaltern, die aus unseren Blazern herausschauten, lächelten wir über das kleine Haus, dessen Flure mit schwarz-weißem Linoleum ausgelegt waren, über das Klassenzimmer mit dem einfachen Holzfußboden und über die wakkeligen, geschrubbten Bänke und Tische.

Mit dreizehn oder vierzehn vergaßen wir sie ganz und gar. Nur auf der Straße grinsten wir sie befangen an, wie Kinder das mit ihren früheren Lehrern tun; dann war unser Selbstbewußtsein wie gelähmt, als ob das Kind in den Augen des Lehrers immer die eigene Schuld erkennt, ein Geheimnis, das es niemals vergißt. Mrs. Keyter ging ruhig weiter, schwang die Einkaufstüte aus Papier hin und her, ihr grünlicher Mantel flatterte. Tief unter einem Hut, der immer die gleiche Form hatte, schauten milde, müde Augen hervor.

Vielleicht war es immer derselbe Hut; die Keyters waren komische Leute, sagten unsere Mütter. Mrs. Keyter hatte ihre kleine Schule immer noch, Jahr für Jahr, und unterrichtete die dritten und vierten Kinder anderer Leute. Sie selbst hatte nie ein zweites Kind. Und es sah so aus, als ob sie ein sehr komisches Leben führten, ohne Freunde, ohne irgendeine Veränderung seit den Tagen, als *wir*, die ältesten Kinder, im selben Alter wie ihr Mark, klein gewesen waren. Keyter war ein schwarzhaariger, gutaussehender Mann mit schwarzen Augen unter Brauen, die sie schwer beschatteten, und er war ein kleiner Beamter bei der Post. Soweit man sich erinnern konnte, war er schon immer dort angestellt gewesen. »– aber er war trotzdem ein gutaussehender junger Mann«, pflegte meine Mutter zu sagen. Wir kicherten ungläubig. Er hatte einmal einen schwungvollen Schnauzbart gehabt und eine Smokinghose mit Streifen an den Seiten bei einem Freimaurerball getragen. »Aber der war vielleicht muffig. Er hatte etwas Melancholisches an sich, er tanzte mit einem, als ob er gar nicht wüßte, daß man da war.« – Wir hatten Angst vor Mr. Keyter gehabt, als wir in Mrs. Keyters Schule gingen; die Worte »Marks Vater« ängstigten Mark, das wußten wir, und wenn wir ihm an einer Tür begegneten, rührten wir uns nicht, waren unfähig, etwas zu sagen, und nur unsere Rippen bewegten sich beim Atmen ganz leicht. Auch er sagte selten etwas. Er ging vorbei, wie er vielleicht über eine Maus hinweggestiegen wäre.

Jetzt besuchten unsere Eltern die Versammlungen der Freimaurer nicht mehr, aber waren Mitglieder in einem Club auf dem Lande und spielten Golf; sie gaben Cocktailpartys und luden Freunde aus dem Rotary-Club zum Abendessen ein. Wir lebten nicht mehr in der Township, wo Mrs. Keyters kleine Schule in derselben Straße gewesen war. Mit dem Geld, das wir ganz plötzlich – wie die Münzen, die aus einem einarmigen Banditen klimpern, wenn das Glück den ganz unschuldig aussehenden, aber richtigen Knopf gedrückt hat – durch Goldaktien oder den Verkauf verwilderter Grundstücke bekamen, auf denen neue Goldminen wie Maulwurfshügel entstanden, hatten unsere Eltern neue Häuser gebaut. Die meisten Familien besaßen ein amerikanisches Auto.

Aber die Keyters fanden keine neuen Vergnügungen,

und die, die sie gehabt hatten, gerieten in Vergessenheit. Er ging zur Arbeit und kam wieder nach Hause. Sie unterrichtete vormittags in der Schule und ging nachmittags in die Stadt, um ihre Einkäufe zu erledigen. Sie hielt den Kopf gesenkt, nicht unterwürfig, sondern so, als ob sie sich um ihre eigenen Angelegenheiten kümmerte und das auch von anderen Leuten erwartete. Sie behielten dasselbe alte Haus in derselben alten Straße – wie nah die Häuser nebeneinander standen! Wie hatten wir dort jemals atmen können? – und das Gras wuchs hoch um die Garage herum, in der ein alter Küchentisch und ein paar Bänke, die im Schulzimmer nicht gebraucht wurden, untergestellt waren. Man hörte, daß sie an der Börse Geld verloren hätten. Wie hätten sie sonst auch ein so ruhiges, so langweiliges Leben führen können? Sie waren nie gut miteinander ausgekommen (wurde gesagt). Warum um alles in der Welt hatte er sie überhaupt geheiratet? Sie war eigentlich keine Frau zum Heiraten. Und er war ein unangenehmer Zeitgenosse; warum hatte sie ihn geheiratet? Sie gingen niemals zusammen aus, und außerhalb der Schulstunden, wenn ihre hohe, vernünftige Stimme und der darauffolgende Sprechchor der Kinder verstummt waren, hatte niemand jemals auch nur einen Sterbenston aus dem kleinen Haus an der Straße vernommen. Es ging das Gerücht um, daß sie nicht miteinander sprachen. Sie hatten schon seit Jahren nicht mehr miteinander gesprochen – ein schwarzes Mädchen, das für sie gearbeitet hatte, hatte es dem Dienstmädchen von jemand anderem erzählt.

Die einzige Verbindung, die die Keyters mit der Gemeinde hatten, warum sie noch dazugehörten, stellte ihr Sohn Mark dar. Oder besser gesagt, Mrs. Keyters Mark; sein Vater hatte sich nie um ihn gekümmert, als er ein Baby und ein kleiner Junge war, und jetzt, wo er größer wurde, hatten sie das merkwürdige Verhältnis von Menschen, die sich täglich sehen, sich aber nicht kennen. Es war Mrs. Keyter und Mark.

Mark war ein großer, schwarzhaariger, gutaussehender Junge, mit vierzehn Jahren schon so groß wie ein ausgewachsener Mann. Er hatte das Gesicht seines Vaters, den Körper seines Vaters, den Gang seines Vaters. Aber es war so, als ob der Körper seines Vaters von einem wilden, sorglosen und liebevollen Geist hochgerissen und bekleidet worden wäre – irgendeine andere Gestalt hätte es genausogut getan –, und jetzt war Keyters schwerfällige Attraktivität von Mark hochgejagt und herumgewirbelt worden; eine wunderbar tiefe Farbe breitete sich wie eine sichtbare Kraft vom Kragen seines alten Pullovers über die merkwürdig gesund wirkenden Ohren bis zu den Wangen hin aus. Im Winter war die Farbe frisch und rosig, im Sommer warm und sanft wie die von der Sonne gefärbte Haut einer Frucht. Die dunklen Augen glänzten immer so, als ob er gerade gerannt wäre. – Das war tatsächlich der Eindruck, den man immer von ihm gewann; als habe man ihn gerade im schönen Augenblick irgendeiner Aktivität erwischt.

Mark ging im Oranje-Freistaat in ein Internat, und er beendete die Schule natürlich ungefähr zur gleichen Zeit wie wir. Mrs. Keyter, die als unsere alte Lehrerin

daran interessiert war, was wir vorhätten, sagte uns, daß er Maschinenbau studieren wolle.
Aber er ging nie auf die Universität. Drei von uns trafen ihn am Tag, an dem wir uns in Johannesburg einschreiben wollten, in der Eisenbahn. Wir saßen über Stundenplänen und Leselisten von Vorlesungen, für die wir uns entschieden hatten, als sich auf einem Rangiergleis die Tür öffnete und Mark hereinkam. Er trug einen von diesen Blechbehältern mit einem Drahtgriff, in dem man das Mittagessen transportiert. Er arbeitete in einem Stahlwerk.
Als wir unsere Neuigkeit zu Hause erzählten, konterten unsere Mütter mit einer weiteren Neuigkeit: Der alte Keyter lebte jetzt am Kap. Seit wann? Beruflich seit Anfang des Monats dorthin versetzt, sagte jemand. – Na ja, das waren eben komische Leute...
Wir zuckten die Achseln. Unsere eigenen Angelegenheiten faszinierten uns und fraßen uns zu der Zeit völlig auf; es gibt vielleicht nichts im Familienleben, außer die Hochzeit einer der Töchter, was so glücklich getätschelt wird wie die Aura, die den Studienbeginn des erstgeborenen Kindes umgibt. Jeder, vom Hausmädchen bis zur Großmutter, muß diese Aura berühren; ein vager Abglanz von Würde bleibt auch an ihnen hängen.
Deshalb hörten wir erst viel später, daß Marks Vater sich für dessen Universitätsstudium überhaupt nicht interessierte, keinerlei Unterhaltszahlungen leistete und inzwischen an der Küste lebte, so wie es ihm gefiel. Es war zur Zeit der Prüfungen am Ende des ersten Jahres, als meine Mutter durch meine geistes-

abwesende Miene und den Lichtstreifen unter meiner Tür bis zwei Uhr morgens sehr beeindruckt war. Als sie Mrs. Keyter vor dem Lebensmittelgeschäft traf, sprach sie immer leiser mit ihr. Meine Mutter plaudert so gern ihre kleinen Geheimnisse aus, daß selbst die zurückhaltendsten Leute davon entwaffnet sind; es ist unmöglich, ihr nicht wenigstens irgend etwas anzuvertrauen, ohne auf eine verletzende Art mißtrauisch zu wirken. Also erzählte ihr Mrs. Keyter mit verträumt lächelnden Augen, der Mantel hing schmeichelnd an ihrem dünner gewordenen Körper herab, mit leiser Stimme, Mr. Keyter habe sich geweigert, ihr dabei zu helfen, daß Mark Ingenieur werden konnte. Sie konnte es allein nicht schaffen. Jetzt war er ein junger Arbeiter, der zu ihr nach Hause kam; sie lächelte. Es machte ihm nicht viel aus; die Arbeit war – na ja ... man konnte nicht von ihm verlangen, daß er sich sehr dafür interessierte. Aber wer weiß, vielleicht würde Mr. Keyter es sich eines Tages anders überlegen? Das sagte sie Mark. Aber er ist natürlich jung, und es ist bitter für ihn ...

Meine Mutter kam mit vor Aufregung schmalen Lippen und geweiteten Nasenlöchern nach Hause. Mrs. Keyter sprach höflich über ihn und nannte ihn »Mr. Keyter«, als ob er mit ihr nichts zu tun hätte! – Diese arme Frau hing so sehr an so einem Kerl. Kein Gefühl für sein eigenes Kind. Was für eine Schande. Mrs. Keyter wurde »die alte Mrs. Keyter«: ein Synonym für Leiden, unabhängig vom Alter; sie war nicht älter als meine Mutter. Bei den seltenen Gelegenheiten, wenn über Mr. Keyter gesprochen wurde, fügten die Leute vor seinem Namen ebenfalls ein »alt« hinzu; verächtlich, die Abweisung, die Verurteilung der Gesellschaft eines unnatürlichen Vaters. »Der alte Keyter? Ach, der ist ja verrückt...«, sagte meine Mutter ungeduldig, da sie ein Wort finden mußte für etwas, das sie nicht verstehen konnte.

Aber Mark mußte nicht lang mit seinem schwarzen Overall in der Stahlfabrik bleiben.

Der Krieg kam, und er kündigte sofort und ging zur Luftwaffe. Solche Menschen gibt es in jedem Krieg. Er muß bei der Schlacht von Waterloo dabeigewesen sein, im Krimkrieg, im Burenkrieg, im Ersten Weltkrieg; ein Archetyp großer körperlicher Schönheit, Energie, Heiterkeit, prächtig in der Offiziersuniform anzusehen, ein Samen, der in der morbiden Atmosphäre des Krieges aufgeht, ganz ähnlich wie diese seltsamen Pilze, die über Nacht aus dem durchnäßten Boden an dunklen, verborgenen Orten wachsen. Er ist die Manifestation der abstoßenden Faszination, die vom Krieg ausgehen kann; wunderbar genug, um es wert zu sein, sich dafür aufzuopfern – aber gleichzeitig eine zu große Spielerei mit dem, was das Leben ohne Schmerz und Zweifel sein könnte. Da er selbst vollkommen unschuldig ist, wird jeder, der ihn anschaut, fälschlicherweise geadelt. Das Herz schlägt aufgeregt, gleichzeitig hat man Tränen in den Augen.

Als Mark im Urlaub nach Hause kam und aus dem zerbrochenen Gartentor am Haus seiner Mutter heraustrat, schien er die Straße auszufüllen. Die zwei

schmutzigen kleinen Mädchen, die gegenüber in der Gosse spielten, schauten ihm heimlich nach, als er vorbeiging. Der rheumatische alte Retriever, der den Leuten ein paar Häuser weiter seit zehn Jahren gehörte, kam heraus, schnüffelte an seinen Schuhen und erkannte ihn nicht. Er war ein Offizier. Seine Uniform lag an ihm wie das Federkleid an einem Hahn. Seine Mütze saß schräg über seinen Augen: schwarz, tief, freundlich, männlich – nicht herausfordernd, aber sich natürlich und unübersehbar an der Oberfläche zeigend wie ein Erröten und eine Übereinstimmung mit jedem, der ihnen begegnete, schaffend. Und das Lächeln; in die Freude war Neid gemischt, wenn man es sah: Wie konnte jemand innerlich so froh sein, daß er so lächeln konnte? Auf welche Fähigkeit, sich zu freuen, deutete das hin?
Da kommt Mark Keyter! sagten die Leute. Er ist ein wunderbarer Junge – sagten die alten Damen erstaunt. Es ist ein guter Mann aus ihm geworden, bemerkten die Männer nachdenklich. Die jungen Frauen sagten nichts als: – Heut hab ich Mark gesehen. Niemand wußte, was Frauen bei seinem Anblick fühlten; die Ladenmädchen – vielleicht hatten sie ihn als Kinder gekannt; ich bin Lily Burgess ... Kathleen Pretorius ... Meg ..., sagten sie vielleicht plötzlich, schüchtern, als sie das Paket zuschnürten. Und er lehnte sich über die Ladentheke, lächelte überrascht – er wurde um die Augen herum etwas rot, wenn er lächelte, sehr warmherzig –, und er fragte und beantwortete die üblichen Fragen, die sich ehemalige Bekannte stellen, und lachte freundlich. Neben ihm

stand seine Mutter, zu der er gehörte. Klein, gebeugt, in die grünen, braunen und grauen Farben gekleidet, die auf ihr seit Jahren verblichen, ging sie mit ihm herum, reichte ihm ihre Pakete, sprach mit ihrer fragenden Stimme mit ihm, hörte ihm ruhig lächelnd unter ihrem ins Gesicht gezogenen Hut zu, als sie weitergingen. Sie schien eine sanfte, kraftvolle Zerbrechlichkeit zu entwickeln, wie ein Gott, der sich angesichts seiner Schöpfung ausruht.

Wenn keine Frau in unserer Stadt mehr von Mark kannte als die Art, wie er seinen hübschen Kopf hob, wenn er neben seiner Mutter im Kino saß, oder als seine eiligen Schritte die Straße entlang, wußten wir doch, daß er in der Stadt in der Nähe des Flugplatzes, wo er stationiert war, jeden Tribut annahm, der seiner Schönheit gezollt wurde. Wenn man andere Männer traf, die am gleichen Ort wie er stationiert gewesen waren, und Marks Namen erwähnte, lachten sie und schüttelten wissend den Kopf. »Es finden Kämpfe um ihn statt. Er hat immer ein neues Mädchen an der Hand. Ein paar Soldatenfrauen würden auch nicht nein sagen, wenn Keyter ihnen den kleinen Finger reichte. Und das ist ihm völlig egal. – Aber er ist ein guter Kerl – niemand kann ihm etwas vorwerfen. Jeder, der solche Vorzüge hätte wie er, wäre ein Idiot, wenn er es nicht genauso machen würde.« Dann heiratete Mark natürlich; in Kriegszeiten wünscht sich jede Frau einen Mann wie Mark. Er heiratete eines der hübschen Mädchen und brachte es für einen Besuch nach Hause, in Mrs. Keyters altes Haus hinter der absterbenden

Hecke. »Sie ist ein liebes Mädchen«, erzählte Mrs. Keyter meiner Mutter. »Junge Leute heiraten heutzutage schnell.«

Und dann kam ein Baby. Es war ein Junge, und Mrs. Keyter fuhr zu der Taufe hin. Mehrere Leute sahen Fotografien von dem winzigen Kerlchen, die sie aus einer Lederhülle in ihrer Handtasche zog. Während man die Fotos anschaute, verdrehte sie den Kopf, um noch einmal darauf herunterlächeln zu können. Sie trug ein in einen beigen Seidenschal gewickeltes Strickzeug mit sich herum. Sie schien gewappnet zu sein gegen ihr Alleinsein, ihr einsames Kommen und Gehen, den Lärm der Schüler und die Stille ihrer leeren Nachmittage.

Als das Baby drei oder vier Monate alt war, wurde Mark zu einem Jagdfliegereinsatz nach Ägypten geschickt; man war überrascht, daß er überhaupt so lange in Südafrika gelassen wurde. Kurz danach kaufte ich eines Morgens ein paar Zwiebeln beim lokalen Blumenhändler. Mrs. Keyter kam herein und stand wartend neben der kleinen Ablage, auf der der Blumenhändler einen Füllfederhalter und Tinte und die gedruckten Grußkarten und die schwarz geränderten Karten für Begräbniskränze hingelegt hatte. Sie stand da mit ihrer Handtasche, die sie zwischen den Händen vor sich hielt, wie jemand, der sich für ein Vorstellungsgespräch für einen Job oder irgendeine Befragung wappnet. Sie preßte die Zunge auf die Unterlippe und schien mich einen Augenblick lang nicht zu sehen; dann schaute sie erschreckt zur Seite und lächelte langsam. »Sie sind wunderschön, nicht?« – Ich deutete mit der leichten Befangenheit des früheren Schulkindes für seinen Lehrer auf einen großen Eimer voll Chrysanthemen. Aber sie ging nicht darauf ein. Sie ignorierte es völlig, wandte sich direkt an mich als Frau und sagte: »Ich bin dermaßen verärgert; es ist falsch von ihnen. Mark wurde als vermißt gemeldet, und Leute schicken mir Blumen. Als ob jemand tot wäre, Blumen und Sympathiebekundungen. Ich sage dem Blumenhändler, daß er mir keine mehr schicken soll.« Die Lider ihrer mir gut bekannten, tiefliegenden Augen hatten unendlich feine Fältchen, so zart wie die glänzende Haut eines frisch geschlüpften Insekts. Darunter blickten mich ihre Augen sehr vernünftig an. Ich brachte eine Note Hysterie ins Gespräch, indem ich ihr übereifrig zustimmte. Ich hatte das Gefühl, daß *sie mich* neugierig betrachten mußte; ich war diejenige, auf deren Gesicht der Ausdruck eines großen Unglückes erwartet wurde, wie ein Ausschlag. Ich weiß, daß ich den Laden sehr dumm verließ, ich entfernte mich rückwärts wie vor einem beängstigenden Anblick.

Mark Keyter wurde nie gefunden. Es war genauso, als wollte man einen Kranz wieder zurückbekommen, den man ins Meer geworfen hatte. Da er nie als gefallen gemeldet wurde, starb er langsam; für manche Leute – mit einem Achselzucken – nach zwei oder drei Monaten; für andere erst am Ende des Krieges, als ihnen klar wurde, daß er nicht zurückgekommen war; niemand weiß, wann er für seine Mutter starb. Und deshalb hatte seine Lebensgeschichte nicht das passende Ende, das sie eigentlich hätte haben sollen. Keine Woge der Trauer um seine Jugend und seine Schönheit kam auf, weil jeder den Verlust zu einer anderen Zeit betrauerte. Und deshalb gibt es auch keinen Beginn für die Erinnerung an ihn; wir wissen nicht, wann seine Abwesenheit zur Nichtexistenz wurde, wir können nicht sagen: Mark Keyter starb hier, und einen Gedenkstein an dieser Stelle errichten. Wir sprachen ein oder zwei Jahre lang hin und wieder über ihn, dann sprachen wir nicht mehr von ihm.

Mrs. Keyter hat weiter unterrichtet. Sie setzte eine kurze Zeit lang aus – es muß um Marks Tod herum gewesen sein –, aber dann unterrichtete sie wieder lange Zeit weiter. Der alte Keyter kam zurück. Nicht direkt nachdem Mark als vermißt erklärt worden war, aber bald danach. Er ist ein Einsiedler geworden; er geht niemals aus, außer nachts. Mein Bruder sah einmal, wie er sich plötzlich unter einer Straßenlaterne umdrehte. Er sagte, daß der alte Mann genauso gut wie immer aussähe und daß er sich in dem Augenblick genauso gefühlt hätte wie damals, als wir Kinder waren und ihm im Türrahmen begegnet waren. Wir sehen Mrs. Keyter nur selten; nur meine Mutter natürlich – sie trifft jeden. Als ich vorigen Monat von meiner Reise nach Europa zurück und nach Hause kam, um ein paar Wochen lang bei der Familie zu wohnen, meinte sie vorwurfsvoll: »Weißt du, es wäre nett, wenn du, während du hier bist, die alte Mrs. Keyter einmal kurz besuchst. Sie fragt immer nach dir. Jedesmal wenn ich sie sehe, will sie immer wissen, wo du bist und was du tust. Die arme alte Frau, sie hat so wenig Freude im Leben. Jetzt ist sie gerade sehr aufgeregt – sie hat Marks kleinen Jungen bei sich.«

Die einzige Art, wie man der Notwendigkeit entkommen kann, das Alltagsleben wieder aufzunehmen, das auf einen wartet, ist, herumzugehen und Leute zu besuchen und wieder und wieder über die zwei Wochen in Paris zu berichten, die Rembrandts, die man in Holland gesehen hat, die Theaterstücke in London. Ich hatte alle Leute besucht; das dahinschwindende Ende meiner Rückkehr begann in normales Alltagsleben überzugehen ... Dann erinnerte ich mich an Mrs. Keyter; Mutter, ich hab Mrs. Keyter noch nicht besucht! – Ich ging am selben Nachmittag hin, gerechtfertigt durch ein angenommenes Schuldgefühl.

Als ich an der leicht geöffneten, alten grünen Eingangstür mit dem roten Glasfenster stand, lächelte ich, weil alles hier noch genauso wie früher war. Ein eingesetztes Stück Fliegengitter schimmerte wie Moiréseide in dem alten, rostigen Fliegengitter auf der Veranda; der schwarz-weiße Linoleumboden sprang vor meinen Augen auf und ab. Durch den Bogen im Flur trat dieselbe Mrs. Keyter, mit dem vorsichtigen, präzisen, zögernden Gang, dem sanften, zögernden Lachen – die Freude der Überraschung, als sie meine Hand in ihre nahm. Wir gingen in das Wohnzimmer, das offenbar immer noch auch als Klassenzimmer diente; während wir uns unterhielten und sie mit gebeugtem Kopf auf der Stuhlkante saß, mit dem Kopf nickte und kleine, zustimmende Geräusche von sich gab, schaute ich mich angeregt um, sah die Karte von Afrika, die sich an den Rändern leicht einrollte, den Stapel Rechenschieber, die Tafel, die zur Wand gedreht war. Es war so, wie wenn man es nicht schaffte, sich selbst daran zu hindern, die Worte eines Briefes an jemand anderen zu lesen, der vor einem auf dem Tisch lag. Ich wollte alles in diesem Raum anschauen. Ich wollte aufstehen und alles mögliche anfassen. Es war der halb gönnerhafte Wunsch, erneut Kontakt mit etwas aufzunehmen, das man mit Erfolg weit, weit hinter sich gelassen hatte; mit Einschränkungen, die zu geringfügig schienen, um einen jemals behindert zu haben.

An der Wand hing zwischen alten, fleckigen Drucken (eine tote Fliege war unter dem Glas eines der Bilder eingequetscht) eine gestochen scharfe Porträtaufnahme von Mark mit seiner Offiziersmütze auf dem Kopf. Ich sagte: »Mutter sagte mir, daß Sie Marks kleinen Jungen eine Zeitlang bei sich haben –.«

In ihre Augen, die zu schlafen schienen (ich erinnerte mich an ihre Augen in dem Blumenladen), kam plötzlich Leben, wie ein Zeichen für den sicheren Umgang lebendiger Menschen mit alltäglichen Dingen, und bewegte ihren ruhigen, reglosen Körper, den sie schon lange resigniert beiseite gelegt hatte wie einen Stapel ordentlicher, verblichener Kleider. Innere Freude und Zufriedenheit waren wunderbarerweise an einem Gesicht abzulesen, das nicht

glaubte, solche Gefühle noch ausdrücken zu können, falls sie noch irgendwo existierten.
»Für immer«, sagte Mrs. Keyter.
Es war mehr als Freude; es war die sanfte Entgegennahme eines Wunders von jemandem, der keine Hoffnung mehr gehabt hatte. Ich fühlte eine große Erleichterung; es war die Art selbstsüchtiger Erleichterung, die man spürt, wenn man kein Mitleid mit jemand anderem haben muß, wenn man sich wegen seines eigenen Glücks nicht schuldig fühlen muß. Mrs. Keyter war kein Opfer der bleichen Enttäuschungen ihres unbelohnten Alters, des Verlustes ihres Liebsten und ihres Sohnes. Den einen hatte sie durch ein gescheitertes Verhältnis, den anderen durch den Tod verloren. Es machte nichts aus, daß sie alt und arm war. Denn sie hielt jetzt etwas umfangen, das schnelle, tänzelnde Sein eines Kindes. Sie ging hinaus, um im Hof nach ihm zu rufen. Ich lächelte hinter ihr her und fühlte mich sehr erleichtert.
Sie war fünf Minuten weg, zehn Minuten. Es war still in diesem Raum.
Dieser Raum schien einen immer zu beobachten, ganz ähnlich wie eine Standuhr.
Plötzlich ließ der Wind meines Lebens nach, der mir mit Stimmen, Orten, Erfahrungen, erreichten Zielen durch die Ohren gesaust war –; ich fiel durch den Raum, die Stille, die Zeit; ich fühlte mich beruhigt im Warten, in der Leere der Kindheit. Es war ein sehr merkwürdiges Gefühl; es kribbelte mir in den Händen. Ich saß da und atmete die Trockenheit der Kreide ein; Kreidestaub lag vor mir auf dem Tisch,

Kreidestaub unter meiner Hand auf der Armlehne des alten Lederstuhls, Kreidestaub, Kreidestaub; er legte sich auf den Fußboden und auf alle Oberflächen, hoch oben und tief unten, wurde jeden Tag mit den Händen weggewischt, oder sammelte sich jahrelang ungesehen oben auf den Schränken an. Kalkstaub trocknete das Blut aus. Menschen werden zu Staub. Das Leben war so träge, als ob ich mich hinhockte und mit steifen Händen eine Lüge inszenierte, als ob ich in Gedanken eine kleine, trockene, von Kreide weiße Hand im Gesicht an einem Haar herumfingern sähe. Ein einziges, farbloses Haar. Nichts hat sich verändert. Alles wiederholte sich voller Entsetzen. *Nichts hat sich verändert.* In Armut und Langeweile verändert sich nichts. Holz geht nicht kaputt. Kalk verrottet nicht. Was tot und trocken ist, lebt für immer und ist für immer tot.
Ich schaute überrascht auf. Ein kleiner Junge hatte den Raum betreten. Er stand in der Tür und aß ein Stück Kuchen. Er stand gehorsam da, ein Kind, das hergeschickt worden war. »Hallo«, sagte ich schnell, und mir fiel ein, daß ich seinen Namen nicht wußte. »Bist du hergekommen, um Hallo zu sagen?« »Ja«, sagte er und aß weiter. »Und wie heißt du?« »Charles«, sagte er. Er schaute das letzte Stückchen Kuchen an, als ob er sich von der Endgültigkeit dieses letzten Bissens beeindrucken lassen wollte. Er war ein dünner kleiner Junge mit schmutzigen Knien, überhaupt nicht wie Mark. Er hatte einen blassen Hals, der an einen Stengel erinnerte, und seine blaßblauen Augen schauten immer wieder im Zimmer

herum und vermieden es, mich anzublicken. Seine rauhen Handgelenke ragten weit aus den Ärmeln des streng wirkenden, dunkelgrauen Pullovers heraus. Er hatte den Kuchen aufgegessen. Er hatte die Krumen um seinen Mund herum auch gegessen. Er stand ruhig da. Glücklicherweise kam Mrs. Keyter in diesem Augenblick herein, denn mir fiel nichts ein, was ich ihm hätte sagen können. Sie kam herein und lächelte ihr distanziertes, zartes Lächeln, wie eine weit entfernte Sonne, deren Wärme man nicht spüren kann, und sie legte ihm die Hände auf die Schultern. »Großmutter«, sagte er mit seiner kleinen, rauhen Stimme, »kann ich noch 'n Stück –«
In ihre Hände war der Kalk eingedrungen, so wie das Wasser nach jahrelangem Waschen in die Hände einer Wäscherin eindringt.

Als ich aus dem Tor in die frühe Dämmerung heraustrat, ging direkt vor mir eine Straßenlaterne an. Das Licht fiel auf Marks kleinen Sohn, der im Schatten des Torpfostens stand. Er lehnte daran, hatte einen seiner Füße leicht einwärts gedreht, der andere stützte sich auf dem bröckelnden Zement des Pfostens ab. Er hatte die Tasche voller Steine. Er warf sie langsam, einen nach dem anderen, an den Laternenmast.

KÖNNEN WIR UNS NICHT WOANDERS TREFFEN?

Es war ein kühler, grauer Morgen, und die Luft war wie Rauch. In der Umkehrung der Elemente, die manchmal stattfindet, bewegte sich der graue, glatte Himmel wie das Meer an einem stillen Tag.
Der Mantelkragen preßte sich rauh an ihren Hals, und ihre Wangen waren so kalt, als ob sie in Eiswasser gewaschen worden wären. Sie atmete die Luft sanft ein und aus; zur Linken gloste ein Feuer ruhig und ohne Flammen vor sich hin. Über ihr gurrte eine Taube. Sie ging über das strohige Gras unter den Bäumen entlang, manchmal auf dem Pfad, manchmal nicht. Weit vorne war durch die Zweige der Horizont zu sehen, die Küste, über der sich Wolken auftürmten.
Sie ging über feuchtes, verbranntes Gras und hatte schwarze Asche unter den Füßen. Sie hörte sich selbst schlucken.
Weit entfernt sah sie eine Gestalt, die etwas Rotes auf dem Kopf trug, und sie spürte die Balance, die sie empfunden hatte, als sie eine kleine Gestalt an eine ganz bestimmte Stelle auf einem Bild hingemalt hatte. Sie war hier; jemand anders war dort drüben... Dann war der rote Punkt hinter den Bäumen verschwunden. Sie wechselte die Tasche und das Pa-

ket von einem Arm auf den anderen und fühlte, wie sich der Morgen fast greifbar und sehr kalt an ihre Augen schmiegte.

Sie kam an das Ende einer geraden Strecke des Pfades und wandte sich mit ihm um eine dunkle Kiefer und einen Busch, an dem im Sommer büschelweise Blüten so weiß wie Kristalle gehangen hatten. Ein Schwarzer mit einer roten Wollkappe stand bei der nächsten Baumgruppe, wo der Pfad einen Graben durchquerte und von weiß gestrichenen Steinen eingefaßt war. Sie hatte ein paar Kiefernnadeln abgerissen, drei saßen zusammen in einer dünnen, braunen Hülle, und während sie weiterging, strich sie mit dem Daumen darüber. Abwärts; glatt und steif. Aufwärts; ein kleiner Widerstand, wenn die winzigen Auszackungen auf die Haut stießen. Er stand mit dem Rücken zu ihr und schaute in die Richtung, aus der er gekommen war; sie stach sich mit den Spitzen der Kiefernnadeln in den Daumenballen; sein eines Hosenbein war oberhalb des Knies abgerissen, und die Rückseite des nackten Beines und die halb weggedrehte Ferse zeigten das ganz besondere, tot wirkende, pudrige Schwarz, das die Kälte hervorruft. Sie war ihm jetzt näher, aber sie wußte, daß er sie nicht auf dem feuchten Staub des Pfades herankommen hörte. Sie war auf einer Höhe mit ihm, an ihm vorbei; und er wandte sich langsam um und schaute ihr nach, ohne jedes Interesse, wie eine Kuh einem nachschaut.

Seine Augen waren rot, als ob er lange Zeit nicht mehr geschlafen hätte, und der scharfe Geruch nach altem Schweiß brannte ihr in der Nase. Als sie an ihm

vorbei war, wollte sie husten, aber ein Anfall schlechten Gewissens wegen der roten Augen hinderte sie daran. Und er trug nur einen verdreckten Fetzen – den Teil eines alten Hemdes? – ohne Ärmel und mit einem ausgefransten Riß, der unter der Achsel bis zur Taille hinunter klaffte. Sie hatte das schöne Trio von Kiefernnadeln irgendwo fallen lassen, sie wußte nicht, in welchem Augenblick, erinnerte sich an etwas aus ihrer Kindheit, hob die Hand zum Gesicht und roch daran: Ja, das war genau der Geruch, an den sie sich erinnerte, nicht der, den einem Chemiker in Badesalzen vorgaukeln, sondern ein staubiger, grüner Geruch, eher nach Gemüse als nach Blumen. Er war sauber, nicht menschlich. Und noch etwas klebrig an ihren Fingern. Sie mußte sie waschen, sobald sie dort ankam. Wenn ihre Hände nicht ganz sauber waren, konnte sie sie nicht vergessen, sie drängten sich ihr geradezu auf.
Sie fühlte ein dumpfes Stampfen am Boden, wie wenn ein Hase angstvoll fortläuft, und drehte sich um. Da stand er vor ihr, so überraschend, so vollkommen unerwartet, und atmete ihr keuchend direkt ins Gesicht. Er stand stocksteif da, und sie stand stocksteif da. So wie ein Raum bei Stromausfall in plötzliches Dunkel getaucht ist, so verlor sie jegliche Selbstkontrolle und wimmerte leise wie ein Schwachsinniger oder wie ein Kind. Tierlaute kamen aus ihrer Kehle. Einen Augenblick lang hielt Angst sie an den Armen, den Beinen, der Gurgel fest; nicht Angst vor dem Mann, vor irgendeiner einzelnen Gemeinheit, die er begehen könnte, sondern absolute,

abstrakte Angst. Wenn die Erde sich zu ihren Füßen geöffnet und Feuer gespien hätte, wenn ein wildes Tier den Rachen aufgerissen hätte, um sie zu verschlingen, hätte sie nicht aufgelöster vor Angst sein können, als sie es jetzt war.

Sie sah durch Tränen eine sich heftig hebende und senkende Brust; ein keuchendes Gesicht; unter der roten, verfilzten Wollkappe gelblich-rote Augen, die sie mißtrauisch anschauten. Ein Fuß, der vom Barfußlaufen in der Kälte aufgerissen war und wie zerbrochenes Holz aussah, bewegte sich leicht, um im leichten Schwindel, der oft auf schnelles Rennen folgt, die Balance wiederzufinden, aber jede Bewegung schien in ihre Richtung zu gehen, und sie versuchte zu schreien, und entsetzliche Träume wurden wahr, und kein Ton kam heraus. Sie wollte die Handtasche und das Paket nach ihm werfen, und als sie wie verrückt an den beiden Sachen herumfummelte, hörte sie ihn tief einatmen, und er streckte die Hand nach ihr aus und – oh! Es war passiert. Seine Hand packte sie an der Schulter.

Jetzt kämpfte sie mit ihm und zitterte vor Anstrengung. Um ihre Schuhe und seine ungepflegten Zehen herum wirbelte Staub auf. Der Geruch von ihm ließ sie würgen – und es war eine alte Pyjama-Jacke, kein Hemd –, sein Gesicht sah mürrisch aus, und da, wo die Haut abgeschürft war, war eine rosa Stelle. Er war außer Atem und schniefte stark. Ihre Zähne klapperten, sie stieß wild mit dem Kopf nach ihm, kämpfte sich frei, aber er schnappte den Saum ihres Mantels und zerrte sie zurück. Ihr Kopf flog zurück, und sie sah die Wellen des grauen Himmels und über ihnen einen Kran, schön wie eine Gallionsfigur. Sie versuchte die Balance wiederzugewinnen, und die Handtasche und das Paket fielen zu Boden. Er stürzte sich sofort darauf, und sie drehte sich schnell um; aber als sie sich zu Boden werfen wollte, um zuerst dort zu sein, empfand sie wie einen Tränenstrom eine plötzliche Erleichterung, und sie rannte statt dessen los. Sie rannte und rannte, stolperte über Büschel toten Grases, rannte ungeschickt zwischen Bäumen und Büschen hindurch. Die jungen Mimosen rückten ihr auf den Leib, bis zum Boden herab reichte ein Dickicht aus ineinandergewachsenen Zweigen, aber sie drängte sich durch, fühlte Staub in den Augen und wie sich die struppigen Zweige in ihrem Haar verhakten. Vor ihr war ein kniehoch mit Kletten bewachsener Graben; wie Nadeln, die von einem Magneten angezogen werden, hängten sie sich an ihre Beine, aber auf der anderen Seite des Grabens war ein Zaun, und dann kam die Straße ... Sie packte den Zaun, ihre Hände konnten überhaupt nichts mehr – und versuchte, sich zwischen den Drähten durchzuzwängen, aber ihr Mantel blieb hängen, und sie konnte nicht mehr vor und nicht mehr zurück. Wellen des schieren Entsetzens zogen heiß und zitternd durch sie hindurch. Schließlich riß der Draht den Stoff entzwei; unsicher und völlig außer sich kletterte sie über den Zaun.

Und sie war draußen. Sie war draußen auf der Straße. Ein Stück weiter standen Häuser mit Gärten, Briefkästen, eine Kinderschaukel. Ein kleiner Hund saß an einem Tor. Sie konnte ein entferntes Summen hören, das von Leben zeugte, irgendwo wurde ein Gespräch geführt, oder vielleicht summten die Telefondrähte.

Sie zitterte so stark, daß sie nicht stehen konnte. Sie mußte weitergehen, schnell, die Straße entlang. Sie war still und grau wie der Morgen. Und kühl. Jetzt konnte sie die kalte Luft um ihren Mund und zwischen den Augenbrauen spüren, wo sie geschwitzt hatte. Und an der kalten Feuchtigkeit, die unter ihren Achseln und zwischen ihren Beinen herabrann. Ihr Herz schlug langsam und steif. Ja, der Wind war kalt; ihr war es plötzlich kalt, durch und durch feuchtkalt. Sie hob die Hand, die immer noch unkontrolliert zitterte, und strich sich über das Haar; es war am Ansatz feucht. Sie fuhr mit der Hand in ihre Tasche und fand dort ein Taschentuch, um sich die Nase zu schneuzen.

Vor ihr war das Gartentor des ersten Hauses.

Sie dachte an die Frau, die an die Tür kommen würde, an die Erklärungen, an das Gesicht der Frau, an die Polizei. Warum hab ich denn gekämpft? dachte sie plötzlich. Wofür hab ich gekämpft? Warum hab ich ihm nicht das Geld gegeben und ihn ziehen lassen? Seine roten Augen, und dieser Gestank und diese Risse in seinen Füßen, Fissuren, Erosion. Sie schauderte zusammen. Die Kälte des Morgens floß in sie hinein.

Sie wandte sich vom Gartentor ab und ging langsam die Straße weiter entlang wie ein Invalide, und begann, die Kletten von ihren Strümpfen abzuzupfen.

DIE AMATEURE

Sie stolperten um die Poliklinik herum, hatten sich die Requisiten und Kostüme auf den Rücken gepackt. »Ein Rohr!« rief jemand. »Paßt auf!« »Da vorne ein Rohr!« Sie sprachen alle durcheinander.
Die anderen warteten im Auto und starrten ihnen entgegen. Der Fahrer schaute aus dem Fenster: »Alles in Ordnung?«
Sie gestikulierten und redeten durcheinander.
»– Kann nichts verstehn. Alles in Ordnung?« rief der Fahrer.
In die Dunkelheit stierend, das Kinn über Bündel gehoben, kamen sie wieder zum Auto zurück. »Niemand da. Alles abgeschlossen.«
»Bist du sicher, daß es die Poliklinik ist?«
»Na ja, muß schon sagen, ist wirklich schön hier!«
Sie standen um das Auto herum und lachten über das kleine Abenteuer, sich verfahren zu haben.
Ein dünner Schwarzer, der sie vom staubroten Lichtkegel der einzigen Straßenlaterne aus mißtrauisch beobachtet hatte, kam zu ihnen herüber. »Ich bring Sie ... Sie wollen reingehen?« Er schaute über seine Schulter zu dem Tor vor dem Gebäude zurück.
»Steigt ein«, sagte ein junges Mädchen und schob die

anderen in Richtung des Autos. Plötzlich stiegen sie alle ein und schlugen die Türen zu.
»Ich bring Sie«, sagte der schwarze Junge wieder, die Hände tief in den Taschen.
In diesem Augenblick, in dem ein Lichtschein auf die Straße fiel, flitzte ein Fahrrad wie eine Schwalbe auf das Auto zu, und ein junger, dicker Polizist in Uniform leuchtete sie mit einer Taschenlampe an. »Irgendwelche Schwierigkeiten, Sir?« brüllte er. Sein Schlagstock baumelte an seinem Gürtel. »Nein, aber wir haben uns verfahren –«
»Irgendwelche Schwierigkeiten?« wiederholte der junge Polizist. Der andere schreckte zurück. Er stand mit hochgezogenen Schultern da, die Hände in den Hosentaschen, und schaute das Auto von der Straßenlaterne aus an.
»Wir sollen heut abend ein Theaterstück – eine Vorführung geben, und uns wurde gesagt, daß es in der Poliklinik stattfindet. Aber es ist niemand da«, rief das Mädchen ungeduldig vom Rücksitz aus.
»Eine Vorführung, Sir? Das ist in der Halle, Sir. Folgen Sie mir.«
Im Kielwasser der Bürokratie fuhren sie durch das Tor, sie wurden gegrüßt und angestarrt und fuhren die Straße an der Bierhalle vorbei, in die Schwarzensiedlung hinein. Nur ein dreistes Biergesicht blinzelte in die Autoscheinwerfer, als sie vorbeifuhren, lachte und rief irgend etwas, was sie nicht verstanden.
Beim Fahren durch die schmalen, dunklen Straßen schauten sie mit ihren weißen Gesichtern aus den

Autofenstern hinaus und wollten sehen, wie es hier war. Aber merkwürdigerweise schien es so zu sein, daß, obwohl sie die Schwarzensiedlung sehen wollten, die Schwarzensiedlung sie nicht sehen wollte. Nur in manchen der niedrigen Reihenhäuschen mit den zwei Zimmern, mit den aus Wellblech und Umzugskartons zusammengebastelten Schuppen und den Bohnen, die am Maschendraht hochwuchsen, flackerte Kerzenlicht; niemand war zu sehen. Das Leben schien sich immer in der nächsten Straße abzuspielen, man hörte Stimmen in weiter Ferne singen und rufen, aber wenn der Wagen um die Ecke fuhr, war wieder weit und breit niemand zu sehen.

Das Fahrrad blieb vor ihnen stehen. Da war die Halle, da waren Lichter, die in der staubigen Luft wie entzündete Augen wirkten, da waren Menschen, mehr im Dunkeln als im Hellen, die neugierig herumstanden. Zwei Mädchen in blumigen Kopftüchern standen mit verschränkten Armen an die Wand des Gebäudes gelehnt da; ein paar Männer krümmten die Hände um eine kurze Zigarette und zogen mit der Intensität von Stummelrauchern.

Die Amateurtruppe stieg kreischend und lachend aus ihrem Auto aus. Sie hätten es fast nicht gefunden! Was für eine herrliche Geschichte! Ihr Gelächter, ihr gemeinsames Ziel, ihre Solidarität vor ihrem immer wieder ganz anderen Publikum rief wieder einmal die Erregung wach, die sie so oft ergriff. Was für eine herrliche Geschichte!

In der Halle hatte das Publikum schon lange Platz genommen. Sie saßen in gehorsamen Reihen da, die

Frauen in hübsch geblümten Kleidern, die Männer in Schlips und Kragen, Füller und Bleistifte schauten aus ihren Brusttaschen heraus. Es war ein ausgesuchtes Publikum von Lehrern, die, mit ein paar Sozialarbeitern, zwei Verwaltungsangestellten und einem jungen Mädchen, das sich gerade immatrikuliert hatte, die gebildete Schicht unter den vielen hundert Menschen ausmachte, die in den Häusern da draußen lebten und aßen und schliefen und sprachen und liebten und starben. Diese anderen waren nicht eingeladen worden, würden nicht hereingelassen werden, weil sie nichts verstehen würden.

Diejenigen, die eingeladen worden waren, warteten so geduldig wie die Kinder, denen sie das beibrachten. Wann würde die Veranstaltung beginnen?

Umgeben von Ziegelstaub und leuchtenden Zinnspänen bemühten sich die Schauspieler und Schauspielerinnen hinter der Bühne in einem neugebauten kleinen Raum, in dem auf Tanzveranstaltungen in der Schwarzensiedlung gekocht werden sollte, sich anzukleiden und zu schminken. Eine junge Frau puderte sich das Haar mit weißem Talkumpuder und steckte sich mit einer Nadel einen großen Hut, der aussah wie ein gefiedertes Schiff, darauf fest. Ein fetter junger Mann sang mit gekonnt näselnder Stimme die neueste Tanzmusik, schob seinen Zwikker zurecht und bedeckte seinen fröhlichen Kopf mit einem Pfarrershut.

»Du machst dir doch nicht die Mühe und schminkst dich?« Ein Mann in einer gestreiften Weste kam von der Bühne herab.

Ein Mädchen schaute mit dem Gesicht einer Wachspuppe von seinem kleinen Spiegel auf.
»Dein normales Make-up ist gut genug – die erkennen den Unterschied ja sowieso nicht«, sagte er.
»Aber natürlich schminke ich mich«, sagte das Mädchen ziemlich verärgert. Es ließ gerade schwarze, fettige Farbe in einem Teelöffel über einem Zigarettenanzünder schmelzen.
»Macht euch keine Mühe mit Schnurrbärten und so Sachen«, sagte der Mann zu den anderen Männern. »Die haben sowieso keine Ahnung von dieser Zeit. Macht euch keine Mühe.« Das Mädchen fuhr fort, sich mit angehaltenem Atem flüssige Farbe auf die Wimpern zu streichen.
»Ich find, wir sollten es richtig machen«, beschwerte sie sich.
»Schon gut, schon gut.« Er klopfte ihr hinten auf die Turnüre. »In diesem Fall stopf dir doch mehr Watte in den Busen – du hast nicht entfernt genug Holz vor der Hütte.«
»Um Gottes willen, kann nicht irgendwer die Tür aufmachen?« fragte das Mädchen. »Es ist ja zum Ersticken heiß.«
Die Tür ging auf einen zementierten Hof hinaus; Pfützen glitzerten, ein kleines Licht brannte über dem Eingang zum Männerklo. Die Nachtluft roch scharf und gelblich nach altem Urin. Männer von der Straße latschten herein und heraus, und ein hochgewachsener schlanker Schwarzer, der einen Anzug mit langgeschnittener Jacke trug, genau den Anzug, der in dem wahren Liberalismus kleiner Gangster

keine Rassenschranken oder nationale Exklusivität kennt, lehnte sich zurück, schob seinen Hut nach hinten und entblößte beim Lächeln seine Zähne, die so schön wie die eines Mädchens waren.

»Ich mach die Tür wieder zu«, sagte der fette junge Mann ärgerlich.

»Ach, es wird dich schon niemand fressen«, sagte das Mädchen und hob seinen Sonnenschirm hoch.

Alle gingen hinter die Kulissen, kletterten herum, probierten die wackelige Treppe aus; hörten das Gemurmel des Publikums wie Meeresrauschen hinter dem Vorhang. »Du mußt den Stuhl etwas rüberschieben«, sagte die junge Frau. »Ich kann unmöglich da durchkommen.« »Mit diesem Arsch bestimmt nicht«, lachte der fette junge Mann. »Also, erinner dich dran, wenn du gut spielst, dann kommen wir rüber. Wenn du gut genug spielst, ist es völlig egal, ob das Publikum deine Worte versteht oder nicht.« »Natürlich – genau wie bei den französischen Filmen.« »Nein, es ist anders. Es ist nicht die Schwierigkeit der Sprache, es ist die ganze Situation ... Ein viktorianisches Wohnzimmer – der ganze soziale Code – wie kann man erwarten, daß sie das verstehen können ...« – Die Augen des Mädchens schauten hinter dem Puppengesicht hervor.

Sie fingen an, sich mit alten Witzen aufzuziehen; die Kleider, die sie trugen, die Fehler, die sie bei ihrem Text machten, die Freude, die sie bei der Zusammenarbeit empfanden, brachte sie zum Scherzen und zum Lachen. Sie standen wartend hinter den Kulissen. Sie räusperten sich; jemand rülpste.

Sie waren bereit.

Wann würde die Vorführung beginnen?

Der Vorhang wurde an seinen rostigen Ringen aufgezogen. Die Bühne öffnete sich für Oscar Wildes *Die Wichtigkeit ernst zu sein.*
Zuerst war soviel zu sehen. Die Münder der Zuschauer öffneten sich vor Vergnügen über den Anblick der vornehmen Damen und Herren, die so bunt und reich gekleidet waren; die Frauen? – atemberaubend; die Männer? – nur natürlich, über sie zu lachen. Aber langsam gewöhnten sie sich an den aufregenden Anblick der Schauspieler und fingen an, zuzuhören, und fingen an, nichts zu verstehen. Ihre Gesichter glühten weiterhin, und sie schauten aufmerksam zur Bühne hoch, aber es war die Aufmerksamkeit, die durch totale Verwirrtheit entsteht. Sie schauten den Schauspielern zu, so wie ein Kind einen Betrunkenen beobachtet, dessen Geschwätz und Getorkel interessant wirkt, das aber keine Ahnung vom Grund oder der Bedeutung dieses Spektakels hat.
Die Schauspieler fühlten diese äußerste Aufmerksamkeit, die Anziehungskraft eines großen blinden Auges, das ihnen ins Gesicht starrt, und eine Verwandlung fing an, in ihnen vorzugehen. Sie wurden von einer Art hysterischen Anstrengung ergriffen, ihre Gesten wurden größer, die Frauen warfen ein strahlendes Lächeln wie Blumen hinaus in das Halbdunkel über den am Boden installierten Scheinwerfern, die Männer stolzierten herum und erhoben ihre

Stimmen. Jeder zog die Stirn kraus, wenn er sah, wie die anderen übertrieben agierten, und gleichzeitig spürten sie alle, wie eine Blase von seltsamer ängstlicher Erregung durch amateurhafte Übertriebenheit in ihnen platzte. Das geistige Vitriol von Oscar Wildes Liebesszenen wurde durch das Glotzen und Zwinkern während der musikalischen Komödie ausgespuckt, ebenso vorhersehbar wie ein Sahnetörtchen im ausgemergelten Gesicht eines Zynikers landen würde. Während der Blödeleien, der Manierismen und dem Pulsieren gelang es den verhexten Darstellern, eine durchaus erkennbare menschliche Lage darzustellen. Oder vielleicht war es auch das Publikum, das sie beim genauen, entschlossenen Zuschauen erkannte, einen Blick, ein Wort aufgriff und etwas für sich selbst daraus machte.

In einer ihnen eigentlich fremden Differenziertheit erkannten sie, daß das Stück eigentlich nichts *Reales* für sie enthielt, deshalb gaben sie sich mit den Situationen zufrieden, über die man üblicherweise lachte und die für jedermann unwirklich sind – die Hexe von einer Mutter, den schüchternen Liebhaber, das hochnäsige junge Mädchen. Als ein Liebespaar aus den Kulissen auf die Bühne trat, sagte jemand sehr fröhlich zu seinem Nachbarn: »Und was machen die erst hinter den Kulissen!« Ziemlich viele Zuschauer hörten das und lachten über diesen eigenen Witz.

»Armer Oscar!« flüsterte das junge Mädchen hinter seiner Hand. »Ich wußte, daß es nicht klappen würde«, zischte der Mann in der gestreiften Weste. Von seinem Platz seitlich auf der Bühne sah das junge Mädchen das runde, glänzende, aufs höchste gespannte Gesicht eines ältlichen Schullehrers. Er hatte seinen Kopf zur Bühne gehoben, und ein wunderbares, breites Lächeln lag auf seinem Gesicht. Er schlief. Es beobachtete ihn ängstlich aus den Augenwinkeln heraus und sah, daß er hin und wieder von einer Bewegung seines Nachbarn, von einem unbeabsichtigten Stoß aufgeweckt wurde: dann sank das Lächeln in sich zusammen, er schleckte seinen Mund mit der Zunge ab, er zuckte und schämte sich im Halbschlaf. Dann fing er wieder zu lächeln an: er schlief.

Nach dem ersten Akt kamen die anderen, die Leute von draußen, die keinen Zutritt erhalten hatten, in den Saal. Es war so, als ob das, was zwischen den Schauspielern und dem Publikum geschehen war, irgendwie durch die Luft nach draußen gedrungen wäre, so daß sie auf einmal das Gefühl gehabt hätten, daß kein Grund mehr dafür vorhanden wäre, nicht doch hineinzugehen. Sie schoben sich an dem wortkargen jungen Polizisten an der Tür vorbei, kamen zu zweit oder zu dritt barfuß herein, ein Kind an der Hand oder ein kleines hartes Bündel von einem Baby auf dem Arm. Sie setzten sich hin, wo es ging, waren auf stumpfe Art neugierig, und niemand wagte jetzt mehr, ihr Recht einzutreten anzuzweifeln. Das Publikum gab sich den Anschein, sie nicht zu sehen. Aber sie waren einfach durch ihre Dreistigkeit anspruchsvoller und kritischer als die anderen. Während des zweiten Aktes, als die Schauspieler lange Reden hielten, sprachen sie und tauschten Bemer-

kungen untereinander aus; ein Baby wurde nicht am Schreien gehindert. Die Lehrer schauten weiterhin auf die Bühne, lachten folgsam, kicherten dankbar und klatschten alle gleichzeitig los.
Jetzt war etwas Neues in der Halle; nicht nur die Schauspieler und die Zuschauer, die im blinden Lächeln der Dunkelheit und im blendenden Licht der Scheinwerfer nacheinander tasteten; es war etwas da, das lebte und sorglos allein weitermachte. Auf einem Platz an der Seite konnten die Schauspieler jemanden mit einer Kappe auf dem Kopf sehen, der sich vorbeugte und eine Orange aß. Ein fettes Mädchen hatte den Arm um seine Freundin geschlungen und kicherte in ihr Ohr. Ein Fuß in einem spitzen Schuh wippte im Gang hin und her; die Leute von draußen saßen überall herum, wie es ihnen gerade paßte; was sollte das Ganze überhaupt? Wenn irgend etwas ihnen gefiel, dann lachten sie so lang darüber, wie es ihnen paßte. Das Gelächter der Lehrer erstarb: Sie wußten, daß die Schauspieler dadurch aufgehalten wurden.
Aber als der Vorhang nach dem letzten Akt fiel, brach in der ganzen Halle ein Applaus aus, der sich selbst immer wieder zu erneuern und frische Funken zu schlagen schien, wie eine Rakete, aus der immer wieder neue Funken stoben, wenn die letzten am Himmel erloschen. Der Applaus stieg wie ein Lied von den Händen auf, jedes Händepaar bezog Kraft und Begeisterung von den anderen. Die Schauspieler keuchten und bekamen keine Luft mehr: Sie strahlten und schafften es gerade, ihre Köpfe über die

Woge des Applauses zu halten. Sie füllte die Halle bis zum Rand und ebbte dann langsam ab. Eine junge Frau mit einem schwarzen Samtturban erhob sich in der ersten Reihe und ging mit zusammengedrückten Händen langsam auf die Bühne. Sie lächelte die Schauspieler leicht an und schluckte. Dann ertönte ihre Stimme in der Halle, die merkwürdige, hohe, etwas traurig klingende Stimme einer schwarzen jungen Frau.

»Meine Damen und Herren, Mister Mount und seine Kompanie–« sie wandte sich an die Schauspieler – »Wir haben versucht, Ihnen zu zeigen, was Sie uns heute abend gegeben haben« – sie machte eine Pause und schaute sie alle sehr anerkennend an – »Wir haben versucht, Ihnen mit unseren Händen und unseren Stimmen zu verstehen zu geben, was wir von diesem wundervollen Stück halten, das Sie für uns hier in der Athalville-Siedlung aufgeführt haben.« Langsam wandte sie sich wieder ans Publikum: stürmischer Applaus brauste auf. »Wir danken Ihnen aus tiefstem Herzen, wir alle, die wir Gelegenheit hatten, Sie zu sehen, und wir hoffen sehr, daß Sie noch *oft* zu uns kommen werden. Dieses Stück hat uns nicht nur gezeigt, was Menschen selbst in ihrer knappen Freizeit nach der Arbeit schaffen können, wenn sie es wirklich *versuchen*; wir haben jetzt das Gefühl, daß wir vielleicht versuchen sollten, uns in unserer Freizeit ähnlich zu beschäftigen, selbst etwas zu lernen, und anderen Menschen Freude zu schenken – so, wie wir alle heute abend« – sie wies mit ihrem ausgestreckten Arm ins Publikum – »*glücklich* gemacht worden sind.« Ein zustimmendes Gemurmel war zu hören; dann war es wieder vollkommen still. Die junge Frau ging mit drei Schritten in die Mitte der Bühne. »Ich frage Sie«, schrie sie so laut, daß die Schauspieler von ihrer Stimme zusammenzuckten, »ist das vielleicht die Antwort auf unsere Jugendkriminalität hier in Athalville? Wenn unsere jungen Männer und Frauen« – ihre Hand deutete auf ein braunes, bartloses Gesicht, das sie wie gebannt anstarrte – »so etwas Ähnliches wie das hier am Abend zu tun hätten, wären dann so viele von ihnen auf der Polizeistation? Hätten wir Angst, durch die Straßen zu gehen? Würden unsere Mütter über ihre Kinder weinen? – Oder wäre Athalville ein sicherer Ort, wären die Mütter und Väter stolz auf ihre Kinder? Ist das nicht genau das, was wir brauchen?«

Die Laiendarsteller vergaßen sich und einander, sie waren wie verlassene Puppen, jeder war ganz allein. Niemand tauschte mit jemand anderem einen Blick aus. Und da vorne stand die junge Frau, hob den Arm in einem spitzen Winkel hoch und blähte die Nasenlöcher auf. Die Scheinwerfer zu ihren Füßen schlugen einen Funken aus einer Träne, die ihr die Wange hinabrann.

Die wilden Schreie des Publikums fielen wie das Krachen eines zusammenstürzenden Gebäudes auf die Bühne; als der Vorhang zugezogen wurde, kamen die Schauspieler wieder zu sich und gingen langsam nach hinten.

Der fette junge Mann kicherte hinten im Auto in sich hinein. »Großer Gott, was haben wir mit diesem Stück angestellt!« lachte er.
»Warum hast du mich bloß geküßt?« schrie die junge Frau überrascht auf. »Ich hatte keine Ahnung, was los war. An der Stelle war doch früher nie ein Kuß, und – plötzlich« – sie wandte sich aufgeregt an die anderen – »packt er mich und küßt mich. Ich wußte überhaupt nicht mehr, was los war!«
»Es hat ihnen aber gefallen«, schnaufte der junge Mann. »Das war wenigstens *eine* Sache, die sie verstehen konnten.«
»Ach, ich weiß nicht«, sagte jemand und schien etwas sagen zu wollen.
Aber statt dessen brach Stille aus.
Das Mädchen zupfte verdrießlich an dem Federhut herum, der auf seinem Knie lag. »Wir haben sie angeschmiert; das hätten wir nicht tun sollen«, sagte es.
»Aber was hätten wir denn machen können?« fragte die junge Frau schrill, wandte sich mit aufgerissenen Augen um und wartete auf eine Antwort: auf irgendeine Antwort von irgend jemandem.
Aber es kam keine.
»Wir wußten uns nicht anders zu helfen«, sagte der fette junge Mann unsicher und vergaß ganz, witzig sein zu wollen, so wie er nicht mehr weitergewußt hatte, als er auf der Bühne seinen Text vergessen hatte.

EIN GESCHENK FÜR EIN GUTES MÄDCHEN

An einem Nachmittag im September kam eine Frau in den Schmuckladen. Die beiden Verkäuferinnen, deren Körper versucht hatten, wie menschliche Körper das immer versuchen, die geraden, harten Schaukästen aus Glas zum Anlehnen zu benützen, sackten mit vorgeschobenen Hüften, die durchgedrückten Ellenbogen an ihren von schwarzem Crepe-de-Chine bedeckten Bäuchen, in sich zusammen, starrten sie ausdruckslos an und warteten darauf, daß sie verschwinden würde. Denn sie sahen auf einen Blick, daß sie nicht hierher gehörte. Keine Frau, die einen ausgefransten, formlosen Leghorn-Hut trug, eine ausgebeulte, mit bunter Wolle bestickte Einkaufstasche, fleckige alte Sandalen und billige, dicke rosa Strümpfe, die sich um ihre Fesseln ringelten, konnte in diesem Schmuckladen am rechten Platz sein. Sie kannten diese Art Leute; einfache, leicht benommen wirkende, kurzsichtige Leute, die aus Versehen hereingekommen waren, weil sie den Laden mit dem des Apothekers zwei Türen weiter verwechselt hatten. Sie würde sich dümmlich umschauen und so aussehen, als ob sie gerade in Aladins Höhle hineingestolpert sei, und wenn sie die schönen Besteckkästen mit ihren hübsch in ihren Samtbetten steckenden Messern und die schönen kleinen Gesichter der Uhren in ihren Satinkästchen sähe, dann würde sie etwas Unverständliches murmeln und wieder hinauslatschen. Die Verkäuferinnen standen reglos da und warteten darauf, daß sie den Laden verlassen würde.

Aber unangenehmerweise machte sie keinerlei Anstalten zu verschwinden. Sie trat halb trotzig, halb liebedienerisch ganz ein, schniefte kurz, als ob sie sagen wolle: Jetzt mach aber schon! Also warum sollte ich das eigentlich nicht – und legte ihre Einkaufstasche auf die Ladentheke. Dann schob sie ihren Hut zurecht, stand abwartend da und schaute die jungen Damen nicht an.

Aber die bewegten sich immer noch nicht. Ihre halbgeschlossenen Augen ruhten mit einem leisen Interesse auf der Einkaufstasche, als wäre sie irgendein Fossil.

Die dritte Verkäuferin, die an einem Tisch saß und Eheringe auf einen mit Samt bezogenen Stab steckte, schob die Ringe zur Seite, erhob sich und dachte so ärgerlich, wie ihre lahme Art es ihr nur erlaubte: Na ja, einer muß ja schließlich fragen, was die alte Kreatur da will.

»Ja?« fragte sie.

Wie ein Kind mit aufgeblasenen Backen aus dem Wasser auftaucht und einen Mund voll Atemlosigkeit und Begeisterung in einem großen Keucher hervorstößt, sagte sie: »Guten Nachmittag, Miss. Da ist eine grüne Handtasche im Schaufenster, Miss – am Rand, ganz vorn. Ich such für meine Tochter eine, sie spricht immer von einer grünen, und ich dachte halt, wissen

Sie, es ist zwar erst für Weihnachten, aber ich dachte halt...« – und ihre Pupillen, die wie kleine Fische in der farblosen Feuchtigkeit ihrer Augen zu schwimmen schienen, schossen wie wild hin und her. Wie ein Bettler, der seine kostbaren, wundgescheuerten Stellen zeigt, entblößte sie beim Lächeln ihre Zahnlücken und ihre Zähne, die wie zersplittertes Treibholz aussahen.

»Sie möchten die grüne Handtasche im Fenster?« faßte die Verkäuferin ihre Rede zusammen, blickte auf und dann wieder vor sich hin.

»Na ja, wieviel kostet sie denn?« fragte die Frau im koketten Tonfall, mit dem man ein Geheimnis preisgibt, und zwickte ein Auge zu.

Aber die junge Verkäuferin ließ sich nicht in eine derartige Intimität hineinziehen.

»Ich schau mal nach...«, sagte sie resigniert, hatte das Gefühl, ihre Zeit zu vertun, und kam hinter der Theke hervor. Langsam und gemessen öffnete sie den Verschluß des Schaufensters, beugte sich hinein und zog die Tasche heraus. Die alte Frau kroch förmlich über die Ladentheke, ihre Zunge tastete sich besorgt die dunklen Schluchten zwischen ihren Zähnen entlang. Sie stützte sich auf den Ellbogen ihrer linken Hand, deren Knochen und Gelenkverdickungen sich unter der ledrigen, schlaffen Haut wie bei einer Schildkröte verschoben, die Hand hing merkwürdig träge da, wie die gespreizte Hand eines Dandys zur Zeit Ludwigs XVI., der Tabak schnupft. »Mmm«, sagte sie, und fummelte in Richtung der Handtasche in der Luft herum, weil sie sie so gern anfassen wollte. Sie atmete schwer aus, und während die Verkäuferin die ineinander verhakten glänzenden Zähne des Reißverschlusses aufriß und innen nach dem Preisschild tastete, hielt sie die Luft vor dem muffig-sauren Atem der alten Frau an.

»Vier-fünfzehn«, sagte die Verkäuferin schließlich.

»Vier-fünfzehn, vier-fünfzehn«, nickte die alte Frau und saugte die Unterlippe ein.

»Fünfundneunzig Schilling«, sagte die Verkäuferin, die Hand in die Hüfte gestemmt.

»Ah«, sagte die Frau und hob die Augenbrauen unter dem verrückten Schlapphut, als ob dadurch irgend etwas einfacher würde. »Ist ein Spiegel drin?« fragte sie.

»Ja«, sagte die Verkäuferin sehr ironisch. Du kannst dir die Tasche doch nicht leisten, sagte die Hand auf ihrer Hüfte.

»Oh, ich bin sicher, daß sie sie sehr schön findet«, plapperte die Frau und fummelte mit all den kleinen Taschen und anderen Kinkerlitzchen im ledernen Inneren der Tasche herum. »Sie mag grün wahnsinnig gern, müssen Sie wissen. Alles muß grün sein. All ihre Kleider und überhaupt alles. Wenn ich ihr sag, daß das Unglück bringt, sagt sie einfach, Mama, du bist altmodisch. Sie hat schon immer 'ne grüne Tasche gewollt – «

»Dann sollten Sie sie natürlich kaufen, Madame«, sagte die Verkäuferin. In ein, zwei Minuten wäre das alte Weib weg, sie würde murmeln, daß sie es sich noch mal überlegen wolle ... daß sie mit ihrem Mann sprechen müsse ...

»Wissen Sie, ich will sie ihr zu Weihnachten schenken«, sagte die Frau. Sie spielte mit der Kette herum, deren gelbe Perlen wie Felsbrocken von der knochigen Hochebene ihrer Brust aufstanden.
»Ja, kaufen Sie sie besser gleich.« Aus Gewohnheit fügte die Verkäuferin hinzu: »Sie könnte weg sein, wenn Sie noch abwarten. Sie können sie ja bis Weihnachten verstecken.«
»Also, *jetzt* könnt ich sie gar nicht kaufen –«, sagte sie. »Wissen Sie, ich hab jetzt nicht genug Geld dabei.«
»Na ja, wir könnten sie bis morgen für Sie zurücklegen«, sagte die Verkäuferin.
Die Frau blinzelte sie unterwürfig an und grinste so gerissen – unschuldig wie ein Bettler, während man seinen zerfetzten »Referenzzettel« liest. »Wissen Sie, Schätzchen«, sagte sie leise, »ich hab gedacht, Sie lassen mich die Tasche vielleicht abzahlen, irgendwie so was.« Sie verzog das Gesicht fragend.
»Das geht nicht, Miss Pierce«, mischten sich die beiden anderen Verkäuferinnen plötzlich ein, wie Repräsentanten einer großen Macht, die gerade rechtzeitig in einer Konferenz aufgewacht waren, um einer kleinen Stimme, die sie nicht einmal gehört hatten, ein Veto entgegenzusetzen. »Mr. Cano ist nicht da.«
»Wissen Sie, der Verkaufsleiter ist zur Zeit nicht da«, meinte die Verkäuferin.
»Ach, ich glaub doch nicht, daß Sie mich die Tasche *mitnehmen* lassen –«, protestierte die Frau und lächelte die jungen Damen an, als ob sie ihr gerade

einen äußerst liebenswürdigen Gefallen getan hätten. »Ich wollte nur 'ne kleine Anzahlung machen, dann könnten Sie die Tasche für mich aufheben, und ich würd jede Woche reinkommen und noch 'n bißchen mehr abzahlen.«
Sie grinste sie alle an, wie ein in die Ecke gedrängtes Straßenkind.
»Ach so«, sagte Miss Pierce, die gar nicht auf so etwas gefaßt war.
»Das können Sie nicht ohne Mr. Canos Erlaubnis machen«, stellten die beiden anderen fest. »Das können Sie nicht ohne ihn machen.«
»Schon gut, schon gut, ich weiß ja«, sagte Miss Pierce. »– Wieviel wollen Sie jetzt anzahlen?« fragte sie die Frau.
Unterwürfig vor lauter Anspannung kramte die alte Kreatur in ihrer Einkaufstasche herum und zog eine kleine Geldbörse heraus. »Ich könnt Ihnen zehn Schilling geben«, sagte sie.
»Und bis wann würden Sie den Rest bezahlen?«
»Na ja, bis Weih – ungefähr am 15. Dezember.«
»Das ist vollkommen unmöglich, Miss Pierce«, sagte eine der anderen mit hoher Stimme.
Das Mädchen hörte das hinter sich; vor ihm grinste die alte Frau es mit ihren schlechten Zähnen an, wie ein Hund, der herankommt, um ihm den Knochen wegzunehmen, der seine ganze Freude ist.
»In Ordnung«, sagte das Mädchen plötzlich.
Schweigend zog die Frau einen Zehn-Schilling-Schein aus dem flachen Bauch des Geldbeutels und wartete schweigend ab, während die Quittung ge-

schrieben wurde. Im Augenblick, als sie die Quittung in der Hand hielt, sie zusammenfaltete und in den Geldbeutel steckte und dann den Geldbeutel in der Einkaufstasche verschwinden ließ, wurde sie von einer fröhlichen Geschwätzigkeit gepackt. Sie öffnete sich und wurde auf vertrauliche Art kumpelhaft, so wie sich eine japanische Papierblume fröhlich öffnet und so tut, als ob sie eine echte Blume und nicht ein Stück Papier ist, das sich im Wasser entfaltet.

Sie sprach von nichts anderem als von ihrer Tochter. Was ihre Tochter immer sagte und was sie ihrer Tochter immer antwortete.

»Sie müssen meine Tochter doch kennen«, sagte sie und verwarf die entfernte Möglichkeit, daß das nicht der Fall sein könnte. »*Wissen Sie,* Schätzchen, sie verkauft die Kinokarten im Grand Lyceum, das blonde Mädchen, hat eine sehr gute Figur...« – sie sprach ganz komisch; jedes »d« war wie eine kleine Stufe, vor der ihre Stimme zögernd innehielt und dann hastig darübersprang.

»Ja«, murmelte Miss Pierce, die tatsächlich oft in das fragliche Kino ging, dort aber noch nie selbst eine Karte gekauft hatte und deshalb die Kartenverkäuferin noch nie gesehen hatte. »Ja, ich glaub, ich hab sie schon gesehen –«

»Trägt sehr viel Grün? Hat so 'ne stille Art zu sprechen?« fuhr die Frau fort. »Natürlich kennen Sie sie. Is'n guter Job, wissen Sie. Sie is'n kluges Mädchen – 'n echt schlaues Köpfchen. Ist auch 'ne gute Tochter, muß ich schon sagen. Da gibt es sehr viel Schlimmere. Deshalb freu ich mich, daß ich die Tasche da gefunden hab. Sie will schon ewig ’ne grüne. Ich hab gesehn, wie sie stehengeblieben is und ins Schaufenster geschaut hat. Und als ich sie gefragt hab, hat sie nein gesagt, ich schau einfach so. Aber ich weiß schon, was los is; ganz bestimmt irgendwo im Fenster lag immer ’ne grüne Tasche rum ...«

Als sie mit den abgelaufenen Absätzen ihrer Stoffschuhe aus dem Laden herausgetrottet war, schauten die beiden Verkäuferinnen Miss Pierce an. »Also, sagen Sie bloß nicht, daß *wir* damit einverstanden waren. Sie kennen doch Mr. Cano – «

»Sehr merkwürdig aussehende Frau«, meinte die andere anschuldigend. »Haben Sie gesehen, wie die angezogen war? Die sieht auch ganz so aus, als ob sie trinkt.«

»Na ja, warum machen Sie eigentlich nie irgendwas? Warum warten Sie immer darauf, bis ich was mach?« stieß Miss Pierce plötzlich wütend aus.

Zwei Wochen vergingen, dann kam die Frau wieder herein und lieferte ihren zweiten Zehn-Schilling-Schein sicher ab, bevor er für andere Sachen »draufging«. Sie bat darum, die Tasche sehen zu dürfen, und erzählte Miss Pierce in verschwörerischem Tonfall noch einmal alles über den Geschmack ihrer Tochter, ihre Lieblingsfarben und ihre geistigen Fähigkeiten. Um die Frau loszuwerden, gab das Mädchen vor, am vergangenen Abend auf die hellhaarige Kartenverkäuferin im Grand Lyceum geachtet zu haben. Die Mutter wurde fast sprachlos vor Stolz: Sie schien sich in einer Art Traum zu verlieren, beugte sich über die Theke, sagte sehr leise, ja, ich will ihr Gesicht am Weihnachtsmorgen sehn... Ich will ihr Gesicht sehen... wirklich gern... Sie steckte die zweite Quittung äußerst sorgfältig weg und verließ den Laden so langsam, als ob sie vom Rand einer Wolke heruntertreten würde.

»Komische alte Nudel«, sagte Miss Pierce und schrieb »Noch zu bezahlen drei Pfund fünfzehn« auf das Paket.

Als die Frau das nächste Mal hereinkam, war sie unangenehm schwatzhaft, bot Miss Pierce eine Zigarette aus einem emaillierten Zigarettenetui an, auf dem zwei gelbe Kakadus zu sehen waren und das einen offensichtlich schwierigen Verschluß hatte. Sie fummelte lange herum, bis sie ihn auf hatte. Unter dem ausgefransten Leghorn-Hut sah sie komischer denn je zuvor aus; ihr Gesicht wirkte merkwürdig starr, als ob sie sich wahnsinnig zusammennähme, und sie hatte den Mund mit einem zartlila Lippenstift angemalt. Sie zahlte nur fünf Schilling ab und entschuldigte sich sehr dafür: »Gott ist mein Zeuge, ich zahl den Rest Anfang nächsten Monat«, sagte sie laut und hob ihre rechte Hand. »Gott ist mein Zeuge...« Die Hand fiel herab, und plötzlich lächelte sie süß, ganz süß. »Für mein kleines Mädchen... mein kleines Mädchen«, flüsterte sie ganz offenbar im Selbstgespräch. Die arme Miss Pierce lächelte vor lauter Verlegenheit heftig zurück. Und plötzlich war die Frau verschwunden.

Beim drittenmal kam sie am Vormittag, und es schien der jungen Miss Pierce, daß die Frau wirklich viel älter war, als sie gedacht hatte: sie ging so stockend, die Einkaufstasche war viel zu schwer für sie, und ihre Augen sahen in dem bläulich-blassen Gesicht rot aus. Hatte sie vielleicht geweint? Miss Pierce dachte, daß das arme alte Ding vielleicht schwere Arbeiten im Haushalt erledigen mußte – sie roch ganz entfernt nach Brennspiritus –, sie mußte Fenster geputzt haben. Vier Pfund fünfzehn! Das war ja ein Vermögen für sie! Miss Pierce überlegte, ob die wasserstoffblonde Kartenverkäuferin im Grand Lyceum das überhaupt wert war. Jedenfalls war die grüne Handtasche wieder fünfzehn Schilling weiter abbezahlt worden.

Und dabei schien es auch zu bleiben.

Wochen vergingen, und die Frau kam nicht mehr; Miss Pierce versteckte die Tasche vor den geschäftstüchtigen Augen von Mr. Cano: »Was soll denn das?« sagte er. »*Wie lang* denn noch–? – Bringen Sie sie zurück ins Lager. Geben Sie der Frau das angezahlte Geld zurück ...« Deshalb wartete die grüne Tasche hinter einem Stapel von handgearbeiteten Schreibmappen.

Ein Kaufrausch befiel die Stadt, als Weihnachten jeden Tag ein Stückchen näher kam, und die drei Verkäuferinnen stießen sich mit den Ellbogen zur Seite, als sie den schüchternen, unentschlossenen, hochnäsigen Leuten, die etwas kaufen wollten, zulächelten, sie überredeten, ihnen gute Vorschläge machten. Miss Pierce hatte wirklich keine Zeit, daran zu denken, ob die Frau die Tasche holen würde; ihre Verkäuferinnen-Aufmerksamkeit war schon von einem halben Dutzend ziemlich anspruchsvollen Käuferinnen in ein halbes Dutzend Teile aufgeteilt worden; es gab kein Schnipselchen, das nicht sofort von jemand geschnappt worden wäre, der eine geschlagene dreiviertel Stunde lang darauf gewartet hatte, um sich eine aus einem Schildkrötenpanzer gearbeitete Puderdose anzuschauen.

Aber im leichten Wahnsinn um halb fünf am letzten Samstag nachmittag vor Weihnachten wurde Miss Pierce plötzlich unterbrochen. »Ihre Kundin ist da« – eine der beiden anderen jungen Verkäuferinnen stieß sie mit dem Ellbogen an. »– Was?« fragte das Mädchen und wich den fordernden Blicken der Käufer aus. »Die grüne Handtasche«, sagte die andere, lächelte strahlend und verschwand.

Das schwer beschäftigte Mädchen schlängelte sich bis zur anderen Seite des Ladens durch. In der leichten Benommenheit, die wie eine Art geistiger Sonnenstich von dem stundenlangen Beschuß von Fragen und Wünschen der Kunden entstanden war, konnte es sich an keine grüne Handtasche erinnern. Aber dann sah es die Frau mit ihrem zerdrückten Gartenparty-Leghorn-Hut, die in der Tür stand, und ihm fiel natürlich die grüne Handtasche hinter den Schreibmappen ein, für die noch zwei Pfund fünfzehn bezahlt werden mußte. Das Mädchen ging lächelnd auf die Frau zu.

»Da...«, sagte die Frau und steckte ihr eine Pfundnote entgegen, »wenn Se die Tasch verkauft ham... Ich hab dafür bezahlt und Se ham kein Recht, 'ne arme Frau zu behumsen.« – Ihr jammernder Tonfall war durch das Stimmengewirr im ganzen Laden zu hören. Säuerlicher Geruch umgab sie wie Weihrauch ein Heiligenbild.

Miss Pierce schaute sie überrascht an.

Die Einkaufstasche fiel zu Boden, und die Frau drehte sich um und schaute sie an, als ob sie irgendein Tier wäre, das gerade zu ihren Füßen hingekrochen wäre. Sie versuchte, sie aufzuheben, schaffte es aber nicht. Halb gebückt schaute sie plötzlich kichernd wie ein unfolgsames Kind zu Miss Pierce hoch.

Miss Pierce stand reglos da.

»Warum lassen Se mich warten, warum geben Se mir die Tasche nich«, sagte die Frau sehr würdevoll. Eine rote Mohnblume, die Art, die Wohltätigkeitsorganisationen bei Sammlungen verschenken, war mit einer großen Sicherheitsnadel an der Krempe ihres Hutes befestigt.

Miss Pierce zitterte wie ein gefangenes Kaninchen.

»Se wern sich doch nich vor mir fürchten«, sagte die Frau plötzlich ziemlich schlau. »Tut mir leid ...« Sie schüttelte den Kopf. »Tut mir leid ...«

Miss Pierce lief blutrot an vor Scham. »Ich hol nur – das heißt ich komm gleich ...«, stotterte sie.

»Müssen keine Angst vor 'ner armen alten Frau haben. Ich will die – die Tasche« – sie unterbrach sich und dachte angestrengt nach – »die – die *grüne* Tasche, die für meine Tochter. Sie kennen doch meine Tochter?« sagte sie dringlich und preßte Miss Piercens Arm. »Natürlich kennen Se meine Tochter–« Sie unterbrach sich, lächelte und schloß

ihre Augen. »Da«, sagte sie und legte die Pfundnote hin.
»Aber das ist nicht genug«, sagte Miss Pierce sehr laut, als ob sie mit einer tauben Person spräche. »Nicht genug. Sie müssen noch zwei Pfund fünfzehn für die Tasche zahlen –« Sie hielt zwei Finger in die Höhe – »zwei Pfund fünfzehn.«
»Was soll ’n das?« sagte die Frau etwas dümmlich. Ihr Gesicht nahm einen traurigen, verdrießlichen Ausdruck an. »Se wolln se mir nich geben. Se wolln se mir nich geben.«
»Aber Sie haben sie noch nicht bezahlt, verstehen Sie?« sagte Miss Pierce unglücklich. Mr. Cano, der zwischen den Käufern stand, runzelte die Stirn; sie sah, wie er eine Augenbraue fragend hob.
»Wieviel kostet die Tasche noch mal?« flüsterte die Frau, winkte ihr zu und beugte sich zu ihr hin.
»Vier Pfund fünfzehn. Sie erinnern sich doch daran.«
»Wirklich wahr?« kicherte sie. »Na so was.«
»Sie müssen noch ein Pfund und fünfzehn Schilling bezahlen.«
Die Frau kniete sich auf den Boden und kramte in ihrer vollen, ausgebeulten Einkaufstasche herum, die am Boden umgekippt war. Etwas wie ein Anker in ihrem Herzen, den selbst das riesige, heranwogende, unbekannte Meer von Trunkenheit nicht lösen konnte, hielt sie fest. Es war entsetzlich zu sehen, wie sie unter ihren starren Gesichtszügen und ihren glasigen Augen lebendig war und kämpfte. Die Albernheit des Trunkenseins wollte sich einfach nicht einstellen und sie retten.

»Ich wollte sie für sie haben«, sagte sie. »Ich *will* sie für sie haben.«
Die geknickte Krempe des Hutes verdeckte ihr Gesicht, als sie sich hinaustastete. Der ganze Laden schaute zu, jeder einzelne vom Sockel seiner Selbstherrlichkeit herab.
Kaum hatte sich jeder wieder seinen eigenen Geschäften zugewandt, stürmte ein Mädchen, die Haare gebleicht wie ein typisches Slumkind, blaß und zitternd in den Laden. Es stand da, beugte sich nach vorne und bebte vor Zorn. Direkt hinter ihm stand wie gebannt vom entsetzlichen Ausdruck seiner Augen die alte Frau mit offenem Mund da. Der Blick des Mädchens wanderte verzweifelt suchend durch den Laden. Er schien Miss Pierce hinter der Theke hervorzuziehen: Sie kam langsam heran. Das Mädchen warf einen Blick wütender Abscheu auf die alte Frau, die wie unter einem Peitschenhieb zusammenzuckte.
»Wieviel ist es?« stieß das Mädchen aus. »Wieviel schuldet sie hier?«
»Sie hat schon etwas bezahlt, verstehen Sie«, wagte Miss Pierce zu sagen. Die beiden wirkten wie Ärzte, die sich über dem liegenden Körper des Patienten unterhielten.
»Sagen Sie mir, wieviel noch fehlt, und ich bezahle es«, unterbrach sie das Mädchen wütend. Unter der blassen Haut war die wie wild pochende Halsschlagader zu sehen, die an einen Vogel erinnerte, der immer wieder an seinen Käfig stößt.
»Ach, es ist schon gut«, meinte Miss Pierce zögernd

und vermied es, die alte Frau anzuschauen. »Sie hat schon das meiste abbezahlt. Aber es ist nicht unbedingt nötig, daß sie die Tasche jetzt kauft.«
In Erinnerung an eine kürzlich geschehene, ärgerliche Szene stiegen dem Mädchen heiße Tränen in die Augen. *»Sagen Sie mir, wieviel es ist«*, flüsterte es wütend und wie verrückt. Es schluckte seine Tränen.
»Sie kann nichts bezahlen«, sagte es und warf der alten Frau einen hoffnungslosen, angeekelten Blick zu.
»Die Tasche kostet vier Pfund fünfzehn Schilling. Sie muß noch zwei-fünfzehn bezahlen.«
»Eine Tasche für vier Pfund fünfzehn«, sagte das Mädchen bitter und war so überwältigt von wütender Verzweiflung und Irritation, daß sich die blassen Augen wieder mit Tränen füllten. Es wandte sich um und schaute die alte Frau an. Seine Hand sank bleischwer herab, als ob es den Wunsch zu schlagen mit Müh und Not besiegt hätte. »Und was kommt dann. Immer irgendwas. Irgendein Unsinn. Diesmal eine Tasche. Wofür denn –? Sie verkaufen ihr alles mögliche. Sie ist doch gar nicht zurechnungsfähig. Mir reicht es allmählich. – Sie sollte in einem Heim sein, wirklich wahr. Ich kann es nicht mehr aushalten.«
Die alte Frau schaute es unter ihren halbgeschlossenen Lidern an.
Zitternd zog das Mädchen zwei Pfund fünfzehn Schilling in Silber aus der Tasche und reichte das Geld Miss Pierce mit einer Geste hoffnungsloser Machtlosigkeit. Miss Pierce gab ihm das Paket, in dem die grüne Handtasche lag. Das Mädchen schaute es

einen Augenblick lang mit rätselhafter Abscheu an. Die Tochter sah so aus, als ob sie es am liebsten wegschmeißen würde, so weit wie möglich. Dann nahm sie es und verließ den Laden.

»Komm«, befahl sie mit leiser, eiskalter Stimme.

Und die alte Frau folgte ihr schwankend auf die Straße hinaus.

EIN BOHEMIENLEBEN

Sie stieg aus der Tram aus, da, wo es ihr gesagt worden war, bei Minos Neuer Teestube, und schaute sich in den ihr unbekannten Straßen um. Links an der Teestube vorbei und dann geradeaus. Sie überquerte langsam die Straße und erkannte von der Wegbeschreibung her die Schaufenster, in denen Orangen, Lakritzstangen und Kaugummipakete auslagen. Es stimmte genau.

Als sie die Straße entlangging und auf den Namen des Gebäudes achtete, wiederholte sie sich immer wieder Teile des Gespräches, das sie gestern mit ihrer Schwester geführt hatte. Sie sah ihre Schwester in ihrer weißen Bluse und dem roten Bauernrock die Ausstellung betreten, sie fühlte wieder die merkwürdig drückende Anspannung, aufmerksam zu ihr hochzuschauen und dem Blick ihrer schwarzen Augen zu begegnen – sie hörte wieder ihren überraschten Ausruf »Baby!«: die Stimme ihrer Schwester, die sie seit achtzehn Monaten nicht mehr gehört hatte, die ihr so vertraut war und sie dennoch so sehr berührte, woraus sie schloß, daß sie sie vergessen hatte. Und ihre Schwester sah genau wie immer aus. Genau wie immer. Und dennoch war sie in der Zwischenzeit zu Hause ausgezogen, hatte sich mit den Eltern gestritten, hatte ihren Studenten geheiratet, *der überhaupt kein Geld hatte.* – Na, wie geht es dir denn so? hatte sie gesagt, weil sie keine Ahnung hatte, was taktvoll wäre. Und ihre Schwester lachte: Körper und Seele sind zusammen. Wir haben eine kleine Wohnung – ach, sehr klein – eigentlich winzig, gar keine richtige Wohnung. – Im »Glenorin«. Es ist ein Balkon dabei.

Sie leben in einem Zimmer. *Ohne einen Pfennig.* – Mutter sagte das, sie erinnerte sich daran; sie sagte es immer wieder, bis sie ein Gefühl dafür bekommen hatte, wie entsetzlich das war, was ihre Schwester tat. *Ein Zimmer.* – Aber es war gar nicht nur ein Zimmer; es war eine kleine Wohnung, und sie hatte einen Balkon.

Einen Augenblick lang konnte ich gar nicht glauben, daß du es bist, Baby. – Ich dachte immer, du wärst noch in der Schule ...

Natürlich – sie war noch zur Schule gegangen, als es passiert war. Und ihre Schwester hatte nie viel an sie gedacht; sie war soviel jünger, und zwischen ihnen war ein Bruder und noch eine Schwester. Außerdem war ihre Schwester nie ein »Familientier« gewesen. Sie hielt mehr von den natürlichen Bindungen, die durch Ähnlichkeit entstehen, als von den konventionellen Bindungen der Blutsverwandtschaft.

Besuch mich doch mal! Warum eigentlich nicht? Besuch mich und schau dir mein Kind an. – Du hast doch keine Angst vor dem Familienzorn?

Das war ein Kompliment. Da sie sie in einer Architekturausstellung getroffen und gesehen hatte, daß sie groß geworden war, dachte ihre Schwester vielleicht, daß sie doch etwas miteinander zu tun haben könnten...

Mit einem Balkon. Doch nicht das Gebäude da drüben? Nein – das war die falsche Straßenseite. Außerdem standen dort Topfpflanzen auf der Fensterbank – wie ihre Schwester die Schwertfarne im Erkerfenster zu Hause immer gehaßt hatte. Drinnen wäre es was Ähnliches wie ein Studio, vermutete sie. Angenehm unordentlich. Man konnte sehen, daß dort jemand lebte. Gott, dieses Zimmer! sagte ihre Schwester immer zu Hause; was für ein Dickicht von Spitzenvorhängen und Ofenschirmen und Krimskrams, durch den man halb blind in die Welt hinausschauen mußte...

Leute kommen vorbei. Es könnte sein, daß du jemand triffst, der dich interessiert. Jedenfalls... ihre Schwester sah immer so interessant aus mit dem schwarzen glatten Haar und im Kontrast dazu den klaren, leuchtenden Farben, die sie trug; so hatte sie sich schon immer gekleidet: als ob sie von Gauguin oder sogar von Raoul Dufy gemalt worden wäre. – Aber warum bestand sie auf dieser Beobachtung, warum hatte sie Lust, ihre Schwester vor dem gemalten Hintergrund eines abstrakten Bildes zu sehen? Ihre Schwester war keine Künstlerin; sie war eine Lehrerin. Und der junge Student, den sie geheiratet hatte, war kein Künstler; er studierte Medizin. Und dennoch ließ ihre Schwester an das dunkle, leuchtende Herz einer Blume denken, umringt von farbenfrohen Blütenblättern, die einander ringsherum überlappten – das war eines der Bilder, die sie sich vom Leben eines Künstlers machte. Und die Einfachheit – keine für Besucher freigehaltene Sessel, keine Flure, keine Speisekammern; ein Zimmer, und in dem Zimmer alles. Die Bücher, an denen sich Ideen entzünden; die Ideen, an denen sich wunderbare Gespräche entzünden; die Freunde, die miteinander sprachen. Sie sah, wie sich ihre Schwester inmitten von all dem bewegte ... Medizinstudent oder nicht Medizinstudent. Waren die Freunde ihrer Schwester – die sie nach einiger Zeit nicht mehr nach Hause gebracht hatte, weil ihr Vater ihnen bei Tisch so banale und dumme Fragen gestellt hatte – nicht immer Leute gewesen, die schrieben, schauspielten oder malten?

Das Gebäude stand auf der linken Straßenseite, und der Name stand in roten Buchstaben über dem Eingang und erinnerte an die Blockbuchstaben in einem Kinderalphabet. Sie trat ein, ihr Herz klopfte plötzlich wie rasend, sie sah die Namen der Hausbewohner und las Mr. und Mrs., Mr. und Mrs., sie las sie immer wieder, bis sie den Namen fand. Zweiter Stock. Es war ein Aufzug da, die Farbe war von den Metallwänden abgeblättert, man stand darin wie in einer Bisquitbüchse, und als sie den Knopf drückte, fuhr der Aufzug rülpsend los, seufzte dann und erstarb beim Anhalten im zweiten Stock.

Ihre Schwester in dem roten Rock und der weißen Bluse ... plötzlich machte sie sich Sorgen und schämte sich wegen ihres Zuhauses, dieses entsetzlich muffigen, »netten« Zuhauses, von dem sie sicher war, daß es ihr noch immer anhaftete und Spuren auf ihrem Gesicht und ihren Kleidern zurückgelassen hatte. Und ihre Schwester würde es sofort bemerken, heimlich lächeln und den Mund verziehen. Es war ihr plötzlich sehr wichtig, ihrer Schwester zu sagen, daß sie *wußte*, daß die Wohnung zu Hause eine Art Grab war, überwuchert von undurchdringlicher Durchschnittlichkeit; als sie nach dem Appartement Nummer elf Ausschau hielt, überlegte sie eilig, wie sie ihre Schwester wissen lassen könne, daß *ihr* die Wohnung zu Hause auch nicht gefiel.

Nummer elf war eine grüne Tür, wie alle anderen auch, aber es war ein Türklopfer daran angebracht, eine kleine schwarze Maske, die die Zunge herausstreckte. Natürlich!

Sie lächelte, als sie den Türklopfer bediente.

Die Tür öffnete sich, sie roch angebrannte Milch und sah, daß helles, warmes, schläfrig gelbes Licht durch die breiten Fenster hereinfiel. Es blendete sie, sie konnte ihre Schwester kaum sehen, die ihre eingeseifte Hand steif vom Gesicht weghielt und mit dem angebeugten Handgelenk ungeschickt eine Strähne nach vorne gefallenes Haar zurückschob. Sie trug denselben roten Rock und alte, gesprungene Ledersandalen. Sie winkte ihren Besucher herein, sprach, zuckte die Achseln, hielt die tropfnassen Hände weggestreckt. An der rechten Wand über dem großen Diwan hing ein wunderbares Bild; ihre Augen sprangen erregt darauf zu! Ah–! Ein riesiges Bild: ein indisches Kind saß beigefarben mit untergeschlagenen Beinen da und hielt einen großen Strauß

Lilien im Arm, die ihre weißen Kehlen nach oben streckten. Es waren Bücherregale da, die durchhingen; ein großer Stapel Papier, Grammophonplatten. Ein Radio mit einem länglichen, schlitzäugigen Terracottakopf darauf. Eine Art hohe Schlafzimmerkommode mit einem Totenkopf, auf dem schräg eine Soldatenmütze hing.

Mach dir nichts draus, sagte ihre Schwester und drängte sie zum Diwan hin. Hier geht's drunter und drüber, die Wäscherin hat die Babysachen nicht abgeholt. Natürlich kriegst du gerade das mit. Sie schaute an sich herab, als ob sie darauf aufmerksam machen wollte, wie mutig sie war, daß ihr all das nichts ausmachte.

Sie fühlte sich so unhöflich wie ein fasziniertes Kind und riß ihre Augen von dem Bild los. Ach da, in der Ecke: da stand eine Tür offen. Die Gezeiten des Lichts, die alles im Zimmer in tiefes Orange oder helles Gelb tauchten, verebbten wie am Fuß einer finsteren kleinen Höhle. Drinnen war es düster wie in einem Keller, weiße Sachen hingen reglos von der niedrigen Decke herab, weiße Tupfer, schwach aufleuchtende Fünf-Cent-Stücke. Wenn es irgendwas gibt, was ich hasse, sagte ihre Schwester und knipste ein Licht an. – Im Schimmer einer kleinen Kugellampe war ein Badezimmer zu sehen. An kreuz und quer aufgespannten Wäscheleinen hingen tropfnasse Windeln, eine Badewanne, eine Toilette und ein Waschbecken füllten den kleinen Raum aus, in dem ihre Schwester gerade noch Platz fand. In einem angestoßenen Emailleeimer, der auf dem Boden

stand, lagen schmutzige Windeln und nasse lagen unter dem Schaum des Seifenwassers im Waschbecken.
Oh, mach nur, sagte sie. Kümmere dich nicht um mich.
Die langen Hände ihrer Schwester verschwanden in dem schäumenden Wasser; sie wusch und redete, lebendig wie immer.
Und sie saß auf dem Diwan und schaute sich genau im Zimmer um, schaute, schaute, während sie so tat, als ob sie redete. Ihre Augen rasten von einem Ding zum nächsten; auf die Kissen waren ziegelrote und weiße heranschleichende Figuren gemalt, die an Höhlenbilder von Steinzeitjägern erinnerten; die weißen, verfleckten Wollteppiche; der schöne grüne Kopf vom Pan, eine Wandvase, die ihre Schwester schon zu Hause gehabt hatte und wegen der es einen Streit gegeben hatte, weil ihre Mutter nicht wollte, daß dafür ein Nagel in die Wand geschlagen wurde. Drei tote Anemonen hingen zu seinem Mund heraus. Etwas drückte ihr in den Rücken, und sie merkte, daß sie sich gegen ein dickes Buch lehnte. Sie nahm es in die Hand; beim Durchblättern fielen mehrere hundert Seiten weich zurück und bildeten einen fast festen Block: GERICHTSMEDIZIN stand auf dem Umschlag und darunter sein Name. Sie schaute neugierig seine Handschrift an, und ihr wurde klar, daß auch seine Unterschrift zu den unbekannten Elementen in diesem Zimmer gehörte.
Wenn sie einfach nicht kommt, dann könnte ich ihr den Hals umdrehen. Theoretisch gesehen, warum

sollte eigentlich eine andere Frau die Windeln meines Kindes für mich waschen; aber praktisch gesehen ... sie schnaufte leise, sie wußte es jetzt besser.
Weißt du, was Mutter jetzt sagen würde, sagte sie plötzlich lachend vom Diwan aus. Sie schwiegen: Ich hab es dir ja gesagt, riefen sie gleichzeitig aus und lachten. Ihre Schwester hielt die seifigen Hände in die Höhe; sie lehnte sich auf dem Ellbogen zurück auf ein Kissen und schüttelte den Kopf. Und ihr Gelächter ebbte langsam ab.
Ihre Schwester hatte sich wieder zum Waschbecken gewandt, das Wasser lief gurgelnd ab. Wie seltsam ihre Schwester dastand, sie hatte die Zehen in den Sandalen gespreizt, die Füße klebten flach am Boden, die Achillessehne trat hervor, stark und dünn ... Stand die Waschfrau zu Hause Montag morgens nicht genauso da, endlos lang ...? Diese Erkenntnis machte sie innerlich ganz weich. Sie schaute schnell woanders hin: Unter dem Kissen bei ihrem Ellbogen schaute ein gestricktes Babyjäckchen heraus. Sie zog es lächelnd hervor, das kleine Bändchen war verschmiert, und am Halsausschnitt war es angekaut.
Von deinem Baby? fragte sie und hielt es hoch.
O Gott – gib her, sagte ihre Schwester – wenn ich schon dabei bin –
Ein paar Minuten später, als ihre Schwester die Hände abtrocknete, fiel das Kissen vom Diwan, und sie sah ein kleines Hemd und ein Lätzchen, die unschuldig darunter versteckt gewesen waren. Sie hob sie auf; das Lätzchen roch sauer, das Baby hatte etwas

Milch darauf gespuckt. Sie legte die Sachen zurück unter das Kissen.
Ich häng sie später im Hof auf, sagte ihre Schwester und schloß die Badezimmertür hinter den nassen Windeln. Sie stand im Zimmer, erfreut, etwas unsicher, und schob die Nagelhaut an ihren Nägeln zurück.
Weißt du, jetzt wo ich dich anschau, find ich, daß du dünner geworden bist, oder größer oder so ..., sagte sie.
Wirklich? fragte ihre Schwester lächelnd. Ja, vielleicht – sie strich sich über die Hüften. Jetzt mach ich etwas Tee, dann können wir uns unterhalten.
Kann ich mir nicht das Baby anschauen? fragte sie. Ihre Schwester hatte gesagt, daß es auf dem Balkon schlief.
Um Gottes willen, weck ihn bloß *jetzt* nicht auf, sagte ihre Schwester. Wir können etwas Ruhe brauchen. Sie ging zu einer Nische, vor der ein Vorhang hing, direkt neben der Badezimmertür. Ist der Vorhang handgewebt? fragte sie ihre Schwester und bewunderte die beigen, grünen und schwarzen Pferde darauf. Hmm, sagte ihre Schwester, den hat ein Mädchen namens Ada Leghorn gemacht, sie hat fünf Monate lang bei uns mitgegessen – natürlich mußte sie nichts dafür zahlen – und dann ist sie nach Südamerika zum Malen gegangen. Jedenfalls – als sie den Vorhang aufzog, kam dahinter ein kleiner Herd mit zwei Kochplatten und Zinnbeinen zum Vorschein, darüber hing ein Regal voller Töpfe, Getreideflocken, Büchsen, ein Wurstzipfel auf einer Unter-

tasse, zwei oder drei Tomaten, benutzte Gläser, weißlich von Milch.
Kann ich was helfen? fragte sie.
Ich glaub, du könntest zwei Tassen für uns abwaschen, sagte ihre Schwester.
Sie erhob sich und ging zu dem kleinen quadratischen Spülbecken direkt neben dem Ofen. Zwischen dem Frühstücksgeschirr, auf dem getrocknete Eigelbspuren glänzten, fand sie zwei Tassen und hielt sie unter fließendes Wasser. Auf dem Brett neben der Spüle fand sie einen Lappen, nahm ihn, um die Tassen damit auszuwischen; aber er war schmutzig, undefinierbare Stückchen von feuchten Nahrungsmitteln hingen daran. Sie legte ihn schnell wieder hin und hoffte, daß ihre Schwester es nicht bemerkt hatte. Aber sie schaute noch mal zu dem schmierigen Fetzen, und ihre Schwester sah es. Sie schnalzte ungeduldig mit der Zunge: Oh, schau mal da –, sagte sie und nahm schnell etwas hoch, was die andere noch gar nicht bemerkt hatte: ein Stück Zeitungspapier, auf dem grau wirkende Rasierschaumreste hingen. Denkt *nie* daran, auch nur *irgendwas* wegzuschmeißen!
Er arbeitet entsetzlich viel, der Arme, sagte sie kurz darauf.
Ja, das glaub ich, sagte sie schüchtern und trocknete die Tassen ab.
Du mußt mal kommen, wenn er da ist, sagte ihre Schwester fröhlich. Es ist lächerlich – er kennt nicht mal meine eigene Schwester!
Ja, sagte sie begeistert und fürchtete plötzlich, daß er ihr nicht gefallen würde.

Kochst du hier? fragte sie – und im selben Augenblick hörte sie bedauernd, daß sie es mit der Stimme ihrer Mutter gefragt hatte; genauso wie ihre Mutter sprach. Ich meine – alle Mahlzeiten …? stotterte sie.
Ja! Ja! sagte ihre Schwester laut, um das Wasser, das sie in einen kleinen Kochtopf laufen ließ, zu übertönen. Sie setzte den Topf auf den kleinen Ofen, nahm einen Deckel von einem viel größeren Topf und legte ihn darauf. Dann sagte sie lachend: Aber nicht solche Mahlzeiten, wie sie Mutter zu Hause kocht, die sie wie Opfergaben für die Götter zubereitet – wir essen. Essen ist nicht so wichtig.
Natürlich nicht, stimmte sie zu und spürte leichte Verachtung für ihre Mutter.
Ihre Schwester wandte sich um und schaute sie fragend an: Und manchmal gehen wir richtig schön essen, wenn wir Lust darauf haben. – Natürlich …
Ich denk jedesmal an dich, wenn es bei uns Fleischpastete gibt, sagte sie lächelnd.
Ach, ja! rief ihre Schwester aus. Die war wunderbar! Diese Kruste! … Irgendwann, wenn ich einen richtigen Ofen hab, lern ich, wie man die macht. Dann eß ich eine ganze Pastete allein auf.
Der Tee stand auf einem Tablett zwischen ihnen auf dem Sofa. Ihre Schwester riß eine Packung Bisquits auf. Bitte! sagte sie.
Es ist lustig für mich, daß du jetzt eine Hausfrau bist, sagte sie und lächelte ihre Schwester an.
So ist das Leben …, sagte ihre Schwester und schaute zu, wie der Tee in eine Tasse floß. Natürlich, ja, *man*

muß da eben durch, um anderes machen zu können, sagte sie und bemühte sich, deutlich zu machen, daß sie ihre Schwester verstanden hatte.
Ganz genau das ist es, sagte ihre Schwester …
»… Wenn das Haus sauber ist, so wie ich das will, und wenn ich drei Mahlzeiten auf den Tisch gebracht hab …« Sie hörte ihre Mutter. Ein bekanntes Musikstück ertönte auf einem anderen Instrument.
Wenn er sein Examen hat, sagte ihre Schwester und lehnte sich zurück, dann fahren wir weg … dann reisen wir. Vielleicht eine Zeitlang nach Kenia. Und natürlich will ich immer noch nach Italien fahren. Wir haben sogar angefangen, Italienisch zu lernen. Sie lachte. – Das ist aber eingeschlafen. Wir wollen nach Italien und in die Schweiz … aber Gott weiß, was wir mit dem Baby machen … Bei dem Gedanken zog sie die Stirn kraus und beschuldigte etwas nicht Sichtbares; und packte dann das Ganze in eine Ecke ihres Kopfes.
Hast du letzte Woche die Ausstellung mit moderner italienischer Kunst gesehn? fragte sie erwartungsvoll, begierig auf ein Gespräch. Wie hat sie dir gefallen?
Hab nicht mal gewußt, daß eine Ausstellung war, sagte ihre Schwester. Ich weiß nicht, ich schaff meistens nur die Überschriften in der Zeitung.
Oh, sagte sie. Es war ein Ölbild da, das mich an dieses Bild von dir erinnert hat – sie drehte den Kopf und schaute das indische Kind mit den Lilien an.
Das ist eine Gouache, sagte ihre Schwester und schaute zum Balkon. Sie legte den Kopf schräg. Kam

da ein Quacken aus dem Kinderwagen…? Sie schaute fragend.
Ich hab nichts gehört, sagte sie und entspannte sich wieder.
Ich *hoffe* nicht, sagte ihre Schwester.
Ich *hoffe*, daß er schreit, lachte sie, ich will ihn sehn.
Ihre Schwester schaute sie sehr aufmerksam an, mit großen Augen, so forschend wie sie sie angeschaut hatte, als sie Kinder gewesen waren und ihre Schwester die große Schwester gewesen war, die das Spiel lenkte: Schau mal, sagte sie, ich fürchte, du kannst ihn erst nächstes Mal sehen, wenn es dir nichts ausmacht. Ich muß gleich weg, um einem Kind eine Stunde zu geben, und Alan muß aus dem Krankenhaus herrasen, um auf das Baby aufzupassen. Es ist schlimm genug, daß er seine Arbeit unterbrechen muß; wenn er schon hier sein muß, muß er wenigstens pauken können – und das kann er nicht, wenn das Baby wach ist. Ich versuch, es zum Schlafen zu bringen, und dann bet ich, daß er schläft, bis ich zurückkomme. Wenn's dir nichts ausmacht – ihre Hände zitterten leicht, als sie die Teetasse hielt.
Natürlich nicht! protestierte sie. Ich seh ihn eben das nächste Mal. Ich wußte nicht… es macht doch gar nichts.
Nein, sagte ihre Schwester und lächelte jetzt freundlich, sorglos, du kommst einfach oft hierher.
Hieß das, daß sie jetzt gehen mußte?
Gehst du bald weg? fragte sie.
Ja, sagte ihre Schwester, ich muß mich zurechtma-

chen ... Du kannst dich derweil umschauen. Sobald er kommt, muß ich weg.
Plötzlich wollte sie gehen; sie mußte fort sein, bevor Er kam. Es war ziemlich lächerlich, wie aufgeregt sie sich bei der Vorstellung fühlte, daß Er käme, während sie noch da wäre. Sie bettelte innerlich, gehen zu dürfen, wie ein Kind an einem fremden Ort. Sie folgte ihrer Schwester geistesabwesend, sie war unfähig, an irgend etwas anderes zu denken, als daß sie gehen wollte. Sie glaubte, einen Schritt zu hören; sie glaubte, die Tür gehen zu hören, die ganze Zeit.
Ihre Schwester tauschte die Sandalen gegen Schuhe aus, ging ins Badezimmer und kämmte ihr Haar. Das Badezimmer war feucht von nassen Windeln; als sie dort mit ihrer Schwester stand, fühlte sie sich heiß und konnte kaum atmen. Ich muß sie draußen aufhängen, bevor ich geh ..., sagte ihre Schwester, den Mund voll Haarnadeln; ihre Augen waren merkwürdig unruhig, als ob ihre Aufmerksamkeit die ganze Zeit geteilt wäre. Und ich müßte noch das Gemüse für heute abend fertig machen ... Ihre Hände fummelten eilig herum.
War das die Aufzugtür? Ihr Herz schlug schneller ... nein. Weißt du, ich sollte jetzt wirklich gehen, sagte sie lächelnd zu ihrer Schwester.
Na ja, schon gut, Baby, sagte ihre Schwester und wandte sich mit ihrem alten Lächeln zu ihr um, ihrem alten, langsamen, überlegenen Lächeln. Nächstes Mal komm am Abend, dann ist es interessanter für dich. Dann ist Alan da – das heißt, wir machen's besser an einem Abend am Wochenende, wenn er

nicht arbeiten muß... Aber wenn du noch ein paar Minuten wartest, kommt er–, ermutigte sie ihre Schwester.
Nein, ich muß jetzt gehen; ich muß etwas für Mutter in der Stadt besorgen. Deshalb ist es besser...
Sie standen einen Augenblick lang da und lächelten einander an.
Mutter..., sagte ihre Schwester ... Ach, Gott, es gibt immer irgendwas für Mutter zu besorgen... Sie schüttelte ihr Haar, es war eine kleine Geste der Erleichterung; dann steckte sie es mit sicheren Bewegungen hoch.
– Na ja, dann überlaß ich dich deinem Schicksal, sagte sie, duckte sich und ging unter den Windeln hindurch zur Tür. Mit den Windeln und dem Gemüse und der Stunde, die du geben mußt, dachte sie, sagte es aber nicht.
Als sie sich in der Tür umwandte, sah sie etwas auf dem Regal im Badezimmer, das ihr starkes Mitleid für ihre Schwester plötzlich verscheuchte; etwas, das ihr signalisierte, daß sie nicht verloren war. Etwas ziemlich Normales; eine Schachtel Talkum-Puder. Der ganz bestimmte, süß nach Geißblatt riechende Talkum-Puder, den ihre Schwester immer benutzt hatte; der immer wie Schnee auf dem Badezimmerboden herumgelegen hatte, ihre Mutter hatte ihn schimpfend aufgewischt. Du benutzt ihn immer noch! rief sie erfreut aus – immer noch denselben in der geblümten Schachtel! Ich hab ihn nicht mehr gerochen, seit du weg bist!
Was? fragte ihre Schwester, die nicht zugehört hatte.

Dein Puder in diesen großen verschmierten Schachteln! lachte sie.
Ihre Schwester schaute geduldig zum Regal hin. Ach *das*! sagte sie. Sie schaute es an: Das ist nur eine leere Schachtel – Alan hat seine Rasiersachen darin. Eineinhalb Schilling für Badepuder! Damals wußte ich nicht, wofür ich mein Geld ausgeben sollte ...
Auf Wiedersehn! rief sie von der Tür aus.
Auf Wiedersehn, rief ihre Schwester aus dem Badezimmer zurück. Und vergiß nicht –
Nein, bestimmt nicht, rief sie. Auf Wiedersehn!
Der Lift war nicht da, deshalb wartete sie nicht auf ihn, sondern rannte die Treppe herunter, verließ das Gebäude, ging die Straße an Minos Teestube vorbei zur Haltestelle der Straßenbahn. Dann saß sie in der Straßenbahn, entspannte sich langsam und dachte, Idiot, Idiot, was ist denn los mit dir? Sie war entsetzlich, ganz entsetzlich froh, daß sie Ihn nicht getroffen hatte. Sie war wirklich idiotisch froh darüber. Als sie daran dachte, wie lächerlich froh sie war, hatte sie ihrer Schwester gegenüber ein sehr schlechtes Gewissen. Je froher sie war, um so stärker fühlte sie ihr schlechtes Gewissen, als ob die Tatsache, daß sie Ihn nicht treffen wollte, ihn nicht gut genug für ihre Schwester machte. Ach, ihre arme, arme Schwester ...
Plötzlich klingelte sie, stieg aus und betrat eine Drogerie. So angespannt und zitternd, daß die Verkäuferin sie neugierig betrachtete, kaufte sie eine große Schachtel von diesem bestimmten Badepuder. Sie nahm die nächste Straßenbahn zurück bis zu Minos

Teestube und lief die Straße entlang und betrat das Gebäude und den Aufzug. Im Aufzug stand sie steif da und preßte das Paket an sich. Der Aufzug schien ihr nervöses Atmen diskret zu ignorieren. Aus dem Aufzug heraus und den Gang entlang bis zur Nummer elf, und als sie den Klopfer betätigte, bekam sie einen Riesenschreck – Er könnte da sein. Es war zu spät... die Tür öffnete sich.

Schau an, sagte ein dunkler junger Mann – Kommen Sie bitte herein – einen Augenblick – und ließ sie draußen stehen, verschwand auf dem Balkon. Sie hörte ein Baby schreien. Es hielt den Atem an und brüllte dann mit aller Kraft los, bis der Schrei immer leiser wurde. Kurz darauf kam der junge Mann zurück. Alles in Ordnung, sagte er und machte eine beschwichtigende Bewegung mit der Hand. Er hielt eine Brille in der Hand; seine braunen Augen waren an den Rändern leicht gerötet. Er schaute sie fragend an.

Guten Tag, sagte sie dümmlich.

Guten Tag! sagte er freundlich. Wollten Sie mich besuchen? Oder meine Frau...?

Ich – ich will etwas dalassen –, sagte sie, – etwas...

Er sah das Paket. Sie wollen etwas für meine Frau dalassen, sagte er hilfsbereit.

Ja –, sagte sie, – danke, wenn Sie es ihr – und gab ihm das Paket.

Sie weiß davon, ja? sagte er. Ich meine, sie weiß von wem es ist?

Sie nickte heftig. Danke – also, sagte sie und trat zurück.

Schon gut, sagte der junge Mann. Er war in Eile. Er lächelte sie kurz an und schloß die Tür.
Sie hatte es nicht gesagt. Sie hatte es Ihm nicht gesagt. Ich bin ihre Schwester, ich bin ihre Schwester. Sie sagte es sich immer wieder leise innerlich vor, so wie sie es Ihm hätte sagen sollen … Und zwischendurch nannte sie sich Idiot, Idiot …

OH, WEH ÜBER MICH

Sarah arbeitete für uns, bevor ihre Beine zu schlimm wurden. Sie war sehr fett, und ihre Haut hatte eine helle, gelblich-braune Farbe, als ob, wie ein Luftballon, dessen Farbe beim Aufblasen heller wird, das Fett die dünne Pigmentschicht dehnte und dadurch farblich immer mehr aufhellte. Sie trug eine zierliche kleine goldgerahmte Brille und war eine gute Köchin, obwohl sie viel zu viel Butter verwendete.
Das waren die Dinge, die wir an ihr bemerkten.
Aber zusätzlich hatte sie nur einen Mann, mit dem sie kirchlich getraut war, und drei Kinder, Robert, Janet und Felicia, mit deren Aufzucht sie ständig beschäftigt war. Sie seufzte oft, wenn sie sich beim Putzen bückte, so wie schwere Menschen das tun, aber sie dachte an ihre Kinder. Oh, Weh über mich, sagte sie, wenn der Metzger die Leber nicht schickte, wenn es mitten beim wöchentlichen Putzen zu regnen anfing, als ob sie gemessen an den Schwierigkeiten ihres eigenen Lebens nicht erwarten konnte, daß alltägliche Angelegenheiten besser gehen könnten. Zuerst lachten wir über diesen biblisch gestelzten Ausdruck, der offenbar so übertrieben war; aber später verstanden wir sie. Oh, Weh über mich, sagte sie; und das war ihr Kommentar zum Leben.

Sie machte sich Sorgen um ihre Kinder, weil sie wollte, daß sie wüßten, wo ihr Platz sei; sie wollte sie gut erziehen, sie wollte, daß der Junge einen guten Job bekäme, sie wollte, daß die Mädchen jungfräulich aufwüchsen und in der Kirche heirateten. Das war alles. Ihre eigene Erziehung in der Missionsschule hatte sie nicht gefährlich genug oder tapfer genug oder frei genug oder auch nur gebildet genug gemacht, um zu glauben, daß überall ein Platz für ihre Kinder sei; aber ihre Erziehung hatte gerade soviel bewirkt, daß sie glaubte, daß es einen Platz für sie *gäbe*; nicht einen Platz, den sie mit dem weißen Mann teilen würden, aber auch nicht überhaupt keinen Platz: eben einen Platz für sie selbst. Sie wollte, daß sie den bekämen, und sie wollte, daß sie ihn behielten. Sie war realistisch genug, um zu wissen, daß das nicht einfach war. Sie war auch konservativ genug, um nicht zu fragen, warum es so schwierig war. Man muß mit der Welt leben, so wie sie ist, sagte sie.

Die Dinge, die sie sich für ihre Kinder wünschte, klingen ganz einfach; aber sie waren es nicht. Nicht dort, wo sie nach ihnen Ausschau hielt.

Zuerst mietete sie im Haus einer Verwandten in der Schwarzensiedlung ein Zimmer für die Kinder. Sie zahlte für ihr Essen und besuchte sie jeden Sonntag, und die Kusine sollte darauf achten, daß sie regelmäßig zur Schule gingen und unter der Woche in der Siedlung nicht mehr nach Einbruch der Dunkelheit herumliefen. Sarah glaubte so leidenschaftlich an Erziehung, wie sie an die Gefährlichkeit der Dunkel-

heit glaubte. Aber bald kam heraus, daß Robert die meiste Zeit als Caddie auf dem Golfplatz arbeitete. (Warum, warum, warum! stöhnte Sarah und empfand es als Schande – und Robert öffnete seine Hand, die innen so rosa war wie die unerwartete kleine Pfote eines schlauen Affen, und ließ den Sixpence und den Threepence sehen, die dort angewärmt lagen.) Und Felicia rannte wie andere Kinder auch nachts schreiend in den dunklen, verrauchten Straßen herum. Das war ganz in Ordnung für die anderen, die Laufburschen und Kindermädchen werden würden; aber es war nichts für Sarahs Kinder.
Sie schickte sie in ein Internat.
Es wurde eine lange Liste all der Dinge geschickt, die sie haben mußten, und endlose, leise, dringlich geführte Gespräche fanden mit ihrem Mann über das Hinterpförtchen statt, und langsam wurden zusammengefaltete, rosarote Banknoten überreicht und halbe Kronenstücke aus einem Tabaksbeutel aus Baumwollstoff herausgezählt. Sie gab nicht nur ein Vermögen für sie aus – Vermögen werden gemacht und verloren –, sondern alles, was sie hatte, ihre neun Pfund auf dem Sparkonto bei der Post, und den ganzen Lohn, jeden Monat. Selbst das war noch nicht genug, denn die Schule war in Natal, und sie konnte die Zugfahrt für sie nur einmal im Jahr bezahlen, so daß sie alle ihre Ferien außer den Weihnachtsferien in der Schule bleiben mußten, dreihundert Meilen von zu Hause entfernt. Aber sie bekamen eine gute Erziehung. Sie zeigte mir ihre Briefe; wie alle Kinderbriefe waren sie unverbindlich, emotionslos,

meist wurde um etwas gebeten. Manchmal gab ich ihr ein paar Süßigkeiten, die sie ihnen schicken sollte und bekam als Antwort einen Dankbrief von dem jüngeren Mädchen, Janet; höflich, aber ohne den geringsten Hinweis darauf, daß das Geschenk ihr Freude gemacht hatte. Sarah bat immer darum, den Brief lesen zu dürfen, um zu sehen, ob er respektvoll war: das war das Wichtigste. Ein Ausdruck ruhiger Erleichterung lag auf ihrem Gesicht, wenn sie ihn wieder zusammenfaltete. Ja, sagte sie, ich weiß, daß dort auf sie aufgepaßt wird.

Als Weihnachten herankam, schämte ich mich, daß ich sie für die Dauer der jährlichen Ferien ein Zimmer für die Kinder in der Schwarzensiedlung mieten ließ, und ich sagte ihr, daß sie sie hierher in den Hof bringen könne, wenn sie wolle. Sie zog ihr schwarzes Kleid und den Fransenschal an – sie schätzte die altehrwürdige viktorianische Kleidung, die nicht sehr praktisch, aber ganz bestimmt nicht so häßlich war wie einige der Kinkerlitzchen, die schwarze Frauen von der damaligen vulgären europäischen Mode nachmachten – und ging zum Bahnhof, um sie abzuholen, ging sehr früh los, weil es ihren Beinen wieder schlecht ging und sie nicht schnell gehen konnte. Sie war den ganzen Tag lang fort, und ich war ziemlich wütend, aber als ich sie mit ihren drei Kindern nach Hause kommen sah, fiel mir eine gewisse Feierlichkeit an ihr auf, und ich sagte nichts.

Es waren auffallend brave Kinder. Ich habe nie so brave Kinder gesehen, so still, so unauffällig in ihren Bewegungen, so ruhig in ihrem Spiel. Zu brav: die

Mädchen setzten sich still in die Sonne an die Wand vor Sarahs Zimmer, der Junge setzte sich mit einem Ast und einem Stein ins Unkraut vor den Zaun. Die Mädchen wuschen und häkelten Kappen aus roter Wolle; sie lachten heimlich, niemals frei heraus, wie ein Bach, den man leise irgendwo unter der Erde plätschern hört. Ihr Lächeln war ernst und schön, aber künstlich, gar nicht freudig. Der Junge lächelte überhaupt nicht. Als ich ihm eine Wasserpistole gab, die irgendein Besucherkind im Haus vergessen hatte, nahm er sie, als erhielte er eine Strafe. Er hat sie in seine Schachtel gelegt, Mam, lächelte Sarah stolz. O ja, es ist toll für ihn, diese Pistole zu haben, Mam. Er hat das Gefühl, daß er jetzt ein großer Mann ist.
Sie durften den Hof nicht verlassen, außer in Begleitung ihrer Mutter, oder wenn sie etwas für sie erledigen sollten. Sie standen oft am Tor und schauten hinaus. Einmal verschwand Robert am Morgen und kam mittags mit staubigen Füßen und Gras an seiner Kleidung zurück. Sarah hatte sich den ganzen Morgen lang beschwert: Ich weiß, wo er hingegangen ist. Ihre Beine machten ihr zu schaffen, sonst wäre sie ihm nachgegangen. In einem müden Martyrium verdrosch sie ihn lang und fest, aber ohne Wut. Er weinte und weinte, mehr aus Niedergeschlagenheit als aus Schmerz.
Es war nicht nur starke Wut, gefolgt von Schluchzen.
Sarah sprach tagelang über die Eskapade des Kindes; die drei weißen Augenpaare erinnerten sie daran, wenn sie aus der Küchentür in den Hof kam und sie

zu ihr aufschauten; der Nacken des kleinen Jungen erinnerte sie daran, wenn er mit gebeugtem Kopf in der Sonne spielte.
Sarah war traurig streng mit den Kindern, und sie gab ihnen unaufhörlich gute Ratschläge und ermahnte sie. Der kleinste Verstoß löste den ständigen, durchdringenden leichten Regen ihres Leides und ihres Nichteinverstandenseins aus, der auf das helle Leuchten des Kindes herabsickerte. Unter der ständigen sanften Beeinflussung durch ihre Logik verblaßte das Leuchten. Ich sagte ihr, daß ich glaubte, sie wäre vielleicht zu hart mit den Kindern – das traf die Sache nicht ganz, aber mir war nicht ganz klar, was eigentlich mit ihnen geschah –, und sie dachte einen Augenblick lang nach und erhob dann sehr sachlich Einspruch: Aber sie müssen irgendwann damit konfrontiert werden, Mam. Wenn sie jetzt lernen, daß sie nicht machen können, was sie wollen, dann macht es sie später nicht wütend. Sie müssen lernen, sagte sie – jetzt sehr hart –, sie müssen *lernen.*
Ich glaube, sie langweilte sie sehr.
Sie fuhren zur Schule zurück, mit dem Zug für ein weiteres Jahr. Wer weiß, wie sie sich fühlten? Es war unmöglich zu sagen. Nur Janet, die mittlere, weinte etwas. Sie ist die Klügste, lächelte Sarah, sie wird eine Lehrerin. Sie ist schon in der fünften Klasse. Obwohl zwei Jahre älter und körperlich eine vollentwickelte junge Frau, war Felicia auch in derselben Klasse. Die Pläne für sie waren vage; aber für Janet – Sarah mußte immer lächeln, so sicher war sie sich für Janet – gab es einen Platz.

Sie kamen nie mehr in unseren Hof. Während des Jahres wurden Sarahs Beine immer schlimmer, und sie mußte ihren Job aufgeben. Sie zog in die Schwarzensiedlung und wusch zu Hause etwas für andere Leute. Aber natürlich bedeutete das das Ende des Internats; ausschließlich von den Einkünften ihres Mannes, wo Lebensmittel und Miete in der Schwarzensiedlung auch bezahlt werden mußten, war es nicht zu schaffen. Also kamen die Kinder nach Hause und lebten bei ihrer Mutter und gingen in der Siedlung zur Schule. Sie besuchte mich, sehr beunruhigt, wie ich merkte, durch das starke Gefühl, daß sie ihren Halt verloren hatten. Aber sie tröstete sich damit, daß sie, obwohl ihre Ausbildung nicht so gut sein würde, sie doch selbst erziehen könnte. Als sie mir das erzählte, saß sie auf dem Küchentisch und stellte die Beine, die wie dicke Säulen mit elastischen Binden gewickelt waren, langsam hin.

Sie selbst kam nie wieder. Ihre Beine waren zu schlimm. Sie schickte ihre Kinder – oft nur Janet –, um mich zu besuchen. Sie baten nie auch nur um irgend etwas; sie kamen und standen geduldig im Hof, bis ich sie bemerkte, und ihre großen Augen schauten überall hin, nur nicht auf mich. Ja, die Beine ihrer Mutter waren schlimm. Nein, genauso wie vorher. Nein, sie konnte nichts mehr waschen. Ja, sie waren noch in der Schule. Ich hatte immer das komische Gefühl, daß sie sich schämten, nicht *durch* mich, sondern *für* mich; als ob ihre Gesichter wußten, daß ich nicht anders konnte, als dieselben Fragen stellen, weil ich ihr wirkliches Leben nicht kannte und mir nicht vorstellen und deshalb auch nicht danach fragen konnte. Normalerweise bekam jeder eine Orange und ein altes Kleid oder einen Pullover, der unauffällig unter den ungeschriebenen, aber willkürlich gesetzten Standard des Hauses gesunken war. Jedesmal wenn sie kamen, waren sie – nicht etwas schäbiger, genauer gesagt aber etwas nachlässiger gekleidet; eine große Sicherheitsnadel auf Felicias Pullover; ein kleiner ungestopfter Riß, der auf Roberts Hose ausfranste. Selbst Janet, in einem zerfetzten kurzen Rock, der nichts als ein zerfetzter kurzer Rock war; nicht mehr der gebügelte, geflickte, steif-respektable ordentliche Fetzen, den sie vorher immer getragen hatte. Nun ja, Nahrungsmittel und Kleidung wurden teurer; ich nehme an, sie wurden ärmer.

Lange Zeit verging, ohne daß sie zu Besuch kamen. Ich fragte die anderen schwarzen Mädchen hin und wieder: Wie geht es Sarah? Habt ihr Sarah gesehn? Sie konnten sie nicht gut leiden. Ich weiß nicht, sagten sie, ganz nebenbei. Ich hab gehört, sie ist krank, ihre Beine sind schlimm.

Sarahs Mann arbeitet nicht, sagte mein Mädchen eines Tages, als es den Küchentisch schrubbte. Was, er arbeitet nicht? sagte ich. Wie schaffen sie es dann? *Ihre* Beine sind schlimm, sie kann nicht arbeiten, sagte Caroline und zuckte die Achseln. Ich weiß, sagte ich, aber sie müssen doch was essen. Der kleine Junge arbeitet, sagte Caroline. Er arbeitet hinten in der Molkerei. Sie meinte, daß er saubermachte, den Boden und den Arbeitsraum putzte.

Ich bat sie, das nächste Mal, wenn sie in der Schwarzensiedlung wäre, Sarah zu besuchen und herauszufinden, wie ich helfen könnte. Sie kam zurück und sagte: Sarahs Mann hat wieder einen Job; er war zu alt für den, den er hatte. Jetzt hat er einen leichteren Job. Und kann ich irgendwas tun, um Sarah zu helfen? fragte ich – Hat sie dir etwas gesagt? Caroline schaute zu mir auf. Ihr Mann hat wieder einen Job, sagte sie geduldig, als ob ich nicht in der Lage wäre, etwas zu verstehen, was mir einmal gesagt wird.
An einem Dienstagmorgen kam Caroline vom Bügeln auf der hinteren Terrasse herein und sagte: Sarahs Tochter ist im Hof – und ging sofort wieder zurück.
Janet stand unter dem Pfefferbaum und drehte ihre nackten Füße langsam auf den Steinen hin und her, und ihre Haltung wirkte so, als hätte sie schon ziemlich lange gewartet. Bis Caroline sie bemerkt hatte. Jetzt sagte sie: Guten Morgen, Mam, schaute auf ihre Füße und kam zögernd auf die Stufen zu. Sie war kein kleines Mädchen mehr. Der kindlich runde Bauch war an den geschwungenen Hüften flach geworden, und unter dem sehr kurzen, langgezogenen Pullover erhoben sich zitternde neue Brüste. Der Pullover war schmutzig, an den Ellenbogen durchgewetzt. An ihren sehr kleinen Ohren hingen Messingohrringe mit einem runden, pinkfarbenen, glänzenden Stück Glas darin. Sie stand da und schaute mich an, den Kopf auf eine Seite gelegt. Ich hab gehört, daß ihr Schwierigkeiten gehabt habt, Janet, sagte ich

und dachte, daß ich jetzt nicht mehr mit einem Kind reden mußte.
Ja, Mam, sagte sie sehr leise, und die Stimme war immer noch eine Kinderstimme.
Dein Vater hat seinen Job verloren? fragte ich.
Ja, Mam, sagte sie und schüttelte langsam den Kopf, wie Sarah. Es war schwierig.
Und Robert arbeitet? fragte ich.
In der Molkerei, sagte sie. Und schaute auf ihre Füße.
Und konnte Felicia nicht irgendwo einen Job finden? fragte ich und erinnerte mich an Sarahs Angst, daß ihr Kind ein Kindermädchen sein müßte.
Sie ist weg, Mam, sagte das Mädchen leise.
Sie ist was? fragte ich und zog die Stirn kraus, um besser hören zu können. Sie ist nach Bloemfontein gegangen, Mam, sagte sie so leise, daß ich sie fast nicht verstehen konnte. Sie hat geheiratet, Mam.
Also, das ist ja schön! Das ist sehr schön, oder? fragte ich lächelnd. Deine Mutter muß sich ja sehr darüber freuen.
Sie sagte nichts.
Also bist nur noch du zu Hause, Janet? Und du gehst noch zur Schule? Willst immer noch eine Lehrerin werden, was? – Ich war sicher, daß sie jetzt lächeln würde, daß sie ihre Stimme heben würde, die zu ersterben drohte.
Ich bin zu Hause, Mam, sagte sie schüchtern.
Zu Hause?
Ja, ich bin zu Hause bei meiner Mutter. – Die Stimme entschlüpfte in Richtung Stille.

Meinst du, daß du die ganze Zeit zu Hause bist, Janet? fragte ich mit hoher Stimme.
Ich bin zu Hause bei meiner Mutter. Ihre Beine sind jetzt sehr schlimm. Sie kann gar nicht mehr laufen.
Soll das heißen, daß du nicht mehr in die Schule gehst? Du kümmerst dich nur um deine Mutter?
Ja, Mam, sagte sie und schaute mit weitgeöffneten Augen auf ihre Füße. Dann hob sie den Kopf und schaute mich ohne Interesse an, arglos, als ob sie geblendet in die Sonne schauen würde.
Ich sagte, immer noch mit hoher Stimme: Einen Moment mal, Janet. Ich hab was für dich. Ich glaub, ich hab – und floh ins Haus. Ich lief zum Schrank, zog ein Kleid und einen alten Cordsamtrock heraus und rollte die Sachen zu einem Bündel zusammen. Als ich schon wieder im Flur war, ging ich in mein Schlafzimmer zurück und holte fünf Schilling aus meinem Portemonnaie.
Draußen im Hof stand sie immer noch in der gleichen Haltung da. Sie schien kaum zu wissen, wo sie war. Ich gab ihr das Bündel und sagte: Da, ich glaub das paßt dir, Janet – und dann hielt ich ihr das Geld hin, als ob es heiß wäre und sagte: Gib das deiner Mutter.
Vielen Dank, Mam, sagte sie ernst, und sie schien gar keine Stimme zu haben. Sie knotete das Geld in ein Stück Stoff ein und faltete die Kleider dann wieder zusammen.
Ich blieb noch im Hof und wußte nicht, was ich tun sollte. Caroline schaute mich durch die Verandafenster an.

Caroline, rief ich plötzlich, Caroline, gib Janet etwas Tee, ja?
Caroline frühstückt nie vor elf Uhr; es war gerade Zeit. Als ich ein paar Minuten später in die Küche ging, saß Janet am Tisch, ihr Gesicht in einer großen Teeschale, drei Scheiben Marmeladebrot vor sich. Ich sagte: Alles in Ordnung, Janet? Und sie hob ihr Gesicht aus der Schale und lächelte sehr zart, sehr schüchtern mit den Augen.
Ich konnte hören, wie Caroline mit ihr redete, und bald kam Caroline und sagte: Sie geht jetzt.
Sie stand wieder im Hof, das Bündel in der Hand. Ich kam lächelnd heraus; ich fühlte mich jetzt etwas besser in bezug auf sie. Auf Wiedersehen, Janet, sagte ich. Und sag deiner Mutter, ich hoffe, daß es besser mit ihr wird. Und du mußt kommen und mir erzählen, wie es ihr geht, ja?
Es kam keine Antwort, und plötzlich sah ich, daß sie mit aller Kraft versuchte, sich zusammenzunehmen, daß sie am liebsten geweint hätte. Ihr ganzer Körper schien voll Tränen zu sein, die zu ihren Augen herausdrängten. Ihre Augen wurden größer und größer, immer glasiger; und dann fing sie zu weinen an, ihre Augen und ihre Nase liefen, sie schluchzte, hatte Schluckauf, und große Tränen rannen ihr aus den Augen.
Was ist los, Janet, sagte ich. Was ist los?
Aber sie weinte nur, versuchte ihr nasses Gesicht mit dem tränenverschmierten Unterarm zu trocknen, und schaute sich in verzweifelter Wut nach etwas um, mit dem sie die Tränen abwischen konnte. Sie

schniefte und schluckte und konnte nichts finden. Da war das Bündel, aber wie konnte sie das benutzen? Konnte sie da hineinweinen? – vor mir.
Aber was ist denn los, mein Kind, sagte ich. Was ist denn los? Du mußt nicht weinen. Was ist los? Sag es mir!
Sie versuchte zu sprechen, aber ihre Stimme bebte zu stark beim Weinen: Meine Mutter – sie ist sehr krank . . ., brachte sie schließlich heraus.
Und sie fing wieder zu weinen an, ihr Gesicht verzog sich, sie schluchzte und keuchte. Verzweifelt rieb sie sich mit dem nassen Arm an der Nase.
Was konnte ich für sie tun? Was konnte ich tun?
Da . . ., sagte ich. Da – nimm das, und gab ihr mein Taschentuch.

EIN ANDERER TEIL DES HIMMELS

Als er eines Sonntag nachts um elf Uhr vom Hauptgebäude über das dunkle Gras auf sein dunkles Haus zuging, stolperte er über die Einfassung aus halben Ziegelsteinen. Sie waren alle gleich tief in die Erde eingelassen und begrenzten als zackiger Rand jeden Weg und jedes Blumenbeet. Die Jungen hatten die Backsteine mit der Freude, die ihre bäuerliche Rasse an einfachen, sich wiederholenden Mustern empfindet, in die Erde eingelassen. Irgend etwas, was unter ihrer Erfahrung mit verrostendem Wellblech und verrottendem Sackleinen schlummerte, rief in ihnen die Erinnerung an säuberlich weiße Zickzackstreifen um Lehmhütten herum wach. Das würde noch kommen, vermutete er lächelnd: Sie würden die Ziegelsteine weiß anmalen wollen.

Hinter den Ziegelsteinen wuchsen Rosen, die die Dunkelheit mit den noch dunkleren Flecken ihres Laubwerkes tüpfelten. Die Jungen hatten auch die Rosen gepflanzt. »Der Mann, der Gefängnismauern einriß und statt dessen Geranien pflanzte« – natürlich hatten die Zeitungen das falsch verstanden. Falsch, ganz falsch. Immer wenn etwas niedergeschrieben wird, geht es daneben. Fehler sind noch das wenigste; wenn Worte im Druck erscheinen, ha-

ben sie ihre Bedeutung geändert, und damit ist auch die kleinste Wahrheit verschwunden, die sie enthalten haben. Geranien statt Rosen; das war nichts: aber »der Mann, der Gefängnismauern einriß und statt dessen Geranien pflanzte« – das war eine oberflächliche Formel, die alles ausließ. Die nackte Tatsache stimmte; in den neun Jahren, die er der Direktor der Besserungsanstalt gewesen war, hatte er die sechs Fuß hohen Mauern mit den oben einzementierten zerbrochenen Flaschen einreißen lassen, er hatte die Jungen im Garten arbeiten lassen, er hatte ihnen geholfen, Sportplätze zu bauen, hatte Musikinstrumente für sie zusammengebettelt. Die Fotografie von ihm, wie er an seinem Schreibtisch saß und einen Füllfederhalter eintauchte. Die Fotografie von den Jungen, die im Schneidersitz im Garten saßen, mit Nummern auf dem Rücken ihrer khakifarbenen Hemden, Sonne auf ihren Köpfen mit dem kurzgeschnittenen, wolligen Haar ... Wann existierte dieser Augenblick, der Augenblick in dem Artikel, von all den Artikeln, die über ihn geschrieben worden waren, all den Reden, die ihm zu Ehren gehalten worden waren – wann existierte er?
Plötzlich knirschte Kies unter seinen Füßen, er seufzte leise und schüttelte die nichtssagende Unwirklichkeit der Situation ab. Sie ließ alles aus. Was hatte sie mit dem jetzigen Augenblick zu tun, der schlafenden Dunkelheit der Besserungsanstalt hinter ihm, dem brennenden Rot und der aufblitzenden Druckschrift vor seinem inneren Auge; mit der Stille auf dem nächtlich dunklen Veld; mit der

Angst, die seinen ganzen Körper wie sein Atem ausfüllte.
Heute morgen hatte er zwischen den Stimmen der Jungen beim Gottesdienst gestanden, am Nachmittag hatte er den Entwurf für eine Strafrechtsreform geschrieben, nach dem Essen hatte er vor einem Tisch voller Berichte gesessen. Seine Nasenlöcher waren vor Konzentration geweitet, seine Augen sahen nichts. Seine Frau nähte auf dem Schoß ein Kleidungsstück, ohne zu schauen; er war sich hin und wieder des stillen Aufblinkens ihrer Brille bewußt, wenn sie ihn anschaute.
Der ganze Tag, die halbe Nacht; die Angst, die er die ganze Zeit hatte. Jetzt, wo die Oberfläche des Tages zusammengerollt und er mit der Angst allein war, nahm er sie mit, als er die drei Stufen hochstieg, über ihre aus alten Autoreifenstreifen geflochtene Türmatte, durch die Tür, die seinem Daumendruck nachgab, als ob der Riegel auf seine Berührung gewartet hätte. Einen Augenblick lang stand die Nacht im Türrahmen: Der große, blankpolierte Winterhimmel, der von selbst leuchtete – die schmale Sichel des Mondes war ein kleiner Brillant zwischen weißen, spitzen Sternen –, stand ohne Antwort über den niedrigen Kuppen des Kopjes; wo in diesem summenden Raum war der Junge mit dem glatten Kopf einer Eidechse? Dann schloß die Tür die Nacht aus; und drinnen hing in der trockenen, abgestandenen Luft des Hauses die unausgesprochene Frage (Hast du was gehört? Irgendwelche Neuigkeiten?), die Form des Telefons wartete nur darauf, zu klingeln. Hier

konnte man der kommenden Antwort nicht entfliehen... Das Telefon war ein Nervenbündel, ganz bereit, aufzuspringen.
Irgendwo lag der Junge, der in der sauberen Disziplin des Schlafsaals gelegen und so schnell das Ritual der Hände und des gebeugten Kopfes gelernt hatte, das den Tag wie von selbst in Arbeit vergehen ließ, zusammengekrümmt in einem Schuppen voll Rauch und leuchtender Augen und dem Geruch nach menschlichem Atem und Bier, und starrte stundenlang die trägen Möglichkeiten der Faulheit an, die sich zu halb erkannter Finsternis emporwand. Er sah, wie aus Sehnsucht Gewalt wurde... Wie aus Wollen Haben wurde. Er saß in der Höhle aus zusammengekauerten Gesichtern, die vom Feuer in einer Paraffinbüchse angeleuchtet wurden. Das Feuer flackerte auf von den zerrissenen alten Dreckszeitungen, die in Ecken herumgelegen hatten (Zeitungen, in denen dumm von Welle der Gewalt... Raub... alter Mann auf der Straße erdolcht berichtet wurde): und war frei. Das war die Freiheit des Jungen; dahin war er vor einer Woche weggerannt. – Es war leicht... dort waren Geranien, keine Mauern. – Es kam jedes Jahr ein paarmal vor, immer spürte der Direktor den gleichen stechenden Schmerz: Dahin waren sie also weggerannt, diese jungen Männer; dahin; zu dieser schwierigen, traumähnlichen Existenz in Kampf und Furcht und Grauen, die sie kannten, die für sie Freiheit bedeutete. Die Vorstandsmitglieder sagten tröstend: Sie müssen sich nicht entmutigen lassen, wenn Ihr System hin und wieder versagt

– es hat sich alles in allem wunderbar bewährt, Collins. Und er lächelte sie an, er war daran gewöhnt, Geduld mit Leuten zu haben, deren Verständnis auf ihre eigene Gefühlswelt beschränkt ist. Der arme Collins, sagten sie zueinander – er war schließlich ein Träumer, ein Idealist – er ist genau wie jeder andere, wenn er etwas falsch gemacht hat. Sein Stolz kann so einen Schlag nicht hinnehmen.

Der Junge war jetzt für eine Woche verschwunden, und wie andere, die die kühle Trense der Gesellschaft abgelegt hatten, die ihren jungen harten Mündern seltsam geschmeckt hatte, mochte er in der namenlosen Masse in den Eingeborenensiedlungen verschwunden sein, oder er konnte zurückgebracht werden, um seinen Kopf zu senken und zu beobachten, wie er beobachtet wurde. Aber gestern hatte das Telefon geklingelt, und die pflichtbewußte Stimme des Polizeimeisters hatte gesagt, was zu sagen ihm aufgetragen worden war: Dieser Junge, der vorige Woche bei Ihnen geflohen ist – in Jeppe wurde eine alte Frau angegriffen und ausgeraubt, und die Beschreibung des schwarzen Täters scheint auf den Jungen zu passen. – Ja, ja. – Der Polizist las die Beschreibung langsam noch einmal durch. – Ja, das stimmt. – Na ja, das ist alles, wir wollten es Ihnen nur sagen, unglücklicherweise scheinen keine Fingerabdrücke da zu sein. Aber wir werden ihn schon finden. Wir wollten nur noch einmal sichergehen, daß die Beschreibung stimmt. – Und die Frau, ist sie schwer verletzt? – Schädelbruch, gebrochene Rippen, alles. Er hat eine alte Hantel genommen, die in der Küche herumlag.

Der Junge mit dem glatten, kleinen Kopf einer Eidechse, mit den langen, schmalen, geschickten Händen. Als der Direktor sich leise durch den Gang zum Badezimmer hin tastete, sah er zum tausendstenmal die ruhige Sicherheit im Gesicht des Jungen, wenn man hereinkam und er von seiner Arbeit aufschaute. Erleichterung kam wie ein verebbender Schmerz: Dieser Junge konnte es niemals getan haben.

Er schloß die Badezimmertür mit einem leisen Quietschen und konnte das Licht anmachen, ohne daß das blasse Lichtquadrat auf die Wand im Schlafzimmer fiel, in dem seine Frau lag. Der warme Geruch nach einem Bad schlug ihm entgegen. Er drehte den Heißwasserhahn auf, und das Wasser floß wie ein sanftes Netz über seine Hand. In dem kleinen Spiegel, auf dem sich der Dampf vom heißen Bad niedergeschlagen hatte und in kleinen Rinnsalen nach unten floß, sah er sein Gesicht und erkannte es vor Müdigkeit kaum. Er erlebte einen Augenblick kindlichen Wohlbehagens, als ob, nachdem er soviel gelitten hatte, die ganze Angelegenheit aufgeklärt und gesühnt wäre. Der Junge konnte das nicht getan haben; nicht dieser Junge, und er kannte Jungen, hatte Tausende von ihnen beobachtet, jede Stunde des Tages, neun Jahre lang. Es war in Ordnung. Er hatte es nicht getan. Die Beschreibung konnte jeder sein, war jeder. Es war nur so, daß die Polizei die Beschreibung des Jungen zur Hand hatte, weil er gerade geflohen war, deshalb klammerten sie sich daran. Jedesmal wenn sie überhaupt nicht weiterkamen, verfielen sie auf so etwas Einfaches wie dieses hier; es klang dann so, als ob sie etwas getan hätten, eine Spur verfolgten. »Die Polizei stellt Ermittlungen an und hat die Situation gut im Griff.« Er kannte auch die Polizei, nach neun Jahren. Tausende und Tausende von Gesichtern, alle braun, alle Augen braun, alle Münder dick. So sahen die Weißen in der Stadt die Schwarzen: Sie sahen alle gleich aus, wie konnte man einen vom anderen unterscheiden, außer er hatte eine Narbe oder hinkte? Wenn also ein junger Mann aus einer Besserungsanstalt flieht und ein junger Mann eine Frau anfällt, dann muß es derselbe Junge sein. – Er wusch das Gesicht unter dem fließenden Wasser, versuchte kein Geräusch zu machen, keuchte vom kalten Wasser. Und dann fand er das Handtuch und trocknete das Gesicht ab, trocknete den Tag von seinem Gesicht ab und ließ seine Augen brennen, fühlte sich fast erleichtert, daß sie so müde waren. Ein Muskel zuckte vor Entspannung am unteren Augenlid.

Dann sah er ihre Strümpfe, die gewaschen nebeneinander am Handtuchhalter hingen.

Als er sie sah, ein Symbol ihrer Routine, des ordentlichen Lebens, das sie immer führte, ganz egal was sie bedrängte, welches Exil der Angst sie neben ihm und mit ihm erlebte – manchmal erzählte er ihr von seinen Sorgen und manchmal nicht, und sie wußte es dennoch und ertrug es schweigsam und behielt ihr Wissen für sich –, wußte er, daß sie im Schlafzimmer wach war. Sie war wach und machte sich Sorgen. Ihre Hände bewegten sich im unbewußten Versuch, eine normale und ruhige Sicherheit herzustellen, die Si-

cherheit des Alltäglichen. Aber die Tatsache, daß sie sich versichern mußte, bewies die Anwesenheit von Sorgen. Er fühlte, wie ihre Augen in der Dunkelheit des Zimmers nebenan offenstanden und an die Decke starrten, die sie nicht sehen konnte, und plötzlich verließ ihn die tröstliche Beruhigung und es schien so zu sein, daß er kurz und heftig atmen mußte, um den schweren Druck in seiner Brust loszuwerden. Er stand einen Augenblick lang da, sein Kopf zuckte und hing beim Ein- und Ausatmen seines schweren Atems nach unten, und alles war wieder da: Wo war der Junge? Hatte er es getan? Er hatte es getan. Konnte er es getan haben? War er die Art Junge, so etwas zu tun? Mechanisch wiederholte er immer wieder das Gespräch mit dem Polizisten. Na ja, das ist alles, wir wollten es Ihnen nur sagen. Wir wollten nur sichergehen, daß die Beschreibung stimmt. – Und die Frau, ist sie stark verletzt? – Er hat eine alte Hantel genommen, die herumlag. Wir wollten es Ihnen nur sagen. – Ja, ja. – Wir wollten es Ihnen nur sagen. Die Kälte des Zementbodens stieg ihm die Beine empor, als er wie angewurzelt dastand, so als ob die Sorge ein Schmerz wäre, der nachlassen würde, wenn er das zuließe. Er gab sich dem krampfhaften Schmerz hin und nahm damit seinem Wunsch zu fliehen die Chance, sich noch zu verstärken.
Seine Füße waren kalt, als er das Licht im Badezimmer ausknipste, bevor er die Tür öffnete (an seiner Achtsamkeit würde sie erkennen, daß er wußte, daß er sie nicht aufwecken würde) und sich über den Gang ins Schlafzimmer tastete. Beim Ausziehen fie-

len seine Kleider genauso sanft in sich zusammen wie die Dunkelheit; es war still, und dann knarrte sein Bett lang, als er sich hinlegte.
Über den kleinen Läufer hinweg, der sein Bett von ihrem trennte, lauschte er auf ihr Lauschen. Sie war so still, still vor lauter Bewußtheit; stiller als Schlaf, der tiefer und flacher wird, sich hebt und senkt, jemals sein kann. Montag ... wird es morgen sein? Sie haben ihn gefunden. Er hat es getan. Wie kann man gegen die Zeit ankämpfen, wenn sie kommt, wenn sie kommen muß; die Zeit, wenn man hört: er hat es getan.
Und obwohl sie ihn nicht ihren Atem hören ließ, weil sie sich nicht verraten wollte, entschlüpfte ihre Angst ihr lautlos mit ihrem unhörbaren Atem und erreichte ihn. Er hat es getan. Oh, hat er es getan?
Aber sie sprachen nicht. Sie sprachen nie. Irgendwo unten hob sich langsam das Gesicht eines Jungen, wie ein Stich, der nie richtig beachtet worden war, hob sich langsam wie das Auge eines Blitzes, das sich in einem anderen Teil des Himmel öffnet und schließt. Wann wäre Zeit dafür, mit ihr zu sprechen, im Gesicht seiner Frau zu lesen, während er sich darum bemühte, in den leidenden Gesichtern der Namenlosen, der Enteigneten zu lesen, in den Gesichtern, in denen er einem Befehl Gottes zufolge sein Leben lang lesen sollte?
Das Gesicht hob sich wieder von dem Schreibtisch. Braune Augen, umgeben von einem milchig blauen Rand, die dicht anliegenden Ohren, die schrägen Schläfen; der schmale Kopf einer Eidechse ... Er

betrachtete das Gesicht, rief es sich immer wieder forschend in Erinnerung zurück.
Die Nacht war wach und hörte ihnen zu.

Sie hatten beide kurze Zeit geschlafen, als es an der Tür klopfte. Es krachte auf den Schlaf wie Donner herab, aber im Augenblick des Erwachens wurde es zu einem Klopfen an der Tür. Der Aufprall des Entsetzens ließ sein Blut durch seinen Körper schießen. Seine Frau setzte sich auf, um das Licht anzuschalten. Das Licht blendete sie beide. Seine Füße tasteten auf dem Boden nach den Schuhen, und seine Arme fuhren in den Morgenmantel; es klopfte hartnäckig, aber nicht laut, überzeugt von der Notwendigkeit, die Schläfer aufzuwecken, aber darauf bedacht, ihnen keinen Schock zu bereiten. Sein Herz schlug so langsam und so stark, daß seine Venen anzuschwellen schienen, als ob ein viel zu großer Gegenstand durchgepreßt würde. Es ging durch das Haus, knipste die Lichter an und schob den Türriegel auf. Schon gut, sagte er, ich komm schon, ich komm schon. Es war die Stimme, die Gefangene in der Todeszelle gehört hatten, die Stimme, die von irgendwoher kam, die ihm immer treu blieb.
Ngubane, einer seiner Assistenten, stand draußen. Mit einem Schauder des Erkennens wußte er es, und sein Herz schlug rasend, so wie die einzelnen Tropfen zu einem Wasserfall verschmelzen. Er fand seine Brille in der Hand, und jetzt setzte er sie auf, und da war Ngubane in seinem guten Mantel, denn es war sein freier Sonntag, und er trug seine Freizeitklei-

dung. Seine eigenen Schultern hielten das Licht von Ngubanes Gesicht ab, aber er sah, wie sich der Mund des Mannes zu einer Art Keuchen teilte, als er eilig eintrat.

Etwas Entsetzliches ist passiert, stieß Ngubane aus, als ob er durch das Öffnen der Tür seine Sprache wiedergefunden hätte, und als der Direktor zurücktrat, um den Mann einzulassen, und das Licht sein Gesicht aus dem Dunkel hob, sah er ein erstaunliches Zucken zwischen Ngubanes Nase und den Lippen, das von verlorener Kontrolle zeugte, und Schweißtropfen hingen in den Augenbrauen. Es schien so, als ob ihrer beider Panik gleich groß wäre. Wie in Trance gingen sie zusammen den Gang entlang, durch eine Tür, schluckten, setzten sich. Ihre Augen schauten sich an.

Ich – Sir, Sir . . ., sagte Ngubane.

Ich weiß, ich weiß, sagte er geduldig. Die Nasenlöcher seiner kurzen kräftigen Nase waren geweitet, zwei Sorgenfalten hielten seinen Mund fest nach unten. Im unbewußten Versuch alles auszuhalten hob er den Kopf. Ngubane, der diese Haltung an ihm schon früher gesehen hatte, schossen plötzlich Tränen der Dankbarkeit für die Stärke in die Augen, die Stärke von Collins. Mein Bruder – er zitterte, schüttelte den Kopf, als wolle er das, was er sah, abschütteln – mein Bruder ist *grade* auf der Straße getötet worden. Ich fuhr neben ihm auf dem Fahrrad, und da ist es passiert . . . Er ist getötet worden.

Dein Bruder?

Mein Bruder, der mit mir in Johannesburg unterwegs

war. Mein Bruder Peter, der Lehrer aus Germiston. Der, den Sie kennen – der kam ... Der Bus hat ihn nicht gesehn, und er fuhr auf der Straßenseite. Er wurde getötet, ich hab nicht gesehn, wie es passiert ist, er fuhr neben mir, und dann war er weg ...

Dein Bruder? Collins beugte sich vor und verzog fragend sein Gesicht, fast so, als ob es ihn irritierte, daß er nicht verstand, was der andere zu sagen versuchte.

Zwei Sehnen zuckten an Ngubanes Hals. Er nickte, bis er wieder sprechen konnte. Peter, mein Bruder.

Du sagst, er ist auf der Straße getötet worden? Auf der Straße getötet worden ... Collins wiederholte die Worte, als ob sie ein Wunder wären; das Zimmer, Ngubane, seine eigene Stimme, die so komisch hoch klang, schienen sich schnell von ihm zu entfernen ... Sein Gesicht schien nach einem passenden Ausdruck zu suchen, seine Hand, die neben ihm auf dem Tisch lag, sprang in die Luft, entspannte sich, zögerte.

Es tut mir leid, sagte er, Ngubane, es tut mir leid. Er sprach schnell. Sein Gesicht war brennend heiß. Er erhob sich schnell und legte dem Mann die Hand auf die Schulter. Erzähl es mir, Ngubane, sagte er. Erzähl es mir.

Wie ein Kind auf die Erlaubnis zu weinen wartet, legte der Mann den Kopf auf die Arme, die Nase lag flach gedrückt am Mantelstoff, und die gelbweißen Augen, die zu Collins hochschauten, füllten sich langsam mit großem Schmerz.

Als der Assistent gegangen war (sie hatten ihm etwas zum Schlafen gegeben, hatten ihn getröstet und ihm versichert, daß er morgen den Tag freinehmen müsse, um Vorbereitungen für das Begräbnis zu treffen), setzten sich der Direktor und seine Frau hin und tranken in der Küche eine Tasse Tee. Das gemeinsame Teetrinken wirkte beruhigend auf beide. Komm jetzt, sagte er, und sie prüfte das Küchenfenster, ob es geschlossen war, und strich sich mit den Händen einen Augenblick lang über den Morgenmantel, bevor sie zurück ins Bett ging. Er ging hin und her, schloß wieder ab, knipste die Lichter aus, hob Dinge hoch und überlegte sich, warum sie dort die Nacht über liegengeblieben waren. Dann kam er ins Schlafzimmer und legte sich ins Bett. Die beiden seufzten, als sie sich unter ihren Decken bewegten und Wärme und Schlaf suchten.

Dann waren sie still.

Weißt du, einen Augenblick lang dachte ich, sagte sie plötzlich, er wäre gekommen, um uns was Schlimmes über den Jungen zu sagen.

Das dachte ich auch, sagte er.

Sie gab einen kleinen Laut von sich, der bedeuten konnte, daß sie etwas sagen wollte, oder bedeuten konnte, daß sie jetzt einschlief.

Er lag da, und die Dunkelheit legte sich über ihn, die Dunkelheit breitete sich bis zum äußersten Rand seines Seins aus, die Dunkelheit spülte die Ränder seines Seins weg, wie das Meer die Ränder des Strandes wegspült. Aber gerade, als die Dunkelheit dabei war, seinen Kopf zu beruhigen und die Umrisse seiner Eigenart wie eine Sandburg wegzuspülen, stieg das Bewußtsein in ihm wieder auf und fegte sie weg.

Das dachte *ich* auch.
Es kam plötzlich und füllte ihn mit Verzweiflung, die so überraschend war und ihn so wachmachte wie das Klopfen an der Tür. Dieses Scheitern versteifte ihn von Kopf bis Fuß und war bitterer und umfassender, als er es sich je hätte vorstellen können. *Es tut mir leid. Es tut mir leid. Erzähl mir davon.* Der Junge lebt, also ist Ngubane tot. Der Junge hat es nicht getan, also kann Tee getrunken werden. Der Junge hat es nicht getan, also kann ich entspannt in der Dunkelheit liegen. Ein Frieden kann sich deiner bemächtigen, während Ngubane mit dem Tod seines Bruders heimgeht. Wenn dort Platz für den Jungen ist, ist kein Platz für Ngubane. Sein Gewissen quälte ihn wie Hunger, und er wollte für all die Gesichter antworten, für all das Flehen der Enteigneten – was konnte er für sie tun? Was hatte er für sie getan? Der Mann, der die Gefängnismauern einriß und Geranien pflanzte. Er sah sich, wie er sich während eines Meetings erhob, sah den Aufmerksamkeit erregenden Lichtblitz seiner Brille, als sie zu ihm aufschauten. Das Schweigen seiner Frau, die ihren Geschäften nachging, während er sich sorgte, neun Jahre lang sorgte er sich, wandte sich wegen diesem oder jenem Problem von ihr ab. Wenn man ein Gesicht sucht, wendet man sich von einem anderen ab.
Er wußte nicht, wie er diesen Augenblick des Wissens überleben sollte, und er schloß seine Lider vor der bitteren Flüssigkeit, die sie, brennend, aus seinen Augen herauszupressen schienen.

DIE NABELSCHNUR

Als er ein Kind war, war es das Privileg der Ladeninhaber, hinter die Theke zu gehen und in die gläserne Schublade voll Süßigkeiten zu fassen. Seine kleine Hand hing wie ein Schäufelchen über den kühlen, klebrigen Dreiecken, die er nicht sehen konnte; der Rand der Schublade drückte sich hart gegen seinen Unterarm. Und an seinen Fingern hingen rosa und grün wie zerbrochenes Glas winzige Splitter des süßen Zeugs.

Aber nicht jetzt. An diesem Samstag stieß er die Spitze seiner neuen Wildlederschuhe gegen den stark zerkratzten Lack der Theke, während seine Augen in automatischer Reaktion auf die Autos, die draußen vor dem Fenster vorbeifuhren – wupp! – wupp! – wupp! –, zuckten, und er war siebzehn und zu jung, um sich zu erinnern. Jetzt konnte er den Laden auch riechen; den Geruch nach fusseligen Wolldecken, altmodischer Seife, Pappe und Heizöl, der manchmal durch den sehr persönlichen Schweißgeruch eines ängstlichen schwarzen Käufers verstärkt wurde. Nach der ganzen Woche in dem kühlen, süßen, sterilen Geruch in der Drogerie in der Stadt konnte er es jetzt riechen, und seine Mundwinkel verzogen sich ungeduldig nach unten. Er blieb auf dieser Seite des Ladens, wo sich die Vitrine mit den Keksen, die Theke für die Süßigkeiten und die Lebensmittel und ein Coca-Cola-Schrank mit abgerundeten Ecken wie ein altmodischer Bus befand; auf der anderen Seite bewegte sich sein Vater zwischen den Hemden und den Schuhen, den Metallkoffern und den Decken hin und her, und die Verkäufer packten große Pakete in braunes Papier ein und warteten, die Hand an der Hüfte, darauf, daß die schwarzen Kunden ihre Wahl träfen. Hin und wieder schaute der alte Mann auf, anklagend, das Stück graue Haut zwischen seinem Kinn und seinem kragenlosen Hemd straffte sich, aber er schien den Jungen nicht zu sehen.

Soll er mich ruhig anschauen, dachte sein Sohn, soll er ruhig schauen ...

Die Autos, die aus den zwei Städten vorbeifuhren, hielten an dem Laden nicht an; aber am Samstagnachmittag kamen alle Leute von den kleinen Pachtgütern hier in der Gegend herein, um ihre wöchentliche Lebensmittelbestellung abzugeben, und all die Schwarzen, die in den Ziegeleien und auf den Farmen arbeiteten, kamen zum Einkaufen herein. Hunde von Käufern huschten vor dem alten Mann zum Laden hinaus; staubbedeckte Kinder knallten ihre Drei-Pence-Münzen auf die Theke und standen keuchend da, nachdem sie ihre Coca-Cola-Flaschen in einem Zug ausgetrunken hatten.

Aber er stand halb hinter der Theke und tat nichts.

Seine Mutter, deren lange, starke Brüste sanft unter der Schürze schwankten und auf der Theke ruhten, während sie arbeitete, bediente langsam und gemütlich, nach sechsundzwanzig Jahren war sie die Ruhe in Person. Jedesmal, wenn sie einem Kunden ein Reststück verkaufen konnte, machte sie ein kleines Ritual daraus. »Das ist das allerletzte!« kicherte sie, hielt ein Roggenbrot hoch und schwenkte es verlokkend herum. Und dann mit einer großzügigen Geste: »Bitte sehr! Ich hatte bloß sechs, und das ist das letzte im ganzen Laden!«

Er stand da, zerbrach ein Streichholz mit den Fingern und beobachtete sie, als ob sie nicht seine Mutter wäre. Unter den Verkäuferinnen war noch eine andere ältere Frau; auch bequem und dick durch langjähriges schweres Arbeiten. Die anderen beiden waren jung, plumpe Landmädchen mit heiteren, groben Gesichtern, schlanken Taillen und dicken, roten unbestrumpften Knöcheln über den flachen Schuhen, mit denen er, als sie Kinder waren, gespielt hatte und zur Schule gegangen war. Damals waren sie zusammengewesen, aber jetzt, mit ihrem schlechten Afrikaans und noch schlechteren Englisch, ihren plumpen Händen, die Maismehl abwogen, ihrem groben Vergnügen an billigen, glänzenden Ohrringen für ihre geschrubbten Ohren erinnerten sie sich nur ungern daran, daß sie einmal nach dem Regen mit ihm durch kaffeebraune Pfützen geplatscht waren. Und er war durch ihre Verlegenheit gezwungen, den Herrn zu spielen. Allein der Gedanke, daß sie einmal miteinander reden konnten! All diese Landmädchen von den armen kleinen Pachtgütern waren gleich; wie Kürbisblüten. Manchmal allerdings wirkte ihre Offenheit anziehend, die Tatsache, daß sie nichts über sich selbst wußten, nur lebten und lächelten und ein billiges Schmuckstück oder vielleicht ein Kleid wollten ... Das stachelte eine entfernt bösartige Sinnlichkeit in einem jungen Mann auf, der mit ihnen gespielt hatte, als sie Kinder waren, und jetzt als Apothekerlehrling in der großen Stadt jeden Tag so unterschiedliche Frauen bediente; Frauen, die durch feste Überzeugungen geschützt waren, die soviel über sich selbst wußten und genau wußten, was sie wollten.

Die große, sonnenfarbene Kürbisblüte, mit ihrer etwas groben Form.

Ein- oder zweimal... Seine Hände öffneten sich langsam auf der Theke, seine Augen wurden sanft vor Schläfrigkeit, wie nach einem Gähnen oder einem Seufzen. Über das Fenster und die vorbeifahrenden Autos auf der Straße war er ganz plötzlich wieder in jenem Tag, vor ein paar Wochen. Es war ein ziemlich angenehmer Hauch von süßer Seife – entsetzlich an der Seife selbst, aber offenbar angenehm auf der Haut; eine besondere Art von lebendiger Wärme am Hals und unter den Armen von Marius Coetzees Tochter. Sommersprossen auf den Waden, aber keine Haare. Sie hatte dabei auf einem Grashalm herumgekaut, und ihre Zähne waren grüngefleckt; sie schmeckte nach Pfefferminz.

Aber er konnte es nicht wieder schmecken; sobald er es versuchte, wurde ihm der Laden wieder bewußt.

Es ärgerte ihn, daß er auch nur einen Augenblick

lang vergessen hatte, wie sehr es ihn störte, am Samstagnachmittag im Laden aushelfen zu müssen. Jeden Samstag wurde es schlimmer. Er sagte nichts, aber er ließ es sie spüren.

Seine Mutter lächelte ihn an und lehnte sich in Richtung einer Kundin zurück. »... siebzehn«, sagte sie. »Er wird Apotheker.« Er starrte einen fürchterlich schmutzigen kleinen Jungen an, der eine der knochigen Ladenkatzen ärgerte. Aber sie rief ihm zu: »Leo! Komm her, mein Sohn. Ich will dich mit jemand bekannt machen...« »Netter Junge«, sagte die Frau begeistert. Er stand da, hübsch anzusehen mit seinem mürrischen, jungen Gesicht.

»Hol mir die eingelegten Zwiebeln für Mrs. Zanter herunter«, bat seine Mutter lächelnd. Als sie die Papiertüte aus dem Glas gefüllt hatte, lachte sie mit hochgezogenen Augenbrauen auf ihren Busen herab. »Nein so was, Sie erinnern sich doch an ihn, ja? Er war damals wild auf die eingelegten Pickles. Pickles! Ein großer Kübel voll stand in der Nähe der Tür, und jedesmal, wenn ich mich umdrehte, bediente er sich! Mami, sagte er, ich will ein ›Tickle‹! Gib mir ein Tickle, Mami. Kekse wollte er nicht...«

Er spürte, wie sich heißer Verdruß in seiner Brust zusammenbraute. Er entfernte sich, ohne die Frauen auch nur anzuschauen; er nahm eine Flasche aus dem Coca-Cola-Schrank und schlug den Verschluß grob auf. Er spürte die Sprudelbläschen im Hals. Sofort kamen drei sehr kleine und verdreckte Kinder angelaufen, deren Nasen trieften und an deren Oberlippen der Rotz verkrustet war. Sie hielten ihm feuchte Pennies und Drei-Pence-Stücke hin, und er mußte dort stehen und ihnen süße Getränke servieren. Eine große Bremse kreiste um seinen Kopf und setzte sich immer wieder auf seine Lippe. Mehr Kinder und Schwarze kamen herein, und er reichte ihnen Flaschen und nahm die kalten, feuchten, heißen, trockenen, staubigen, warmen Geldstücke entgegen. Er schaute sie nie an; sagte kein Wort.

Der alte Mann eilte vorbei und trat fest auf seine Absätze auf.

»Kann das nicht eines der Mädchen machen?« fragte er mit verzerrtem Gesicht. »Du solltest da drüben hingehen. Sie brauchen dich. Es ist irrsinnig viel zu tun. Und du stehst hier und nimmst Kleingeld an!«

Und jetzt fühlte er sich eiskalt und finster; von Kopf bis Fuß so voll davon, daß es ihn erstaunte, daß er noch irgend etwas anderes als seine Verstimmung empfinden konnte, daß niemand bemerkte, niemand auch nur sah, wie sehr ihn alles anekelte. Sie denken, daß das ganz richtig für mich ist, dachte er und fühlte seine Wut. Sie denken, daß das hier ganz richtig für mich ist. »Leo«, rief sein Vater mit der telegrafischen Kürze von Arbeitskollegen, »diese rote Decke im Fenster. Hol sie raus. Da in der Ecke.«

Hierher zurückzukommen. Hier dazuzugehören. Er stand zusammengekrümmt im Fenster, um die Füße herum die dreibeinigen Kochtöpfe, die leuchtend rosa Kleider hingen an Drahtbügeln um seinen Kopf herum, die Flaschen Brillantine, gelbe Celluloidkämme und Blechschmuck, verwickelt in dicke lila, grüne und braune Wollstränge. In der toten trockenen Luft im Fenster, die wie die Luft eines frisch geöffneten Grabes war, lagen tote Fliegen über alles hingestreut da; er konnte sich kaum bewegen, ohne etwas umzustoßen, und als er sich vorbeugte, um die in der Ecke aufgehängte rote Decke zu holen, hob er die Augen zu dem schmierigen Glas und sah in die gaffenden Gesichter der schwarzen Käufer, die hereinstarrten, und sah die flachgedrückte Zunge eines Kindes, das sie zur Kühlung an das Glas gepreßt hatte. Er machte das Schaufenster interessanter; ein paar mehr kamen heran, um ihm zuzuschauen.

Als er mit den kalten Augen einer Schlange zu ihnen hinausschaute, hatte er das Gefühl, daß er niemals reden wollte, niemals. Er würde mit niemandem mehr reden. Er hatte keine Lust, auch nur irgend etwas zu sagen. In Gedanken sah er seine Mutter und seinen Vater ihn liebevoll anlächeln und mit ihm reden, und die Leute, die sie kannten, grinsten ihn freundlich an, und er sah sich absolut still vor ihnen stehen. Er wollte es ihnen noch nicht einmal sagen. Seine Empfindlichkeit, nicht einmal sprechen zu wollen, versiegelte ihm die Kehle wie ein Klumpen aus Stolz.

Er warf die Decke in den Laden hinein und verließ das Schaufenster. Und plötzlich sah er, vor Schreck leicht zusammenfahrend, Marius Coetzee und seine Tochter. Marius Coetzee! Da stand er im Laden, ein großer Farmer, auf dessen roten Nacken Falten eine Karte von dreißig Jahren Arbeit in der Sonne zeichneten. Er war halb weggedreht, und Leo konnte sehen, wie seine kräftige Hand mit dem schaufelförmigen dicken Daumennagel auf der Schulter seiner Tochter lag. Aber Marius Coetzee war ein leidenschaftlicher Nationalist. Er pflegte weder Umgang noch machte er Geschäfte mit jemandem, der nicht wie er an die Republik glaubte, oder so lebte, wie er lebte und geradezu gewissenhaft alle Schwarzen als wertlose Sklaven behandelte und seine vielsprachigen Nachbarn ablehnte – Juden, Italiener, Portugiesen und Engländer – und seine afrikanischen Volksgenossen verachtete, die nicht dasselbe taten, und nie, unter keinen Umständen, auch nur ein Wort auf englisch sagte. Marius Coetzee fuhr jede Woche zum Einkaufen in den großen Nationalist Co-op in die Stadt! Aber würde doch niemals auch nur eine kleine Menge Maismehl in diesem Laden kaufen.

Und dann?

Dieser braune Hinterkopf, wie eine lockige Chrysantheme, das war seine Tochter. Das war sie.

Oh, warum war Marius Coetzee in diesen Laden gekommen; warum, wenn er das doch niemals tun würde; wenn er das noch niemals zuvor getan hatte? Warum nur? Warum mit seiner Tochter? Nicht mit jemand anderem, aber mit ihr?

Er wollte zu Marius Coetzee hinrennen, ihn am Ärmel ziehen und ihn sagen lassen, warum er gekommen war. Er wollte, daß er sagte: Ich bin wegen – oder diesem oder jenem gekommen ...

Er wußte, warum Marius Coetzee gekommen war. Sein Herz, plötzlich nicht mehr kühl und verächtlich, erinnerte sich sofort daran, daß sie nur ein Kind war, das, vor Angst Unsinn redend, versucht hatte, wegzurennen. Seine Hand tastete rückwärts nach der Schaufenstertür und schlug sie zu. Er hob die Decke auf.

Aber als er wieder hinschaute, war der Mann immer noch da, die Hand auf dem Mädchen. Sie drängten nicht wie die anderen Leute zur Ladentheke, sondern standen im Hintergrund und schauten über die Köpfe der Verkäuferinnen hinweg.

Sie warten auf meinen Vater; die Logik dieses einfachen Schlusses überschwemmte ihn wie Wellen hilfloser Übelkeit. Er war entsetzt von der Logik dessen, was jeden Augenblick passieren würde; des Augenblickes, wo der jetzt fest geschlossene Mund von Marius Coetzee sich beim Sprechen wie eine Peitsche verbiegen würde, und er würde zu dem verständnislosen alten Mann sagen und ihn dabei etwas ungeduldig anschauen (was will er denn von mir, dieses Schwein), etwas ist dem Mädchen passiert. Wie würde er es sagen? Nicht so. Aber das wäre der Inhalt seiner Rede. Ihr Sohn, und jetzt ist Marius Coetzees Tochter etwas passiert.

Oh, wie er sie fürchtete, wie sie beim Warten ihr Gewicht auf ein Bein verlagerte und dabei ihre runde Hüfte herausschob. Ihr machte es natürlich nichts aus. Ihr würde überhaupt nichts etwas ausmachen.

Idiot, Idiot, was für ein Idiot ich bin – sein entthrontes Selbst schrie in ihm auf; dumm, dumm, dumm, dir einzubilden, daß es leicht sei, auf eigene Faust… Sich befreit zu haben und dann erschrocken zu bemerken, daß man doch noch mit einer Sehne an der

Familie hängt. Fast nichts mehr zu haben von all der Sicherheit, der Wärme, der Treue. Idiot, Idiot, Bilder von früher rasen vorbei wie Schnappschüsse, kommen und sind schon vorbei, immer wieder neue, aber niemals langsam genug, daß man sich tatsächlich daran erinnern könnte.

Er ist sich nicht einmal sicher, wie viele Wochen es her ist. Fünf Wochen? Weniger?

Marius Coetzee stand so entschlossen und distanziert da, daß seine Gegenwart im Laden bemerkt worden war. Jetzt ging er vorwärts, um von dem alten Mann bedient zu werden. Der alte Mann beugte sich über die Ladentheke, als ob er zu hören erwartete: eine Tüte Zucker oder eine Tüte Salz...

Oh Gott!

Coetzees harte Stimme sprach hart auf afrikaans auf den alten Mann ein; das Mädchen hörte aufmerksam zu, aber es hob das angebeugte Bein nach hinten hoch und kratzte sich an dem nackten Knöchel.

Er konnte gar nichts tun. Er wollte auch nicht nah genug sein, um zuhören zu können. Aber er konnte auch nicht weggehen und aufhören zu versuchen, zuzuhören.

Jetzt war seine Mutter hergerufen worden. Sie knabberte an einem kleinen Stück Käse herum, was sie oft gern tat. Sie lächelte ihr gutes geschäftsmäßiges Lächeln. Sie nickte und verschluckte das letzte Käsestückchen. Sie zog die Stirn kraus und rollte die Zunge am Gaumen nach hinten. Dann zuckte sie unsicher die Schultern, kam hinter der Ladentheke hervor und – sie führte das Mädchen auf die andere

Seite des Ladens ... Zu dem Ständer, an dem Frauenschürzen und billige Baumwollkleider hingen. Sie verschwanden hinter dem Ständer. Durch seine Verzweiflung und Angst hindurch hörte er hohe und tiefe kleine Ausrufe seiner Mutter.

Er schmeckte den salzigen Schweiß auf seiner Lippe. Und dann kam seine Mutter hinter dem Ständer hervor, ging vor dem Mädchen her, das jetzt einen leuchtend roten Regenmantel mit Kapuze trug und über die bewundernden Ausrufe kicherte, die es begleiteten. »Meneer Coetzee! Schauen Sie nur, wie gut er ihr paßt! Ich hab nicht geglaubt, daß noch einer über war! Nur dieser eine war noch da; muß übersehen worden sein. Ich hätte ihn zehnmal verkaufen können. Was für ein Glück, meine Liebe, genau das, was du wolltest. Genau so was will Ihre Tochter haben, Meneer Coetzee ...« Und sie lachte triumphierend.

»Ich pack ihn Ihnen ein«, sagte der alte Mann. »Lena, mach ein schönes Paket für Mr. Coetzee.«

Seine Frau rief: »Leo! Bring mir eine von diesen Papiertüten – eine große, ja?«

Der alte Mann, der blitzschnell von geschäftlicher Ruhe zu familiärer Ungeduld umschalten konnte, beschwerte sich: »Leo holt etwas aus dem Fenster. Warum holst du sie nicht selbst. Er hat zu tun.«

Er stand da und hielt die Decke im Arm. Er wollte sich darin einhüllen; er klammerte sich an die dicken Falten, so wie man an der Schulter eines Freundes vor Erleichterung schluchzt. Er stand reglos und ungesehen da, während Marius Coetzee für den Regenmantel zahlte und mit aggressiv vorgeschobenem Unterkiefer den Laden mit seiner Tochter verließ, die schon an dem Paket herumriß, unfähig, auch nur eine kurze Trennung von ihrem neuen roten Mantel auszuhalten. Jetzt hatte er sie vollständig vergessen; er erinnerte sich an keinen Kontakt mit ihr. Sie hatte sich selbst ausgewischt.

Und leichtfüßig liefen seine festen Wildlederschuhe durch den Laden; er legte die Decke auf die Theke. »Was Eltern nicht alles für ihre Kinder tun«, sagte der alte Mann und lockerte den Hosenbund. »Da sieht man's mal wieder. Marius Coetzee war seit zwanzig Jahren nicht mehr hier drin. Aber seine Tochter sieht einen Regenmantel, der ihr gut gefällt, und wir haben ihn, und es ist ihr Geburtstag – also kommt er ihr zuliebe hier herein. Kinder! Siehst du, selbst ein Schwein wie der, für sein Kind ...«

Das warme, weiche Glücksgefühl, das ihn durchflutete, war schwer zu verbergen; es war genauso schwierig für ihn, es unbemerkt zu lassen, wie es ihm vorher schwergefallen war, seine Unzufriedenheit zu zeigen. Er ging zu seiner Mutter hin, die an der Theke stand. Sie hatte zu tun. Er stand hinter ihr, und plötzlich wollte er sie berühren, aber er hatte das so lange nicht mehr getan, daß er es nicht mehr tun konnte.

»Mutter«, flüsterte er ihr ins Ohr. »Klau mir etwas von den Pickles. Etwas mit Senf. Ich hab Lust auf Pickles.«

DER TALISMAN

Wie kommt es, daß niemand an die Macht denkt, die von Kleidung ausgeht? Wie kommt es, daß wir vom Vertrauen beseelten Menschen die kalte Leblosigkeit nicht spüren können, die immer hinter uns steht; die Dinge, die uns beherrschen und die wir für uns gemacht haben, stehen hinter uns. Direkt hinter uns und warten: die Maschinen und die Chemikalien und die sinnreichen Gegenstände ... Und die Kleidung.

Wir wissen es nicht. Wir können die Macht von leblosen Dingen nicht spüren. Wir fürchten uns nur vor etwas Unbekanntem, an das wir glauben; und dieses Unbekannte haben wir noch nicht einmal erfunden ... Manchmal bewegen wir uns in Kriegszeiten auf eine Erfindung zu, wenn die Rakete oft mehr zu erreichen scheint und weiterfliegt, als es die Hand, die den Knopf drückt, jemals könnte, aber später haben wir bei Paraden und Konferenzen das Gefühl, daß die Welt jenen gehört, die reden können, und daß die Macht wieder sicher im menschlichen Mund liegt.

Stühle und Tische und Wände um uns herum, und die Kleider, in denen wir leben; wie könnten wir denken, daß sie ein von uns unabhängiges Leben

führen – was können sie für uns tun, oder uns tun, wo wir sie doch selbst gemacht haben... Wir sind uns dessen so sicher, daß wir uns manchmal sogar wehmütig wünschen, daß es anders wäre, wir tun sogar, als ob es anders ist: Die Werbung in der Zeitung verspricht, daß man in einem Kleid vom Designer Soundso ein neues, volleres, fröhlicheres Leben führt; daß einen die Krawatten von dem-und-dem attraktiv für Frauen machen; wenn man beim Vorstellungsgespräch einen Anzug von Blank trägt, bekommt man den Traumjob als Manager...
Ich schaudere zusammen, wenn ich so was lese.

Ich erinnere mich jetzt daran, daß ich mit meiner Schwester, als ich ein kleines Mädchen war, die Sonntage bei meiner Großmutter verbrachte. Großvater war natürlich auch dort, aber er saß in einem hohen Stuhl in der Ecke der kalten kleinen Wohnung, das steife Bein von sich weggestreckt, und es war Grannie, die die Hühner mit Fett übergoß und den Applepie buk und uns ins Schlafzimmer ließ, das wir in einen Kleiderladen verwandelten. Die meisten Kleider von Grannie waren alt, waren aus schwerer Seide und so dunkelfarbig, wie es nur einer hübschen Siebzigjährigen steht, und sie kaufte nur sehr selten etwas Neues, außer wenn jemand in der Familie heiratete. Aber uns langweilten die Kleider nie, und wir verkauften sie jeden Sonntag aufs neue. Es war immer gleich schön, die blasse, glatte Walnußtür des Kleiderschranks zu öffnen und den immer gleichen Vorrat an weichen Seidenkleidern zu sehen. Der leichte, angenehme Geruch von Grannie strömte ins Zimmer. An ein paar Kleidern hing ein langes weißes Haar, ringelte sich an einem Kragen oder einem Ärmel; sorgfältig aufgehoben und gegen das Licht gehalten, sprang es zurück in die Form von Grannies welligem Kopf. Bestimmte Kleider wurden als Ausstellungsstücke ausgewählt, und, wenn sie an ihren hölzernen Bügeln an die Schwanenhalsbögen der Bettpfosten gehängt waren, äfften wir die feinsten Läden nach, indem wir die Röcke über dem rosaroten Teppich ausbreiteten.

Es gab natürlich Lieblingskleider, ein braunes mit milchkaffeefarbiger Spitze, das wir liebten (wirklich *liebten* mit der Bewunderung, die Kinder für alle möglichen, komischen Sachen empfinden, die sie in Schaufenstern oder Häusern anderer Leute gefangennehmen, so daß sie gequält ausrufen: Das ist meins! Ich hab's als erste gesehen. Es ist meins!), und einen pelzbesetzten Mantel, für den wir strenge Verkaufsregeln aufstellen mußten, damit im Spiel jeder mal dran kam.

Es gab nur ein einziges Kleid, das wir nicht verkaufen durften. Also das da müßt ihr hängenlassen, sagte Grannie, und hängte es direkt ans Holz am Ende der Stange – spielt soviel ihr wollt mit den anderen, aber nehmt das hier nicht raus.

Wir hätten nicht im Traum daran gedacht, damit zu spielen. Ich glaube nicht einmal, daß wir es jemals berührten. Es war Grannies bestes Kleid. Wir hatten es natürlich gesehen, sie hatte es herausgenommen, um es uns zu zeigen, aber wir hatten nie gesehen, daß sie es anhatte, und wir wußten, daß es zu einer anderen Welt gehörte, eine größere als unsere eigene, in die wir hineinwachsen würden. Dieses Kleid war ein Fremdling im Schrank; es hatte einen wattierten Seidenbügel, der nie ausgeliehen oder ausgewechselt wurde, und es hatte nie seine eigene Form verloren oder die Gestalt von Grannie angenommen.

Wir wuchsen auf, und das Spiel verlor seine Anziehungskraft für uns; langsam wurde es immer unwirklicher, und dann – wir bemerkten nicht genau wann – hörten wir ganz damit auf. Wir waren fast schon junge Damen, als meine Großmutter starb, und meine Mutter brachte ein paar Sachen nach Hause, die sie nicht anderen überlassen konnte. Darunter war das Kleid. Was konnte sie damit tun? Es bloß behalten. Es hing jahrelang in ihrem Kleiderschrank ganz hinten und danach auf einem Haken in einem Schrank voller aussortierter und abgelegter Kleider, die niemandem mehr gehörten.

Eines Tages, als ich zwanzig Jahre alt war, kam ein schwarzes Mädchen in unsere Küche und trug das Kleid meiner Großmutter. Es war hergekommen, um unser Mädchen zu besuchen, und stand da, lächelte und wünschte mir einen guten Nachmittag. Mich packte eine plötzliche Aufregung. Mit brennender Erregung erkannte ich das Kleid: das Kleid, das allein im Schrank meiner Großmutter gehangen hatte, und ich erinnerte mich an unser Spiel. Und in einem plötzlichen Erinnerungsblitz sah ich mich wieder, *wie ich gewesen war*... Dann wurde ich langsam wieder zu der Erwachsenen, die ich war.

Und das Kleid war da, wie eine kühle, harte Behauptung.
Ich schaute und schaute es an und fühlte – zum erstenmal, als ob etwas in mir begänne, eine Art von Wissen, das an Furcht grenzte – die Macht, die von diesem Kleid ausging. Nicht nur eine beschwörende Macht – die hatte schließlich ihre Quellen in mir selbst, in der Tiefe meiner eigenen Jahre –, aber die Macht *zu sein*, auf andere Art als das menschliche Sein, und zu bleiben, jenseits des Hausmädchens, das es gerade trug, und meiner Großmutter, die tot war.
Das war das erstemal. Und ich weiß jetzt, daß es wieder passierte, zu anderen Zeiten und an anderen Orten in meinem Leben: Dieses unerwartete Stolpern über eine Requisite einer vergangenen Szene, ein Stück Dekoration von irgendeiner alten Bühne hielt mich fest, so daß ich aufschauen mußte und mit einer früheren Identität konfrontiert wurde. Ich wurde zurückgezerrt und wieder mit mir selbst verwickelt; aber das Ding, der schäbige Pyjama eines alten Liebhabers, der zerknautschte Schal, der hinter dem Autositz gefunden wurde, das ausgeliehene Hemd, das nie zurückgegeben worden war – das *Ding* bestand darauf, immer noch Geltung zu besitzen, unabhängig von damals oder heute.
Es war eine Hand, schnell vorgezeigt und genauso schnell wieder verschwunden ... Aber es war da, die ganze Zeit da.
Wenn ich in einer Gruppe, die bekanntlich zu plötzlichen Anfällen von quasi intellektueller Sinnlich-

keit neigt, bei denen alle einander ihre Gefühle beschreiben – wenn ich manchmal von dem Verhältnis zwischen Menschen und Kleidung und meinen Gefühlen dazu sprach, bestritten die meisten meiner Freunde, daß sie das ebenso erlebt hatten. Natürlich hatten viele von uns schon dieses überaus verunsichernde Gefühl gehabt, und sie lachten und interpretierten diese Erlebnisse falsch, wie wahrscheinlich sogar ich selbst auch. Denn wir hielten es im Kern für *Gefühle*, für etwas Subjektives, was tief aus unserem Inneren stammte … *Gefühle* waren dennoch enorm wichtig für uns; wir betrieben damit einen Kult. Wir waren nicht wirkliche Hedonisten – dafür waren wir zu spät geboren worden; diese Mode war während unserer Babyzeit aktuell gewesen –, aber unser handgestrickter Ansatz war stark von Blake geprägt, wir neigten zu »kräftige Glieder und flammendes Haar«, und jede allgemein gültige Erfahrung, egal ob angenehm oder nicht, war besser als Isolation.

Der Reiz eines neuen, merkwürdigen Gefühls war eine Berührung durch das Leben; wer hätte das zurückgewiesen? Ich, die ich immer mit meinen Gefühlen wie mit Feuerwerken gespielt habe, wollte, daß sie Funken stoben und zu buntem Licht würden, selbst, wenn es *nur für einen Augenblick* wäre, und danach riecht es immer unangenehm und unausweichlich nach Schwefel, und daran erinnere ich mich nie – ich, selbstverständlich, würde niemals derselben alten Verlockung von Faszination widerstehen. Aber als der Finger mich an dem Tag, an dem ich mein Hochzeitskleid kaufen wollte, wieder anlockte, was tat ich, als mich lachend wegen meines Mutes und meiner Originalität zu beglückwünschen; dabei sagte ich mir, wenigstens ist es bestimmt absolut neu, wenn eine Frau sich von ihrem ehemaligen Liebhaber das Kleid aussuchen läßt, das sie bei der Hochzeit mit jemand anderem tragen wird!

Ich ging mit meinem neuen Gefühl von innerem Frieden auf den Laden zu, als er aus einem Gebäude herauskam und direkt vor mir stehenblieb. »Du?« fragte er.

»Also ...!«

Einen Augenblick lang passierte gar nichts. Und dann fielen wir mit der lauten Aufgeregtheit von fünf Jahren zuvor übereinander her, denn er sah immer noch mit seinem spitzen Bart und den leuchtenden schrägen Augen einem Fuchs ähnlich, und ich hoffte halb, daß ich immer noch die junge Ballettänzerin mit dem Haar wie die Pavlova war, die ich damals in Kapstadt gewesen war. In dem leichten Ekel, wieder mit ihm zusammenzusein, lag ein ganz besonderer Reiz – seine schlampigen Hosen, seine schmutzigen Finger –, aber unsere gemeinsame Zeit lag so weit zurück, daß ich mich nicht mehr davor zu fürchten brauchte. Wir beendeten unsere Ausrufe übereinander in einer Teestube, und dort erzählten wir uns alles, was bis zum heutigen Tag passiert war.

Die ganze alte, ziemlich schrille und eckige Impulsivität seiner Art zu leben und zu sprechen hatte mich, als wir die Teestube verließen und er, bewußt absurd lachend, bestimmte: »Schau, ich komm mit, um dieses Hochzeitskleid auszusuchen. Wenn ich es aussu-

che, dann ist es ein Kleid; wenn du es aussuchst, eine barocke Katastrophe...«, wieder gefangengenommen. Das Unpassende an dieser ganzen Sache reizte mich und meine Eitelkeit, und ich lachte und klatschte fast vor Aufregung in die Hände, so wie es ein Kind über die Verrücktheit eines Partyspiels macht.
Also wählte er mein Hochzeitskleid aus; das blaue Crêpekleid, blau wie der Schwanz eines Pfaus. Ich wollte es natürlich, ich mochte, wie ich darin aussah, aber er, der Künstler, suchte es für mich aus.
Was war an dem Kleid dran? Keine Ahnung. Vom modischen Standpunkt aus betrachtet, war es nichts Besonderes; auch keine miese Gefühlsduselei, bei der ein Symbol mit der Tatsache verwechselt wird, daß für eine bestimmte Art von Frau ein bestimmtes Kleid zum »Hochzeitskleid« wird. Ich war nicht glücklich oder einfach genug, um dieses Kleid als mein *Hochzeitskleid* anzusehen, aber als ich es hinterher trug, war ich mir einer bestimmten Qualität dieses Kleides bewußt... – Natürlich hatte ich beim erstenmal, als ich es trug, bei meiner Hochzeit, nichts bemerkt, weil ich zu stark mit einer kurzen Metamorphose beschäftigt war.
Im ersten Jahr meiner Ehe trug ich es ziemlich oft; es war ein praktisches Kleid für viele Anlässe. Ich erinnere mich sogar, daß ich es einmal trug, als ich schwanger geworden und im dritten oder vierten Monat war. Dann wurde es viel zu eng für mich – oder besser gesagt, ich wurde für das Kleid zu dick, und ich zog es lange Zeit nicht mehr an. Mein Sohn wurde als eine Tochter geboren, und mein Körper blieb verän-

dert und durch Milch und Mütterlichkeit gerundet. Das Kleid hing hinten im Schrank, wie das beste Kleid meiner Großmutter.

Aber ein paar Monate später hatte ich meine alte Figur wieder. Ich ging wenig aus; ich gab mich mit der zweitbesten Antwort auf die Frage darauf, was der Sinn des Lebens sei, zufrieden, ohne sie eigentlich zu verstehen. Ich suchte überall nach dem, was mir fehlte, sogar in mir selbst, aber ich konnte es einfach deshalb nicht finden, weil es eben ein *Mangel* war – eher etwas, was einfach nicht da war, als etwas, was zwar da, aber falsch war. Jede Erfahrung war irgendwie weniger als etwas Ganzes; immer am Schluß etwas lächerlich. Eines Nachmittags ging ich von einem Zimmer ins andere, traf mich selbst in einem Spiegel, stand herum ...

Ich zog mich an, fuhr in die Stadt und ging in eine Ausstellung von alten Landkarten. Dort begann ich mich wieder *mit mir selbst* zu amüsieren, so wie früher. Mit Erleichterung bemerkte ich, daß die Stimmung, die mich seit einiger Zeit im Griff gehalten hatte, sich beim Herumgehen langsam verflüchtigte. Hin und wieder sah ich jemanden, den ich kannte, und manchmal tauschte ich mit einem Fremden in der kurzen Intimität eines geteilten Eindrucks eine Meinung aus. Und dann, gerade als ich ging und mir lächelnd meinen Weg durch eine angeregt plaudernde Gruppe bei der Tür bahnte, wen sah ich da im Profil, die Hände auf dem Rücken, das Schäufelchen von einem Bart unsicher vor einem Ausstellungsstück an der weit entfernten Wand erhoben ...

Mit echter Freundlichkeit und großem Vergnügen entschuldigte ich mich und ging durch die Menge wieder zurück. Er war überrascht, wirklich froh, mich zu sehen; wir lachten beide mit dem leichten Erstaunen, das ein unerwartetes Zusammentreffen mit sich bringt. Ich war gerade der Mensch, den er sehen wollte – er hatte mich treffen wollen, weil er versuchte, passende Galerien für eine Ausstellung seiner Bilder zu finden, und er dachte, daß ich wüßte, an wen er sich wenden könnte. Er war ein Mann, der – ich mißtraue diesem Ausdruck – »im Augenblick lebte«; das heißt, er war immer vollkommen absorbiert von den Freunden, der Stimmung, der Philosophie einer bestimmten Phase seiner Entwicklung, und es wäre ihm nie in den Sinn gekommen, sich auf eine vergangene Intimität zu beziehen – die war ja *vergangen*, und deshalb nicht existent; und die Vorstellung, daß ich ihm helfen könnte, war wirklich naiv und allein dadurch zustande gekommen, daß er mich und den Einfluß kannte, den ich möglicherweise hatte. Dies war eine Eigenschaft, die ihn aus dem Blickwinkel der Frauen in seinem Leben grausam machte und aus dem Blickwinkel von Männern unernst. Jedesmal, wenn man ihn traf, war es so, als ob man ihm zum erstenmal begegnete. Jedes Zusammentreffen war ein neuer Anfang, unbeeinflußt, soweit es ihn betraf, von früheren Erfahrungen, die man miteinander gemacht hatte: Wenn man das letztemal seine Geliebte gewesen war, konnte man diesmal plötzlich seine Schwester sein. Wenn man eine Freundin gewesen war, konnte man

mit Erstaunen feststellen, daß man eine Geliebte war.
Jetzt wollte er nur, daß ich ihm dabei half, eine Ausstellung zu vereinbaren. Ich glaube nicht einmal, daß er sich daran erinnerte, vor wie langer Zeit oder wo oder unter welchen Umständen wir uns das letzte Mal oder das Mal davor getroffen hatten. Er machte die Gegenwart so intensiv, daß man sich ein bißchen alt fühlte, wenn man sich an irgend etwas aus der Vergangenheit erinnerte. Das hatte auch die Wirkung, daß ich alle Bedenken abschüttelte, die ich wegen der Tatsache hätte haben können, daß ich jetzt verheiratet war. Wir sprachen ausführlich über seine Bilder und die Ausstellung, und ich begann mir sofort, froh darüber, endlich wieder aktiv werden zu können, Gedanken darüber zu machen, wo und wie das am besten arrangiert werden könnte.
Ich kam nach Hause zurück mit dem Gefühl, daß ich mit mir ins reine gekommen war, daß alles, was ich brauchte, das Ausscheren aus der Routine und die Stimulierung durch Fremde war. Wie ein Kind, das sich vom Schmollen erholt hat, fühlte ich mich merkwürdig gut und sicher beim Anblick meines vertrauten Schlafzimmers, das ich ein paar Stunden zuvor verlassen hatte. Ich legte den Hut und die Tasche ab und zog das Kleid aus; mein alter Morgenmantel war gerade richtig dafür, um naßgespritzt zu werden, während ich das Baby badete. Als ich wieder durch das Zimmer ging und das Kind ins Badezimmer trug, schaute ich auf die Sachen, die auf meinem Bett herumlagen: und ich sah das blaue Kleid. Mein Herz

machte in meiner Brust einen Sprung: wie merkwürdig! Und an diesem Nachmittag hatte ich es zum erstenmal, seit das Kind geboren war, angezogen. Und ich hatte mich nicht daran erinnert, daß ich es trug, und er hatte nicht erkannt, daß es das Kleid war, das er ausgesucht hatte. Wie festgefahren wir geworden sind. Ich schnaubte leise, halb bewegt, halb amüsiert und ging mit dem Kind ins Badezimmer.

Es fällt mir schwer, jetzt auf der Alltagsebene zu schreiben; jetzt, wo mein Kopf immer weh tut und der Schmerz mir in den linken Arm hinunterzieht. Jetzt, wo ich so wenig schlafe und so wild und wortreich träume, ist es schwer für mich, auseinanderzuhalten, was ich gedacht und was ich wirklich erlebt habe.
Das Licht in diesem Badezimmer voller Dampf und Düfte, das fröhlich klingende Geräusch des ablaufenden Wassers und das Keuchen und Grunzen des Babys, das rosa Licht im Schlafzimmer, das Zelt von gelbem Licht über meinem Stuhl von der Lampe in meinem Arbeitszimmer; wie merkwürdig, daß ich diese Lichter jetzt vor mir sehe, wie das Licht eines heiteren und wunderschönen Nachmittags, das weit weg leuchtet und an das schwer zu glauben ist, das durch den Spalt in einer dicken Gewitterwolke hindurch leuchtet... Dort drüben muß die Sonne scheinen, sagt jemand... Das Licht all jener Tage, als ich mich so unbewußt bewegte und mir Freude bereitete, ich finde es schwer, es zu sehen. Das grelle Licht des Sturms in meinem Kopf flackert unheimlich, gibt vielem eine neue Bedeutung, über das ich damals

achtlos hinwegging, und läßt viele »Ereignisse« in der Dunkelheit, die damals mein Bewußtsein beschäftigten.
Was mich damals beschäftigte, was meine Vorstellungskraft gefangennahm, war die Affäre, die ich wieder mit meinem Freund, dem Künstler, anfing – ja, das war meine Entscheidung, ich fing damit an; ich glaube, daß ich immer wußte, daß ich fast mutwillig damit angefangen hatte: das war Teil der Faszination, das festgespannte Drahtseil, das ich aus meinem Leben machte und auf das ich als Seiltänzer stieg. Ich versuchte die Balance zu halten zwischen meinem Mann und meinem Baby und der Sicherheit, an der ich so erbärmlich hing, auf der einen Seite, und dem Mann und der Unsicherheit, die ich abgelehnt hatte, aber nach der ich mich immer noch sehnte, auf der anderen Seite. Alles andere, was ich tat, all die normalen Alltagshandlungen führte ich, ohne es zu wissen, durch. Die Frauen, mit denen ich sprach, die Blumen, die ich pflanzte, die Töpfe und Pfannen und Nähsachen, die ich anfaßte; ich empfand nichts dabei. Mein ganzes Sein richtete sich auf das Drahtseil, mit einer Erregung und einer Konzentration, daß dabei unter anderen Umständen ein Musikstück oder ein inspiriertes Gemälde hätte entstehen können.
Und jetzt hat alles, was ich ignoriert habe, alles, was ein wichtiger Hintergrund gewesen war oder verschwommen an mir vorbeigeströmt war, an Bedeutung gewonnen; und die Erfahrung selbst ist undeutlich geworden. Was ich immer und immer wieder

sehe, ist das Zelt aus gelbem Licht, das von der Lampe über meinem Stuhl ausging; das Baby, das sich im Badezimmer krebsrot schreit; das rosafarbene Licht im Schlafzimmer, die emaillierte Uhr, die im Sonnenlicht auf dem Fensterbrett in der Küche tickt. Und so verrückt wie eine Neonschrift, die in regelmäßigen Abständen im Dunkeln aufleuchtet, macht mich das Bild meines blauen Kleides, das hinten im Schrank hängt. Gott weiß, daß ich mir des blauen Kleides zu der Zeit nicht bewußt war; ich glaube nicht, daß ich es jemals trug. Die »Affäre« war etwas Neues; sie brauchte keinen Talisman in Form eines Kleides. Ich hätte es lächerlich gefunden, das Kleid zu tragen; es gehörte zu einem Witz, einem freundlichen Witz vor meiner Hochzeit, zu einer Zeit, wo das Verhältnis zwischen dem Künstler und mir keinerlei Hinweis auf die Intensität zuließ, die in der Zwischenzeit entstanden war.
Aber wann immer ich an diese Zeit zurückdenke, schiebt sich das Kleid dazwischen; ich sehe, wie es dort hinten im Schrank hängt, immerzu. Ich sehe, wie es immer gleich dort hängt, mit den ganz besonderen Falten, die im Laufe dieses Tages entstanden, erst vor sechs Monaten, als ich vor dem Scheidungsrichter erscheinen mußte, und ich ging lustlos aus Gewohnheit zum Schrank, um zu sehen, was ich anziehen sollte. Was macht das schon aus, was ich tragen würde? Es war ein Ereignis in meinem Leben, mit dem ich zuvor nicht gerechnet hatte; eine Frau denkt niemals, wenn sie ein Kleid kauft: Also, das ist genau das richtige, um damit vor Gericht zu erschei-

nen. Ich war so benommen und entsetzt an diesem Morgen; wie ein Kind, das über die Scherben einer Vase erstaunt ist, die es zerbrochen hat, das die Scherben am Boden anschaut und nicht glaubt, daß es passiert ist... Ich schob die Kleider einzeln auf der Stange weiter und war nicht in der Lage, die nötige Konzentration aufzubringen, um eines herauszunehmen. Und dann war es da. Hing auf seinem speziellen Bügel, der Gürtel über einer Schulter, und ein kleiner Beutel mit Mottenkugeln hing im Halsausschnitt. Es hing da in der ausdruckslosen Behauptung seines Seins. Ich hatte es vergessen, aber es hatte mich nicht vergessen. Ich stand da und schaute es an, und dann tastete ich es sehr langsam ab, untersuchte die Stiche und die Falten und die Säume und die kleinen Glasperlen, die wie winzige Röhrchen aussahen, um die Ärmel herum. Und als ich es genau betrachtete, kam alles wieder auf mich zu, ich erinnerte mich mit dem Ekel und der Furcht der reinen Wahrheit daran, wie ich in den vergangenen Monaten gewesen war. All die verborgenen Motive und Selbstbetrügereien sprachen unmißverständlich mit mir. Ich wurde plötzlich gepeinigt vom Verlangen, das Kleid anzuziehen; doch zur gleichen Zeit erfüllte die Vorstellung meinen Körper mit panischem Ekel. Ich konnte die entsetzliche Vorstellung nicht abweisen, die fast an Verrücktheit grenzte, daß das Kleid *ich* war; daß ich – mich anschaute.

Das ist sechs Monate her. Ich sitze jetzt hier und denke: erst sechs Monate. Ich kann doch nicht soweit weg von dem Mädchen auf dem Drahtseil sein, das sich dort oben vergnügte und keine Angst hatte, daß es abstürzen würde? Aber nein, für Abenteuer ist es mir jetzt zu schwindelig. Ich bin krank gewesen, meine Beine sind wackelig. Meine Krankheit war nicht ernst, nichts Außergewöhnliches, aber es scheint etwas zurückgeblieben zu sein. Dieser Schmerz im Arm, der so grell ist, daß ich nicht mehr atmen kann. Aber ich werde etwas unternehmen. Ich habe mich entschlossen, einen Spezialisten aufzusuchen. Ich habe mit meinem Arzt gesprochen, und er empfahl mir einen Herzspezialisten und hat für heute nachmittag einen Termin für mich gemacht. In etwa einer halben Stunde muß ich losgehen. Das ist das Beste, was ich machen kann; herausfinden, ob wirklich etwas mit mir los ist, und dann kann ich behandelt werden und wieder gesund werden.

Ich sitze hier, dabei ist es wirklich Zeit zu gehen. Ich komme zu spät, wenn ich nicht bald losgehe. Ich sitze immer noch da...

Soll ich Ihnen etwas sagen?

Ich bin eben zum Schrank gegangen, um meinen Mantel herauszuholen, und ich sah das Kleid dort hängen. Es erregte meine Aufmerksamkeit, weil es schief auf dem Bügel hing. Deshalb schob ich die anderen Kleider zur Seite, die es etwas quetschten, und hängte es wieder richtig hin. Als ich es tat, bemerkte ich komische kleine Stellen, überall. Es hat angefangen kaputtzugehen. Plötzlich ist es überall von kleinen Löchern übersät, an den Säumen ist der Stoff ganz dünn geworden, ganz zerfranst...

DAS ENDE DES TUNNELS

Es ist immer Mittag und immer Sommer auf der Straße nach Lourenco Marques. Den ganzen Herbstmorgen lang schien die Sonne, während sie fuhren, ein starkes Licht vom Himmel herab zu sein, es gab in der Wärme keinen Schatten außer dem Dunkel der Zypressen neben dem weißen Licht eines Farmhauses oder neben einem Damm, so hell wie ein Stück Zinn; kein Stein, kein sanfter roter Staub, kein Gras, kein Vogelflügel, der nicht von der Sonne durchdrungen worden wäre. Die Motorhaube war heiß wie ein Helm; zwei Luftströme ernährten sie durch das Fenster. Und die Straße stieg an und fiel, stieg an und fiel, und sie folgten ihrem Rhythmus, als ob sie sich über dem Körper von irgend etwas bewegten, das tief atmete: Hügel so grün und so sanft geformt, daß man eher mit der Hand darüber streichen als darüber wandern konnte; Farmgebäude hoben sich um das Wohnhaus herum weiß von der Böschung ab; Muster von bestellter Erde, der Pflug wirbelte Erde auf, fächerartige Wäldchen von Orangenbäumen, deren Früchte wie die Kugeln am Weihnachtsbaum eines Kindes wirkten. Sein Arm war rot, wo er im offenen Fenster lehnte; ihr Bein, das sie unter dem Körper hochgezogen hatte, war seit langer Zeit taub. Einmal sagte sie: Schau, wie ein später van Gogh. Und ohne den Kopf zu drehen, verzog er das Gesicht zu einer leichten Grimasse. Es kam manchmal vor, daß sich die Ablehnung der Vision eines Künstlers von irgendeiner Sache auf diese Sache selbst übertrug; jetzt zum Beispiel beraubte ihn die Abneigung, die er für das artistische Klischee mancher Landschaften van Goghs empfand, des Vergnügens, das er ganz bestimmt angesichts der drei Zypressen gehabt hätte, die graziös ihre Plätze wechselten, als die Straße die Perspektive änderte. Sie waren sich dessen natürlich bewußt, wie sie sich so vieler Dinge bewußt waren, die sie auch unanalysiert hätten lassen können, und schätzten am anderen nur das, was das unschuldige Auge wahrnahm. Aus dem menschlichen Schweigen heraus – das Auto füllte die Ohren beruhigend mit den Geräuschen der Geschwindigkeit – hob er seine Hand mit der Uhr am Handgelenk und zeichnete etwas am Horizont nach. Sie wußte, daß es nicht für sie gedacht war, es war für ihn, und sie lächelte, auch für sich.

Als die Straße sanft zwischen Hügeln bergab ging und die Brücke über einen rauschenden Fluß führte, in den, wie festgenagelt, Bäume hineinhingen, setzte sie sich plötzlich auf, und er hielt den Wagen an. Ihre Sinne richteten sich auf wie die Ohren von Tieren beim Geräusch von Wasser. Er stieg aus, und sie rutschte über den Sitz hinter ihm her, und sie gingen steif, ein leises Klingelgeräusch in den Köpfen, bis zum Ende der Brücke und freuten sich über das Sichzusammenziehen und Dehnen ihrer Muskeln, das ihnen die unbewußte Anstrengung des Gehens bewußt machte. Sie beugten sich über das Geländer und schauten. Er war nicht der Art Mann, der den Drang verspürte, einen Stein zu werfen. Sie schaute sich nach einer Stelle zum Herunterklettern um und tastete die Böschung nach einem sicheren Halt für ihren Fuß ab, aber er sah ihr schuldbewußtes Lächeln wie ein Erwachsener, der die hinreißende Schlauheit eines Kindes, das etwas Verbotenes tun will, voll und ganz durchschaut und sagte: Nicht jetzt. Später gern, aber jetzt haben wir keine Zeit. Sie war sich sehr bewußt, kein Kind mehr zu sein, da sie mit der Überzeugung eines Erwachsenen, wie unwichtig es doch war, dem Impuls widerstehen konnte, während Kinder sich ganz sicher sind, daß nie etwas nachzuholen ist; und sie ging langsam zum Auto zurück.

Sie wurden wieder müde; eine physische Erschöpfung, die in den Knochen ihres Mittelfußes schmerzte, eine spirituelle Erschöpfung, die ihn die Augen schließen lassen wollte. Er hoffte, daß sie nichts sagen würde, beunruhigt von der Furcht, daß etwas schiefgegangen war, er hoffte, daß sie sich selbst beruhigen würde und nicht erwartete, von ihm beruhigt zu werden. Aber ihr Geist hatte sich in ihren Körper geflüchtet: Sie wußte nur, daß ihr Fuß schmerzte – sie drückte den Mittelfuß mit der Hand zusammen –, und ihr Magen, der zwar leer war, aber trotzdem zu ihrem Hals hochdrückte, brachte sie zum Würgen. Er sagte und schüttelte die Müdigkeit ab: Bis eins sind wir in Nelspruit. Und dann gehen wir in ein Hotel, essen etwas und ruhen uns aus.

Ich fühle mich krank, sagte sie.
Er lächelte, er wollte sie berühren, ihr beistehen, aber es gibt einen Punkt, jenseits dessen es unmöglich ist, noch etwas zu geben. Er fuhr schneller, achtete auf die Straße, spannte und entspannte die Oberschenkel, als ob die kleine Erleichterung und Anstrengung ihn von der Kontinuität des normalen Alltagslebens überzeugen würde, von einer Zeit, die sich nach dem *Jetzt* erstrecken würde.

Die Straßen einer angenehmen Stadt, die man nicht kennt, rufen die künstliche Ruhe des Unpersönlichen hervor; man akzeptiert die weite Strecke, die Straße in einer Kleinstadt – angefüllt mit Sonne, wie ein felsiger Strand, wenn die Flut zurückgegangen ist und nur die Sonne über die Leere fließt – nur eine kleine Gestalt in Rot trippelt neben einem Erwachsenen über die Straße, Fahrräder blitzen auf, die Bordsteine sind weiß gestrichen. Nichts ist jemals an dieser Straßenecke passiert, niemand ist hier jemandem, aus diesem Laden kommend, gegenübergetreten. Eine Stadt, abstrakt, aus niedrigen, weißen Gebäuden erbaut, mit Einwohnern aus Gesichtern und Kleidern, ebensoweit entfernt von Liebhabern, Freunden, Feinden wie die hypothetische Familie, die eine Werbung illustriert, oder die Ausrufezeichen in Farbe, die entfernte Figuren in einer Landschaft darstellen. Vorübergehend existieren *Menschen* nur als übergroße Vereinfachung.
Und die Stadt akzeptierte sie; einen Mann und eine Frau, jung, mit den überanstrengten, leeren Augen

von Reisenden, mit den Kleidern und dem Aussehen von Fremden. Sie hatte sich plötzlich an den Namen eines Hotels erinnert, den jemand einmal ihr gegenüber erwähnt hatte, und sie fuhren zögernd die Straße entlang und suchten es. Da war es; und weil es weiß und an drei Seiten um einen kleinen leuchtend bunten Garten herum gebaut war, in dem roter Hibiskus auf dem glänzenden, ungemähten Gras wuchs, fanden sie es schön.

Er sprang aus dem Auto – er konnte sich mit einem Satz erholen, wie ein Hund, der den Schlaf abschüttelte. Sein Haar stand hoch, dick und fast sichtbar lebendig, wie Gras. Für sie, die sich und ihn beobachtete, so wie man das Wetter am Himmel beobachten mochte, die kleinste Anzeichen als wichtige Hinweise nahm, die den Hurrikan am schnellen Dunkelwerden einer Wolke, die gerade die Sonne bedeckte, erkannte, war es die absolute Rechtfertigung für sich selbst, für ihn, irrational und deshalb sicher wie keine feste Überzeugung der Vernunft es jemals sein könnte.

Im Hotel war niemand. Die Rezeption war leer; in der Halle standen Bambusstühle in Vierergruppen um Tische mit Glasplatten herum. Es roch nach gebohnertem Boden, wie in einem Warteraum. Sie las die Schilder. KEINE KINDER IN DER HALLE, TANZ IM PALMENHOF JEDEN DRITTEN SAMSTAG UM 20.00 UHR. EINTRITT: 10½ SCHILLING. HOTELGÄSTE: 5 SCHILLING. Über einer mit einem Vorhang versehenen doppelten Glastür hing ein weiteres Schild: SPEISESAAL. Er hatte die von Pollen dicken Staubgefäße tief in der Blüte von ihm unbekannten Lilien berührt, die im versilberten Korb eines Floristen standen, und jetzt ging er zu der Doppeltür und rüttelte daran. Sofort erschien ein Inder mit müdem, gefälligem Gesichtsausdruck, seine Uniformjacke war halb zugeknöpft, da er keinen Dienst hatte, und sagte ihnen, daß das Essen erst um ein Uhr serviert würde; der Zeiger der elektrischen Uhr an der Wand machte einen kleinen Ruck und sprang auf Viertel nach zwölf.

Sie waren ziemlich verärgert. Sie hatte das Gefühl, daß sie, wo sie stand, noch immer mit den Fahrbewegungen des Autos mitschwankte. »Es macht wirklich nichts aus. Ich will in eine Drogerie gehen und Aspirin kaufen. Und ich muß mich zurechtmachen –«

»Die Garderobe ist links von der Veranda, Madam.«

Sie gingen wieder hinaus in die Sonne und überquerten auf dem Weg zur Drogerie die Straße. Als sie sich im Spiegel hinter der Theke sah, schien ihre Müdigkeit wieder zu Übelkeit zu werden; es war unmöglich, bei so großer Müdigkeit etwas zu denken oder zu fühlen. Und dieser Gedanke machte sie ängstlich: Es war nicht so, wie es sein sollte ... Aber selbst diesen Gedanken vergaß sie in ihrer Müdigkeit. Die Verkäuferin schaute ihn an, als es ans Zahlen ging, sie betrachtete Männer und Frauen als Ehemänner und Ehefrauen, und Ehemänner waren für die Einkäufe ihrer Frauen verantwortlich. Und er hatte die Hand schon in seiner ausgebeulten Hosentasche und trennte Münzen und Papiergeld mit einem so unsicheren, überrascht wirkenden Gesichtsausdruck, als wäre er nicht sicher, ob er Geld hätte oder nicht. Natürlich waren sie schon oft zusammen in Läden gewesen (wo außer in Teestuben und auf den überfüllten Bürgersteigen hatten sie sich miteinander unterhalten, erst kurz bevor es Zeit für sie war heimzugehen daran gedacht, daß sie etwas einzukaufen vergessen hatte, Seife für das Haus oder Schuhcreme für ihren Mann), aber jetzt war die kleine Handlung bedeutungsvoll, war wie eine Übersetzung von etwas Privatem, Persönlichem in die Sprache der Welt. Es war zu gleicher Zeit eine Leistung und eine Kapitulation, der süße, unberechtigte Trost der Akzeptanz und die Verwechslung der Realität mit dem Symbol.

»Was willst du kaufen?« fragte er. »Willst du noch etwas?« Aber sie wollte nichts mehr, selbst nicht, um ihm zu gefallen. Sie war sich bewußt, daß sich ihr Haar beim Reiben an der Kopfstütze im Auto verwirrt hatte, sie war sich ihrer Blässe bewußt.

In der Toilette des Hotels (es war offensichtlich die für gelegentliche Gäste bei Tanzveranstaltungen, denn es gab eine kleine Ablage unter dem Spiegel – blaß wie ein Teich an einem grauen Tag –, um den herum die Wandfarbe mit Fingerabdrücken aus Lippenstift betupft war) wurde ihre Vorstellung davon, wie sie aussah, bestätigt. Sie sah fremd und etwas uninteressant aus. Sie wusch sich mit kaltem Wasser ohne Seife und trocknete sich das Gesicht so gut es ging mit einem Taschentuch. Sie cremte sich das Gesicht ein, puderte sich, malte sich die Lippen an, und das

Gesicht kam zum Vorschein wie das blasse, verschwommene Bild, das in der Entwicklerflüssigkeit langsam deutlich wird. Als sie sich fertig geschminkt hatte, bemerkte sie plötzlich, wie sehr sie sich dabei konzentriert hatte; wie wichtig konnte das überhaupt sein angesichts all dessen, was er von ihr wußte, angesichts all dessen, was er sah; ihr hartes Gesicht, wenn sie starrköpfig war, das stille Geheimnis ihres schlafenden Gesichtes am Morgen nach der Liebe, das ruhige, suchende Gesicht eines Kindes, das immer hinter allen anderen Gesichtern da war, das erste hinter all den anderen? – In dieser Hinsicht ist die Liebe blind, nicht so, wie die Platitüde es meint: blind für die attraktive, glatte Oberfläche, mit der sich andere zufriedengeben. Sie wußte das, freute sich darüber und machte sich ironisch über sich selbst lustig, bei welchen kleinen Beschäftigungen ihre Einsichten durch ein quasi magisches Ritual beiseite gewischt wurden, doch solange dieses Ritual dauerte, konnte sie so gläubig und aufnahmefähig wie eine siebzehnjährige Hilfsarbeiterin sein.
Als sie zurück in die Halle kam, saß er in der Nähe eines Blumenkorbes, und seine Arme ruhten auf den Armlehnen. Er sagte: Ich hab mein Haar gekämmt – als ob er ihr damit einen großen Dienst erwiesen hätte. Er verfügte über jenen Ernst, der vollkommen naiv wirkte und dennoch nicht mit dem Intellekt im Widerstreit lag. Manche Leute fühlten sich dadurch irritiert, andere fanden es charmant, und diese Ehrlichkeit war auf der Liste von Gründen, die Freunde benutzt hatten, um ihr von ihm abzuraten. Jetzt

wurde er für dieses eine Mal und von dieser einen Frau dafür geliebt, obwohl es sie auch etwas traurig stimmte, da die Unschuld des Herzens bestimmt nicht von Dauer sein kann. Seine tiefe Freude über ihre Gegenwart zeichnete sich plötzlich auf seinem Gesicht ab und war dabei, sie beide zu befreien, sie einander zurückzugeben, wie sie gewesen waren, jenseits von Schuld und Vorwürfen, bevor die Erklärungen und die Streitereien und die Arrangements angefangen hatten; – sie wollten gerade beginnen, miteinander zu sprechen – als ein Mann durch die Rezeption hereinkam und sie anschaute, während er auf eine Tür zu ihrer Rechten zuging und verschwand.
Er war in dem Raum und war es dennoch nicht. Sie konnten hören, wie er herumging, sie hörten unklare Geräusche, die so ähnlich klangen, wie wenn ein Fingernagel über Moiréseide kratzt. Er kam sofort wieder heraus, und in seinem Kielwasser erklang wie eine Fanfare ein populäres, nasal gesungenes Lied. Es füllte den leeren Raum, der nur von Stühlen bewohnt war, mit einer Art Schock, als ob Stimmen in einem träumenden Meer erklängen oder ein betrunkener Mann angefangen hätte, in einem schweigsamen Theater herumzuschreien.
Der Mann stand etwas weiter weg und wartete auf den Effekt.
»Das geht schon eher, was? Wir sind gar nicht so tot hier.« Mit den Händen auf den Hüften kam er lächelnd heran. Er stand da, war sich ihres Vergnügens bewußt, ein Mann mit dem jungalten Gesicht eines Filmstars, dem gebräunten, leicht faltigen Gesicht –

die Fältchen um die Augen herum konnten von der Sonne oder vom Lachen herstammen –, dem gestutzten Schnauzbart, den guten, leicht gelblichen Zähnen, die vielleicht vom Nikotin und nicht vom Alter herrührten, dem locker fallenden Seidenhemd und der enggeschnittenen Hose, die seinen fehlenden Bauch günstig betonte. Er trug seine Jugend mit der bewußten Miene von jemandem zur Schau, der sie bereits verloren hat.
Einen unerträglichen Augenblick lang hörten alle drei dem Lied zu.
Das Zuhören schien sie in den Stühlen festzuhalten. Er stand da, den Kopf leicht zur Seite geneigt, auch seine Augen blickten zur Seite. Das Mädchen lächelte mit nervöser Anspannung. Der junge Mann, der keine Ahnung von angemessenem sozialen Verhalten hatte, der, wenn er nicht er selbst sein konnte, ohne Reue in selbstsüchtiges Schweigen verfiel, würde ihr nicht helfen.
»Hören Sie das Lied oft in Ihrer Gegend? – Jo'burg?« fragte der Hotelbesitzer.
»Ja!« sagte sie mit der lächerlich verlogenen Begeisterung, mit der man einem Kind antwortet, das einen fragt, ob man Milch trinkt oder an den heiligen Nikolaus glaubt. Allein wäre sie mit der Situation ganz gut fertiggeworden, denn sie konnte mit einer etwas unehrlichen Leichtfertigkeit mit Leuten umgehen, aber in seiner Gegenwart ärgerte sie sich, da sie, mit seinen Augen betrachtet, nur herumalberte.
»Sie reiten die Lieder zu Tode, stimmt's? Aber das

hier ist wirklich gut. Sobald Leute für den Abend hereinkommen, wird es aufgelegt. Ich muß mir eine neue Platte davon aus Johannesburg schicken lassen, meine ist bald völlig abgespielt.« Er lehnte sich an den Nachbartisch an und stützte sich mit den Handflächen ab. Er machte eine kurze Pause, schaute sie lächelnd und entspannt an. »Alles schon organisiert?« Er stellte die Frage eher von Mann zu Mann als in geschäftsmäßiger Art und wandte sich an den jungen Mann in der felsenfesten Überzeugung, daß praktische Angelegenheiten Männersache sind. Der junge Mann mußte antworten. Er sagte kühl mit seiner wunderschönen Stimme: »Vielen Dank. Wir warten auf das Mittagessen.«

Die Stimme war offenbar unerwartet; sie sah, wie der ältere Mann ihn anschaute, wie zum erstenmal, vielleicht wirklich zum erstenmal, denn dieser Mann mit den leicht abgelebten Zügen eines Kavaliers hielt es für unmännlich, einen anderen Mann zu bemerken. Jetzt schaute er mit leichtem Mißtrauen die nachlässige Kleidung, das intensive Gesicht an; vielleicht war das eines dieser merkwürdigen Wesen, ein Mann, der kein Snooker spielte, der sich nichts aus Golf machte, der keine Bars besuchte und der dennoch ein Mann war, wenn es um Frauen ging ... Aber die Platte hatte zu Ende gespielt; er lauschte auf das leise Klicken des Mechanismus; hörte es und nickte leicht.

»Das da ist das Lieblingslied meiner Frau.« Er grinste in sich hinein. »Immer wenn sie nach Jo'burg fährt, kauft sie, was sie mag, und immer wenn ich fahre, kaufe ich, was ich mag; ich erinnere mich immer daran, was ich gekauft hab, selbst noch ein Jahr später. Sie war grade dort, vor einer Woche. Kam erst am Freitag zurück. Jedesmal, wenn sie zurückkommt, hat sie eine neue Frisur, und ich muß raten, nach was ich Ausschau halten muß, wenn der Zug einfährt. Diesmal ist sie aber mit dem Auto gefahren, da kommt man leichter überall hin. Helfen Sie Ihrem Mann beim Fahren?«

»Ich schau gern in aller Ruhe zum Fenster raus.« Sie war sogar etwas angestrengt verspielt und machte weiter damit.

»Die Klingel ist hinter dir«, sagte der junge Mann plötzlich, als ob er gerade den Raum betreten hätte. »Ich würde gern was trinken.«

»Aber ja doch – beim Fahren kriegt man Durst. Wo fahren Sie hin? Lourenco? Schöner Ort –« Er beugte sich graziös zu der Klingel hin, bevor sie sie erreichen konnte, und zog dann, wie ohne nachzudenken, einen Stuhl heran und setzte sich zu ihnen.

Ein Inder mit einem kleinen runden Tablett kam, um die Bestellung aufzunehmen.

»Sherry. Ich möchte einen Sherry«, sagte sie. Der junge Mann nickte: »Und ein Bier.«

»Und Sie – Sie trinken doch was mit uns –«, sagte sie.

Der Mann lächelte vorsichtig und drückte damit sein Bedauern aus, sich dieses Vergnügen versagen zu müssen: »Nein – ich trinke nie etwas mit den Gästen, müssen Sie wissen – aus Prinzip. Das soll Sie nicht verletzen. Wenn man mit einem trinkt, muß man mit allen trinken. Wissen Sie, wenn hier ein Tanz stattfindet, sehe ich meine Frau nie, wenn sie mit einem tanzt, dann muß sie mit allen tanzen.« – Er lachte, und sie lachte mit ihm – dann hob er die Augenbrauen und schüttelte den Gedanken ab – »Das macht mir nichts aus. Ich seh gern, wenn andere Leute sie bewundern, wirklich wahr. Ich freu mich, wenn sie sich gut anzieht und attraktiv ist. Und obwohl ich mir sag – na ja ...« Er lehnte sich zurück, trommelte mit den Fingern kurz auf den Stuhl und überlegte sich, ob sie sein Vertrauen wert seien oder nicht. Dann beugte er sich vor, öffnete den Mund und sog kurz die Luft ein, bevor er zu sprechen begann: »Wissen Sie, wir waren im April achtzehn Jahre verheiratet und haben noch keinmal einen Streit gehabt. Wir waren immer fähig, miteinander zu *sprechen*; so viele verheiratete Paare haben sich nach den ersten sechs Monaten nichts mehr zu sagen. Manchmal wachen wir nachts auf und liegen da und unterhalten uns stundenlang. Wir können uns alles erzählen. Alles.« Er schaute sie triumphierend an.

»Ungewöhnlich«, wiederholte sie etwas dümmlich. »Das ist ganz ungewöhnlich.«

»Das ist ja das Schlimme. Die meisten Leute können das nicht. Wir kleben nicht aneinander, wir führen jeder unser eigenes Leben, aber es gibt keine Geheimnisse. Ich weiß, daß sie, wenn sie in der Stadt ist, mit Typen ausgeht, und warum auch nicht? Das bedeutet nichts, es ist alles in Ordnung. Es ist nur eine Frage von ... Zutrauen, ja, das stimmt ...«

»Von Vertrauen«, meinte sie, aus alter Gewohnheit, das richtige Wort auszusprechen, wenn jemand zögerte. Sie wußte, daß es das richtige Wort war. Vertrauen; das war, was ihr Ehemann in seinem endlosen, väterlichen Verständnis in sie gesetzt hatte. Für manche Leute bedeutete es Tanzveranstaltungen, Partys, für andere Konzerte, Ausstellungen; aber es war in Wirklichkeit dasselbe. Sie und die Frau des Hotelbesitzers, sie beide gingen mit Typen aus, unter dem Schlagwort des Vertrauens, eines Vertrauens, das am Anfang loyal und dankbar in Anspruch genommen worden war (sie sagte, daß sie es sich gern lustig machte, und ich sagte, daß zivilisierte Leute individuelle Freiheiten brauchten) und am Ende dankbar als willkommene Gelegenheit benutzt wurde. Sie kämpfte gegen dieses Bild von sich selbst, das mit dem der Frau des Hotelbesitzers gleichgestellt wurde. Es schien so zu sein, daß sie zusammenstanden und daß sich die Frau mit einem komplizenhaften Lächeln an sie wandte und sie sich versteifte, dagegen ankämpfte, aber ein anderer Teil von ihr, unemotional, beharrlich und unbewegt von Flehen, Tränen und Entrüstung, sie zwang, das auszuhalten. Sie schaute ihren Liebhaber an. Er hielt den Kopf gebeugt, und ein Sonnenfleck lag auf seinem Nasenrücken. Er hatte die abgehärtete Haut des *Religieux*, der nicht merkt, wenn er verspottet oder verhöhnt wird, der das stille Lustigmachen des Gewöhnlichen nicht bemerkt, der doch zu gläubig ist, um auch nur Augenblicke lang seinen Glauben von außen zu betrachten, wie andere ihn sehen: als einen unter tausend verrückten Kulten von Jesus bis Yogi. Aber er hatte gewußt, daß es für sie nicht so sein würde. Sie zweifelte jedesmal, wenn ein anderer an ihr zweifelte, an sich, sie bereute jedesmal, wenn diese alte, harte, eifersüchtige Welt etwas bereute und über alles jammerte, was sie niemals für sich gehabt hatte. Du mußt verstehen, hatte er ihr gesagt, daß jeder und alles prinzipiell gegen dich sein wird, wenn nicht sogar persönlich. Das Gesicht einer unbekannten Frau, die ihr Kind in die Schule bringt, wird ein Vorwurf für dich sein. Und ein andermal: ... du bist immer wieder verletzt, weil dir Gesetze zuwider sind, denen sich deine eigene Moral unterwirft. Leute werden versuchen, dich zu bestrafen, du wirst versuchen, dich zu bestrafen – verstehst du? Wenn wir da heraus wollen, müssen wir rückwarts heraus, gegen das Licht, auf Händen und Füßen, durch einen langen, dunklen Tunnel.

»Liebt euch«, sagte der Mann, »solange wie ihr euch liebt, das sag ich immer. Hört nicht auf, euch zu lieben, dann ist alles o.k.« Er lehnte sich auf seinem Stuhl mit einer verstohlenen, bewundernden Miene zurück und hatte seine Hand weiterhin erhoben. Seine Stimme wurde leiser, als ob er vermeiden wollte, ein Haustier zu verscheuchen, das sich näherte. »Da ist sie«, sagte er langsam. »Das ist sie, dort–« Die Schwingtür am Empfang ging auf und schloß sich wieder hinter einer großen, kräftigen Rothaarigen, die durch das Foyer und zur Eingangstür hinausging. Sie schaute geradeaus und steckte sich die Bluse in den Rock. Als sie den Seidenstoff tiefer hineinschob, zog sie den Bauch ein, um etwas Platz zu schaffen, und ihre Brüste hoben sich zu ihrer vol-

len Größe. Ihre Absätze klapperten die Stufen hinab, sie warf ihr rotes Haar herum.
»Wir haben eine sechzehnjährige Tochter«, sagte er lächelnd und erwartete, daß sie darüber erstaunt wären.
Sie sprach es aus. »Das ist ja kaum zu glauben.«
Der Mann akzeptierte es gutwillig. Es wirkte beruhigend auf ihn wie eine bezahlte Rechnung und verstärkte sein Interesse an ihnen. Er schaute sie einen Augenblick lang an, den jungen Mann mit seinem undurchschaubaren Gesicht, der mit der Konzentration eines Vogels Bier trank, das Mädchen, das sein Glas abgesetzt hatte und mit den Händen auf den Knien eine Pause machte, als ob es drauf und dran wäre, etwas zu sagen, was es niemals sagen würde, sich eine Frage stellen würde, die es niemals beantworten würde.
Er erhob sich. »Ich glaube, daß Sie beide noch nicht lang verheiratet sind.«
Sie sah so aus, als ob sie nicht verstanden hätte, was er gesagt hatte, und dann schauten ihre Augen langsam auf den Ehering an ihrem Finger. Sie trug ihn noch, eher aus Aberglaube als aus Respekt vor dem Gesetz. Sie hatte ihn angesteckt, weil sie noch nicht legal geschieden war, und sic hatte das Gefühl, daß sie ihrem zukünftigen Leben nicht schaden wollte, indem sie den Vollzug der Scheidung vorwegnahm. Sie war sich der Scheinheiligkeit dieser Überlegung voll bewußt, aber das befreite sie nicht von dem Zwang, so zu denken. Sie sah, daß auch ihr Liebhaber auf den Ring schaute. Der Ring war ein Zeichen gewe-

sen, das das genaue Gegenteil von dem bedeutete, was man eigentlich erwartete. Als sie ihn bei ihren Treffen getragen hatte, hatte es bedeutet, daß er nichts zu fürchten hatte; sie fühlte sich frei von der Ehe und war sich nur der legalen Bedeutung dieser Bindung bewußt. Aber wenn sie ohne den Ring gekommen war, vermutete er angesichts ihrer ungeschmückten Hand, daß die alten Bindungen ihre Gültigkeit wiedererlangt hätten. Er vermutete, daß sie das Symbol an ihrem Finger nicht brauchte, weil die Ehe in ihrem Herzen noch lebendig war. Und von der Anwesenheit oder Abwesenheit dieses schmalen Ringes hatte die Balance zwischen soviel Hoffnung und soviel Schmerz abgehangen.

Während er sich die Pause zu erklären versuchte, sah der Mann langsam immer fröhlicher aus. Er wirkte so, als ob er den Männern an der Bar oder seiner rothaarigen Frau, die mit der Überlegenheit ihrer vollerblühten Sexualität darüber lachen würde, wieder eine neue »Flitterwochengeschichte« erzählen würde.

»Macht ja nichts. Merken Sie sich nur« – seine männliche Hand ruhte einen Augenblick lang auf dem Stuhl des jungen Mannes – »solange wie Sie sich lieben, ist alles o.k. Ich spreche aus Erfahrung.« Er wandte sich lächelnd zu ihnen um und verschwand im Speisesaal.

Beim Mittagessen sagte er: »Du läßt dich gehen, Theresa.« Das war charakteristisch für ihn; diese Wortwahl, diese gereizte Anschuldigung. Er hatte sie nie behandelt, wie sie gewöhnt war, behandelt zu werden, als das Wesen, deren Stimmung den Ton angab, nach dem sich die Stimmung der anderen in kleinlautem Respekt richten mußte. Als sie ihn anschaute, während er sich ein Butterbrot schmierte – es machte ihm nichts aus, was er aß oder wann, aber er aß immer mit großer Konzentration –, fühlte sie wieder diesen Rausch von Vergnügen, Besessenheit und Ungläubigkeit, den göttlichen, ungebetenen Wahnsinn, der sie heimsuchte, obwohl sie nicht daran glaubte; von dem sie wußte, daß er vergehen würde; von dem sie wußte, daß nichts im Leben, nicht einmal die wunderbaren Ressourcen des Geistes, ihm jemals gleichkommen würden. Sie liebte ihn so sehr, daß ihre Liebe ihn erleichtert über das menschliche Alltagsgeschwätz emporhob, über die Vergangenheit, als er anders gewesen war, und die Zukunft, wenn er verändert sein würde, und er für sie alles wurde, unabhängig von jeglicher Zeit. Aus Schwäche und Unangemessenheit sah sie, die niemals weinte, außer wenn nicht einmal ein Spiegel als Zeuge in der Nähe war, die Umrisse des Geschirrs durch Tränen verwackelt. Als er zulangte, schaute er auf und sah, wie sie, unfähig etwas zu essen, mit großen glasigen Augen vor sich hin starrte. Er sah weniger die Tränen als die mitleiderregende Haltung ihrer Schultern, die sie, wenn sie sie nur ganz still hielte, zu entschuldigen versuchten.

Plötzlich wurde er sehr sanft mit ihr, er fütterte sie fast, er half ihr mit einer besonderen Art von Beherrschung und Vernunft über die Mahlzeit und über die

Gesichter der anderen Leute hinweg. Er war ihr gegenüber immer sehr zärtlich gewesen, aber das jetzt war etwas anderes, etwas, was sie noch nie an ihm wahrgenommen hatte. Als sie wieder im Auto saßen und die Stadt hinter ihnen lag, erzählte sie ihm – das war ein Abladen fast im körperlichen Sinne, sie wollte, daß er sie davon befreite, daß er ihren Geist von dieser Last befreite, diese Last für sie weitertrüge – von der Erniedrigung, die sie idiotischerweise empfunden hatte. Sie verstand nämlich genau, daß ihr Verhalten nur auf einer oberflächlichen, unwichtigen Ebene mit dem der anderen Frau verglichen werden konnte. Selbst als sie das alles erwähnte – die Frau des Hotelbesitzers und das »Vertrauen«, die Falschheit, die Vulgarität, vor allem die Vulgarität –, kannte sie die Antworten, die sie erwarten konnte. Da war dieser ruhige, unbesiegbare Teil von ihr, der die Antworten kannte: Du hast den Mut gehabt, dir zu nehmen, was du haben willst, aber jetzt willst du auch noch ein braves Mädchen sein. Und snobistisch wie du bist, kannst du den Gedanken nicht ertragen, daß eine Frau, die von nichts außer ihren Brüsten eine Ahnung hat, vielleicht ganz genau die gleichen Gefühle hat wie eine Frau, die sich der ganzen Schönheit der Welt bewußt ist.
Aber er sprach die Antworten nicht aus. Er sprach keine davon aus. Sie saß da, starrte ihn an und verlangte nach Trost, verlangte nach Trost, und er spendete ihn ihr. In ihrer niedergeschlagenen Eindringlichkeit forderte sie ihn von ihm, und er gab ihn ihr. Nicht seine durchdringende Intuition, nicht seine

scharfe Logik; nur Trost, beruhigend. Beruhigend. Das war er, das war er noch niemals gewesen. Und dennoch war es ihr bekannt, und sie klammerte sich zufrieden seufzend mit geschlossenen Augen daran wie ein Kind, dem man ein altes Spielzeug gibt. Sie schaute gleichgültig zu, wie die Felder vorbeiflogen, und die Spannung in ihrer Brust löste sich wie ein wirkliches Schmelzen auf.

Sie lehnte sich leicht an seinen Arm. Alles ist vorbei, dachte sie, wir sind raus, wir sind frei, es ist wirklich passiert.

Und dann sah sie es plötzlich ganz anders. Beruhigend. So war ihr Mann zu ihr gewesen, sanft, beruhigend, wie ein Vater... Verzweiflung drohte ihr mit Panik.

Ich mach ihn genauso, dachte sie, *ich mach ihn zu dem, was ich schon immer gehabt habe.*

Protest und Verzweiflung schossen ihr durch die Adern, als ob sie gerade ein feuriges Getränk zu sich genommen hätte. Sie schlug innerlich um sich, um einen Ausweg zu finden, aber es gab kein Entkommen aus diesem Gefängnis, dessen Wände aus ihrer eigenen Haut bestanden und das von der Alarmanlage ihrer eigenen Nerven gesichert war. Sie holte tief Luft, um zu beichten, wandte sich an ihn – und begann, den Stoff ihres Kleides zu fälteln.

DIE BESIEGTEN

Meine Mutter wollte nicht, daß ich zu den Discountläden hinging, weil es dort stank und schmutzig war und die Schwarzen Tuberkuloseerreger in den Staub spuckten. Sie sagte, daß es nicht der richtige Ort für kleine Mädchen wäre.

Aber ich ging manchmal dorthin, am Nachmittag, wenn die Vier-Uhr-Stille die Häuser unserer Bergwerksiedlung umfing und die Sonne sie umspülte, wie die Meereswellen Strandburgen umspülen. Ich spürte, daß reges Leben dort in den Discountläden herrschte: Lärm und Bewegung und – ja, sogar schlechte Gerüche, und so lief ich die nackte Straße entlang, die heiße Sonne trocknete meine Nase innen unangenehm aus, und ich sah die unregelmäßige Reihe von weißen Läden wie ein Durcheinander von Schuhschachteln vor mir liegen.

Die Spuren von Leben, nach dem ich mich sehnte, waren bald ganz klar: Reich und sorglos vor Lebendigkeit quoll es aus den überfüllten Läden, und auf dem Veld darum herum lagen ausgesaugte Orangen und Fetzen schmutzigen Papieres und vermischten sich mit der schäbigen Leere, die so typisch für Erde ist, auf der viel herumgetrampelt wird. Ein fetter, einbeiniger Schwarzer saß mit der geduldigen Ent-

rücktheit eines Geschäftsmannes, der sich unersetzlich weiß, auf dem kahlen Veld neben dem Pfad, der von der Schwarzensiedlung herführte, sein Vorrat an Spazierstöcken stand mit zusammengebundenen Griffen da, die Stockspitzen spreizten sich wie ein Fächer, seine Pyramiden leuchtender, dünnhäutiger Orangen warteten. Manchmal hatte er auch Mais, diese großen, harten, ausgewachsenen Kolben mit Reihen von gelblichen Grabsteinen statt kleiner, perliger Zähne – und einen aus einer Paraffindose hergestellten Rost, um sie darauf zu rösten. Angelehnt an die angeschlagenen Straßenpforten gab es immer Verkäufer, die ihren kleinen Verdienst mit Bohnen machten, mit Kräutern, mit aus Kupferdraht getriebenen Armbändern, mit Strickmützen in wunderbaren Farben – die wie große, haarige Petunien blühten oder wie Sonnen unter den Stricknadeln von alten, alten schwarzen Frauen explodierten – und, natürlich, mit Orangen. Es gab überall Orangen; die vielen auf dem Bürgersteig dahinschlendernden Menschen aßen sie, als sie in die Schaufenster starrten, die Schwätzer, die mit fest um sich herum gezogenen Decken mit den Füßen im Dreck dasaßen, saugten sie aus, die Discountladenkatzen rochen an den Schalen, die hohlwangig in allen Eingängen herumlagen.
Oft mußte ich die dünne weiße Haut von da, wo sie gelandet war, auf meinem Schuh oder sogar auf meinem Kleid, abpflücken, nachlässig ausgespuckt von einem vollkommen beschäftigten Orangenesser, der gerade ein Hemd durch eine vom Atem beschlagene

Schaufensterscheibe hindurch betrachtete. Die wilden, unentschlossenen, schmutzigen Männer kamen aus der Dunkelheit des Bergwerks, und sie legten sich auf dem Veld in die Sonne, und an den Mund preßten sie die runde Frucht der Sonne; das war der Ausdruck dessen, was sie brauchten.

Ich schlängelte mich zwischen ihnen vor den Ladenfenstern durch, und für mich wurde der Ort aufregender: Die Luft wurde durch ihren nach Weihrauch riechenden Körpergeruch dicker, und wenn eine nackte Achselhöhle sich über meinem Kopf öffnete, versetzte mir ihr starker Schweißgeruch einen Schock. Das Geplapper ihrer Stimmen – immer laut, aber so glücklich, so wütend! – Und ihr riesiges Gelächter und die Verwunderung mit offenstehendem Mund, mit der sie jeden neuen Anblick begrüßten: ich fühlte vage den Zauber der Bücher, die ich gelesen hatte, zurückkehren; Märkte in Persien, Basare in Kairo ... Trotzdem paßte ich auf, daß sie nicht zu nah an mir vorbeistrichen, damit kein unbenennbares *Etwas* von ihren staubigen Decken oder zerrissenen Baumwollhosen auf mein sauberes Selbst hinüberkröche, und ich mochte nicht, wie sie, mit diesem entsetzlichen Gurgeln in der Kehle, in die Gosse spuckten, oder, noch schlimmer, die Nase laut zwischen Zeigefinger und Daumen schneuzten und den Rotz grauenhaft in die Luft schnickten.

Und ich mochte nicht den schweren, krankmachenden, fetten Aasgeruch, der dem Mund des Hotela la Bantu entströmte, wo die Schwarzen an zinnbeschichteten Tischen saßen und dampfende, farblose

Horrorbrocken aßen, die überhaupt nicht an Fleisch erinnerten, wie ich es kannte. Die Härchen auf meinen Armen sträubten sich vor Ekel vor den schwammigen Innereien, die in gräßlicher Verlockung am Fenster hingen, und vor dem blutbestickten Sägemehl, das im Eingang verstreut lag.

Ich weiß, daß ich mir überlegte, wie die Frauen der Ladenbesitzer, die auf Seifenkisten vor den Eingangstüren der Läden auf beiden Seiten des Eßlokals saßen, den Geruch dieses Rachens ertragen konnten. Wie sie wie Eidechsen in der Sonne sitzen konnten; und die ganze Zeit atmeten sie in dem Dunstkreis dieses Eßlokals: nahmen ihn in die Tiefen ihres Seins auf, während sich meine Kehle vor Ekel dagegen verschloß.

Dort traf ich an einem brennend heißen Nachmittag Mrs. Saiyetovitz. Sie war eine der Ladenbesitzerfrauen, und ich hatte sie schon oft gesehen, wie sie vor der tiefen, mit Decken verhangenen Höhle des Ladens ihres Mannes saß, in dem mit Flitterkram bedeckte Holztruhen schimmerten und ein rosa oder grünes Auge aus der Dunkelheit nach draußen warfen – sie trug ihre gebügelte Alpacaschürze, dickliche Knöchelwülste hingen ihr über die abgelaufenen Schuhe. Manchmal strickte sie, und manchmal saß sie einfach da. An diesem Tag hing ein kleines Mädchen an ihr und malte mit dem schmutzigen Zeigefinger auf die Schaufensterscheibe. Als das Kind sich umdrehte und mich ansah, erkannte ich es als eines der Mädchen aus »unserer Schule«; tatsächlich war es ein Mädchen aus meiner Klasse namens Miriam

Saiyetovitz. Ja, das war sein Name: Ich erinnerte mich daran, weil er häßlich war – mir taten Mädchen mit häßlichen Namen immer leid.

Miriam war ein zerzaustes, schwarzhaariges kleines Mädchen, das eine rote Spange im Haar trug. Jetzt erkannte sie mich, und wir standen da und schauten einander an. Plötzlich veränderte der dünne Namenszug »Miriam Saiyetovitz«, der wie das verschnörkelte Muster an einem schmiedeeisernen Tor war, mit nichts als Himmel dahinter, seine Perspektive in meinem Kopf, so daß ich jetzt zwischen den kalten, bogenförmigen M's und den steifen A's in diesem Tor ein Haus sah, ein Drunter und Drüber von Gebäuden und Blumen und herumspazierenden Gestalten, wo vorher nichts als der Himmel gewesen war. Miriam Saiyetovitz – und dies: hinter ihrem Namen und ihrem Schul-Ich die heiße und betriebsame Welt der Läden. Und ich lächelte sie sehr freundlich an.

Dadurch wußte sie, daß wir uns entschlossen hatten, einander zu erkennen, und sie schlängelte sich zu mir durch, um mit mir zu reden. Ich stand mit ihr im Ladeneingang ihres Vaters, und auch ich schrieb meinen Namen und zeichnete Katzen aus zwei großen O's und einem wurstartigen Schwanz mit der Spitze meines heißen, klebrigen Fingers auf die Scheibe. Natürlich stellte sie mich ihrer Mutter nicht direkt vor – Kinder stellen niemals ihre Mütter vor; sie lassen es nur durchblicken, indem sie sich beim Spielen nebenbei an die fragliche Frau wenden oder so mit ihr reden, daß das Verhältnis klar wird. Miriam ging zu ihrer Mutter und sagte etwas schüchtern: »Ma, ich kenn dieses Mädchen aus der Schule, wir sind in einer Klasse, kriegen wir eine rote Limonade?«

Und die Frau hob den Kopf. Sie saß breitbeinig da, so daß man es nicht vermeiden konnte, das Gummi am Knie ihrer gestreiften rosa Seidenunterhose, die über ihre Baumwollstrümpfe gezogen war, zu sehen, und sagte, herumschauend: »Nimm dir eine, nimm dir eine! Hol dir eine!«

Weil ich sie damals noch nicht kannte, dachte ich, daß sie verärgert wäre, sie sprach mit einer solchen Ungeduld; aber bald wußte ich, daß es nur ihre eifrige Großzügigkeit war, die Miriam fast grimmig alles erlaubte, sobald das Kind einen Wunsch äußerte. Mrs. Saiyetovitz schaute zu mir herüber, aber sie schien mich nicht sehr klar zu sehen: Wirklich, sie konnte es nicht, denn ihre kleinen, blassen, blassen Augen, die sich in ihr großes, einfaches, schweres Gesicht hinein verengten, mußten immer alles ganz genau anschauen und sahen es doch nicht klar.

Ich sah, daß sie sehr häßlich war.

Sie war häßlich, mit der stumpfen Häßlichkeit einer Kröte; die Häßlichkeit, die daher kam, scheinbar in keinem Element ganz zu Hause zu sein – als ob die Erde der falsche Platz wäre, zu schwer und magnetisch für eine Kreatur, die schon so stumpf war; und das Wasser wäre nicht besser: zu subtil und die Umrisse zu sehr brechend für eine derart ungraziöse Kreatur. Und dennoch wirkte ihre Häßlichkeit nicht abstoßend. Als ich älter wurde, überlegte ich mir oft, warum das so war; sie hätte abstoßend sein sollen, man hätte sich von ihr abwenden sollen, aber man tat es nicht. Sie war nur häßlich. Sie hatte die kurzen, verkümmerten, aber schweren Knochen, die aus der generationenlangen Unterdrückung in den Ghettos Europas herkamen; Brüste, Bauch, Hüften traurig zusammengedrückt, keine Größe, breite, starke Schultern und einen runden Rücken. Der Kopf saß direkt auf den Schultern, ohne Andeutung eines Halses, und das mausgraue glatte Haar war in Höhe der Ohren abgeschnitten. Ihre Gesichtszüge waren nicht wirklich semitisch; sie hatte überhaupt nichts *Definitives* an sich: Sie hatte keinerlei wie auch immer geartete Merkmale.

Miriam kam mit zwei Flaschen roter Limonade aus der Dunkelheit des Ladens zurück. Ein Djangaan kam gleichzeitig heraus, preßte ein in Zeitungspapier eingewickeltes Paket an sich, rätselte über die Handvoll Wechselgeld und schaute nicht, wohin er ging. Miriam überholte ihn, den staubigen Afrikaner mit der merkwürdigen Unsicherheit eines Höhlenmenschen, und dem Haar, das mit rotem Lehm zu wilden Spiralen aufgetürmt war. Mit einer schnellen Bewegung schlug sie die Kronkorken am zerkratzten Fensterrahmen ab und reichte mir meine Limonade. »Wo hast du die so schnell hergeholt?« fragte ich überrascht. Sie deutete mit dem Kopf zum Laden zurück: »Aus der Küche«, sagte sie – und wandte sich der Flasche zu.

Und so erfuhr ich, daß die Saiyetovitz' dort, hinter dem Discountladen, lebten.

Samstag nachmittags war am meisten los. Mrs. Saiyetovitz' Kiste stand unbesetzt draußen, und sie half ihrem Mann im Laden. Samstag nachmittags war normalerweise auch mein Nachmittag, um dorthin zu gehen; meine Mutter und mein Vater gingen Golf spielen, und ich wurde bei der tickenden Uhr, dem schnurrenden Monolog unserer Katze und den Tauben, die durch den leeren Garten gurrten, zurückgelassen.

Samstags war jeder Eingang verstopft; ein nie abreißender Menschenstrom schob sich die Bürgersteige auf und ab; Fliegen surrten über den Köpfen herum, die Luft roch heißer, und aus jeder Ladentür erklang das oft wiederholte, hohe, jammernde Geplärr der Eingeborenensongs und vermischte sich unharmonisch mit der Melodie der Platte, die im nächsten Laden gespielt wurde.

Der Bruder von Miriams Mutter war der Besitzer des Hotela la Bantu, und einem anderen Onkel gehörte das Fahrradgeschäft zwei Läden weiter. Manchmal mußte sie im Fahrradgeschäft etwas ausrichten, und ich ging mit ihr hinein. Einzelne Ersatzräder hingen von der Decke herab, da war eine angeschlagene Holztheke mit einem Haufen Blechschachteln mit Fahrradflickzeug darauf, ein, zwei Nähmaschinen standen zum Verkauf herum, und im Fenster lagen Klingeln und Pumpen und aus Blech ausgeschnittene, gelb und rot angemalte Maskottchen als Schmuck für die Fahrradlenker. Uns wurde immer eine Limonade vom Onkel angeboten, und wir nahmen sie immer an. Zu Hause durfte ich nicht unbe-

grenzt Limonade trinken; sie konnte »mir den Appetit verderben«; aber Miriam trank immer, wenn sie Lust darauf hatte.
Miriam schlängelte sich zwischen den vom Staub grauen Körpern der Schwarzen hinein und hinaus – ihre seidige, braune Haut stirbt in dem feuchten Mief unter der Erde: nach ein paar Monaten im Bergwerk sieht sie nur noch müde aus – und blickte mit der ihr eigenen ruhigen, beherrschten Art auf ihre Umgebung. Wie jemand, der auf einem Ameisenhaufen sitzt; sie herumkriechen läßt, sie überall auf sich herumkrabbeln läßt. Keine Hand hebt, um sie wegzuschnippen; sie nicht angeekelt anschreit; noch etwas erklärt und sagt: Nun, ich *mag* Ameisen. Einfach dasitzt und sie herumkrabbeln läßt und aussieht, als ob er schaut und fragt: Was für Ameisen? Von welchen Ameisen sprichst du eigentlich? Ich kicherte und schauderte aufgeregt zusammen beim Anblick von von Spinnweben umgebenen Schlangenhäuten, die hinter dem schmutzigen kleinen Schaufenster der Apotheke verrotteten, aber Miriam zupfte mich am Kleid und sagte: »Ach, komm schon –« Ich begeisterte mich für die purpurroten und roten Hemden, die zwischen den toten Fliegen in wunderbarem Durcheinander in Saiyetovitz' Schaufenster lagen, aber Miriam erzählte mir von ihrem Musikexamen im September und zog bei der Unterbrechung nur die Stirn kraus. Ich näherte mich der Verwirrung der Pubertät und empfand manchmal eine unangenehme, entsetzliche, faszinierende Neugier – wie der kopflose Wurm, der voll Scham im Boden meiner

Seele versteckt lag–, die mir beim Anblick der tierischen Selbstverständlichkeit der schwarzen, männlichen, knapp bekleideten Körper bewußt wurde; aber der Anfall meines schlechten Gewissens fand keinen Widerhall in Miriam, obwohl sie genauso alt war wie ich.

Wenn mich der Anblick eines Jungen, der seine Unterhaltung unterbrach, um einen oder zwei Meter ins Veld zu treten und sich dort zu erleichtern, mit Wut und echter Abscheu erfüllte, so daß ich fortgehen und Blumen anschauen wollte – schien Miriam das gar nicht zu sehen.

Es dauerte ziemlich lang, bis sie mich in den Laden ihres Vaters mit hineinnahm.

Monatelang blieb er eine vage, dunkle, staubige Welt jenseits des mit Decken verhängten Eingangs, in die hinein sie verschlungen wurde und wieder erschien, während ich draußen wartete bei den Jungen, die in die Schaufenster schauten und schauten und schauten. Dann blieb sie eines Tages beim Hineingehen stehen und sagte plötzlich und ruhig: »Kommst du nicht mit ...?« Ohne ein Wort folgte ich ihr hinein.

Es war kühl im Laden; und die Kühle war eine Überraschung. Vom sonnennackten Bürgersteig in den Laden hinein, der kühl war wie ein Keller! Licht tanzte nur verstohlen die Falten der Decken entlang, die von der Ladendecke herabhingen: verschwiegen knisternde und heimliche kleine Feuer in der gelockten Wolle. Die Decken waren dunkle Wandbehänge in stolzen Farben, kühn und urweltlich. Sie hingen wie dunkle Stalaktiten in der Höhle, still und schwer, tauschten nur die eigenen Farben untereinander aus. Sie brüteten über dem Laden; und über Mr. Saiyetovitz dort unten, der über den abgelaufenen Zementboden mit der verärgerten Miene dessen schritt, der es so gut macht, wie er nur kann, aber . . . Ich hatte ihn schon vorher kurz zu sehen bekommen. Er lag in den Tiefen seines Ladens wie ein Tier in seiner Höhle auf der Lauer, und dann und wann hatte ich sein blasses teigiges Gesicht gesehen mit der breiten Oberlippe, unter der die Unterlippe sich bedrückt und kurzatmig schloß.

John Saiyetovitz (er hieß wirklich ganz und gar nicht John – er hieß Yanka, aber als er vor langer Zeit in Kapstadt ankam, waren es die Beamten der Einwanderungsbehörde leid, so zu tun, als ob sie die unbekannten Namen der Einwanderer kannten und buchstabieren konnten, und als sie »Saiyetovitz« endlich richtig geschrieben hatten, hatten sie keinerlei Lust mehr, sich den Kopf über »Yanka« zu zerbrechen, und kritzelten John in seine Papiere, und seitdem hieß er John) – John Saiyetovitz war ein sanfter Mann, fast so sanft wie ein Galgenvogel, aber wenn er Geschäfte mit den Schwarzen machte, schienen merkwürdige Windstöße von Kraft in seiner Seele aufzufliegen. Afrikaner sind die langsamsten Käufer der Welt; für sie ist das Kaufen ein Ritual, ein langsames und ernstes Unternehmen. Sie müssen vorsichtig vorgehen; sie vermuten nervös überall Fallen. Und wenn sie einer Auswahl von verschiedenen Arten des Dinges, das sie wollen, gegenüberstehen, sind sie so verwirrt wie ein Kind vor einem Kuchenteller;

sie tasten herum, zögern, dies oder das ...? An einem geschäftigen Samstag muß ihnen erlaubt werden, endlos im Laden herumzustehen, herumzuschauen, den Kopf zu schütteln und ein profundes »Oje!« zu äußern; wegzuschlendern; ihre Nasen wieder gegen das Fenster zu drücken; wiederzukommen. Und Mr. Saiyetovitz – immer derselbe, unrasiert und ohne Kragen – zerrt eine Decke aus den Regalen, wirft sie auf die Theke – und noch eine, und dann noch eine, und steht mit herabhängenden Armen verdrossen und voll unterdrückter Wut vor dem ausdrucksvollen Käufer. Der Junge mit seiner hilflosen Haltung rollt in der Qual der Entscheidung die Augen zum Himmel, füllt den Laden mit dem krankmachenden Geruch seines Angstschweißes und preßt seine wertvolle Gitarre an sich.

Abwarten, abwarten.

Und dann wendet sich Mr. Saiyetovitz mit einem Ausdruck von Wut und Ablehnung ab; ist mir vollkommen egal, macht mich krank. Und der Junge tritt angespannt nach vorn, um den Stoff noch einmal zu befühlen, und die ganze Prozedur beginnt noch einmal von vorn; noch mehr Decken, verschiedene Farben, aus dem Regal und von den Haken an der Decke – Stalaktiten, die zu Wollhaufen zusammenfallen, über denen gebrütet wird. Mr. Saiyetovitz wirft sie herab, mischt jetzt Wut hinein und drängt den Jungen dann grob zu einer Entscheidung. Er schreit ihn an, drückt ihm sein erworbenes Bündel in den Arm, schnappt das Geld und weist ihn einschüchternd aus dem Laden.

Mr. Saiyetovitz ging ehrlich mit den Schwarzen um, aber widerwillig. Er zwang sie, ihre Unwissenheit zu erkennen, ihre Unzulänglichkeit und ihre Unterwerfung unter die Welt des Geldes des weißen Mannes. Er mißhandelte sie seelisch und schlug bitter seinen Nagel in den Sarg ihres Selbstvertrauens.
Mit mir war er schüchtern, er grinste breit, und seine Hand griff nach dem Knopf, der locker am Kragen seines halbgeöffneten Hemdes baumelte, und fuhr sich wie entschuldigend über die stoppelige Landschaft seines Kiefers. Er nannte mich immer »kleines Mädchen«, und er sprach gern so mit mir, wie er glaubte, daß Kinder das haben wollten, aber ich fand es sehr schwer, ihm zu antworten, weil sein Englisch so gebrochen und unvollständig war. Also stand ich da und sagte, ja, Mr. Saiyetovitz, und lächelte zurück und sagte vielen Dank! auf alles hin, was wie eine Frage klang, weil er normalerweise fragte, ob ich eine Limonade wollte, was natürlich normalerweise so war.

Das erste Mal, als Miriam jemals zu mir nach Hause kam, war an dem Tag, an dem meine Geburtstagsparty stattfand.
Unser Verhältnis in der Schule war dasselbe geblieben wie zuvor, sie hatte ihre Freundinnen, und ich hatte meine, aber außerhalb der Schule gab es diese merkwürdige Ebene der Intimität, auf der wir uns überraschend getroffen hatten und von der nur wir allein etwas wußten.
Ich hatte Miriams Namen auf meine Gästeliste ge-

setzt; sie wurde eingeladen; und sie kam. Sie trug ein blaues Taftkleid, das Mrs. Saiyetovitz ihr genäht hatte (vermutlich auf der alten Singer-Nähmaschine auf der Theke im Laden), und es war ganz hübsch, wenn auch ein bißchen zu gerüscht. Mein Zuhause war schön und gut eingerichtet und voll Blumen und vom persönlichen Geschmack meiner Mutter geprägt; wir hatten viel Platz, und alles glänzte. Miriam schaute sich nichts an; ich sah, wie sie im Vorbeigehen eine Vase mit babyrosa Rosen streifte, aber sie sah den ganzen Nachmittag lang so gleichgültig wie bei sich zu Hause aus.

Am nächsten Samstag im Laden unterhielten wir uns über die Party. Miriam erzählte Mrs. Saiyetovitz, was ich bekommen hatte, und ich stand angenehm peinlich berührt ob meiner eigenen Wichtigkeit dabei.

»Nun, so Gott will, Miri«, sagte Mrs. Saiyetovitz abschließend, »kriegst du auch eine Party an deinem Geburtstag im April ... Dann sind wir im Haus, und alles ist schön, ganz so, wie du's willst.« – Sie verließen die Räume hinter dem Laden – die klagenden grünen Plüschvorhänge, die den Boden zwischen dem Schlafzimmer und dem Wohnzimmer verdüsterten; den angelaufenen Samovar, die schwarzen Käfer in der kleinen Küche; Miriams altes schwarzes Klavier mit den Kerzenleuchtern, das leise im zugigen Flur röchelte; den feuchten Hof voller Pfützen, angefüllt mit Verpackungen und Eier- und Bananenschalen; den vorbeiziehenden Geruch nach gebratenem Fisch. Sie würden in einem kleinen Haus in einer Ortschaft in der Nähe wohnen.

Aber im April nahm Miriam zehn ihrer Freunde zur Feier ihres Geburtstags in die Nachmittagsvorstellung im Kino mit. »Und hinterher Eis in Costas Café«, sagte sie zu ihrer Mutter und schaute über ihren Kopf hinweg. Ich glaube, Mrs. Saiyetovitz war von der Party enttäuscht, aber sie überlegte sich wohl, wie immer, daß ihre Tochter zur Schule ging, eine Erziehung genoß und Englisch sprechen konnte, während sie selbst nichts wußte, ganz und gar nicht klug war und ihre kleine Tochter daher am besten wissen müßte, was richtig und was *schön* war.

Ich weiß, was ich natürlich damals nicht wußte: daß Miriam Saiyetovitz und ich intelligente kleine Mädchen waren, in deren Köpfe niemals der seltsame und wunderbare Blitz des Geniestreiches eingeschlagen hatte und niemals einschlagen würde. Wir hatten einen alabasterartigen Intellekt: klar, perfekt, hell; keine Schichten von dunklem, unbekanntem Granit mußten durchstoßen werden, um verborgene Adern von leuchtender Helligkeit wie dünnes Gold zu enthüllen, das zwischen den Schichten lagert. Wir eigneten uns dazu, gute Lehrerinnen oder Sekretärinnen zu werden; wir machten alles gut, nichts schlecht, nichts außergewöhnlich. Aber für die Saiyetovitz' leuchtete Miriams Geist wie die Sonne und wärmte ihre Bescheidenheit.

Im jährlichen Aufstieg in die nächsthöhere Klasse blieben unsere Klassenkameraden einer nach dem anderen zurück; so wie Sämlinge bis zu einem gewissen Grad ihrer Entwicklung gemeinsam heranwachsen und dann durch einen unerklärlichen Prozeß natürlicher Auslese einer oder zwei weiterwachsen und sich in die Luft hineinverästeln, während die anderen verdorren oder klein blieben. Die anderen Mädchen verließen uns, um Kurzschrift und Maschinenschreiben zu lernen: Sie wurden von der Notwendigkeit, Geld zu verdienen, ausgesiebt. Oder zogen um und besuchten andere Schulen: wurden in ihren eigenen Boden versetzt. Miriam und ich blieben da, wuchsen gerade und regelmäßig...

Während unseres letzten Schuljahres überfiel uns beide ein tiefes Erstaunen über die nahe bevorstehende Veränderung. Die Aufregung, etwas abzuschließen, bedeutet auch einen Anfang. Wir nahmen das beide aneinander wahr und kamen einander mit einer neuen Ernsthaftigkeit noch näher. Miriam kam, um mit mir bei mir zu Hause im Garten zu lernen, und öfter denn je rannte ich zu den Discountläden hin, um ein Buch auszutauschen oder über eine Aufgabe mit ihr zu reden. Denn obwohl sie jetzt ein Haus hatten, lebten die Saiyetovitz' immer noch, dem weiteren Wortsinne nach, im Laden. Wenn Miriam und ich über unsere Hausaufgaben redeten, schlichen die Saiyetovitz' sehr leise herum und sprachen nur respektvoll flüsternd miteinander.

Es war während dieses Jahres, als sich das Wunder unserer eigenen Lernfähigkeit ausbreitete und in uns entflammte wie ein Buschfeuer, daß wir begannen von der Universität zu sprechen. Und, ganz plötzlich, sprachen wir von nichts anderem mehr. Ich redete mit meinem Vater darüber, und er war einverstanden, obwohl meine Mutter fand, daß ein Mädchen etwas Besseres mit seiner Zeit anfangen könnte. Aber solange mein Vater bereit war, mich hinzuschicken, wußte ich, daß ich es tun sollte. O ja, sagte Miriam. Sie mochte meinen Vater sehr, ich wußte das. Tatsächlich sagte sie mir einmal – es war merkwürdig, so etwas zu sagen, und sie sagte es sehr gefühlvoll und zu einer komischen Zeit, denn wir fuhren mit dem Bus in die Stadt, um einen neuen Wintermantel zu kaufen, den sie sich sehr gewünscht und von dem sie seit Tagen sehnsüchtig gesprochen hatte, und ihr Vater hatte ihr gerade das Geld gegeben, um ihn zu kaufen – sie sagte zu mir: Weißt du, ich finde deinen Vater ganz in Ordnung. – Ich meine, wenn man sich jemanden aussuchen müßte, eine bestimmte Person als Vater, na ja, dein Vater wäre gerade der richtige.

Als sie das Thema Universität bei ihren Eltern anschnitt, waren sie auch damit einverstanden, daß sie hingehen sollte. Tatsächlich wollten sie es fast mehr als sie selbst. Aber sie machten sich große Sorgen über die finanzielle Seite. Jedesmal, wenn ich in den Laden ging, war eine Diskussion im Gang, wie es zu schaffen wäre, Saiyetovitz kaute langsam auf seinem Knoblauchwurstbrot herum und machte sich Sorgen. Miriam machte sich keine Sorgen; sie treiben das Geld schon auf, sagte sie. Sie war jetzt ein großes Mädchen mit schönen Brüsten und einem großen, dunklen Gesicht, das elegant wirken konnte, obwohl sie den bedrückt wirkenden Mund ihres Vaters hatte und ein leichter, dunkler Flaum über der Oberlippe ein zur Körperfülle neigendes mittleres Lebensalter erwarten ließ. Ihre Eltern waren Bauern. Aber sie war eine kraftvolle junge Jüdin. Neben ihr fühlte ich mich blaß mit meiner rötlichblonden schottischen Art: mit leichtem Strich skizziert, während sie in Öl gemalt war.

Wir schafften beide den Schulabschluß; nicht so gut, wie wir es erwarten konnten, aber gut genug; und wir gingen zur Universität. Und auch dort waren wir gut genug. Wir hatten uns beide für dasselbe Studium entschlossen: Wir wollten unterrichten. Letzten Endes war es das einzige gewesen, was in Frage gekommen war. Keine von uns beiden hatte irgendeine besondere Neigung.

Es muß ein harter Kampf für die Saiyetovitz' gewesen sein, Miriam das Studium zu ermöglichen, ihr Kleidung zu kaufen und für Kost und Logis in Johannesburg zu zahlen. Man kann mit Handelskonzessionen für Schwarze, die man bei der Regierung kaufen kann, viel Geld machen, und man braucht keine Spezialausbildung, um das zu können – tatsächlich scheinen Geschäfte dieser Art nach ganz anderen Regeln zu funktionieren: Man braucht dazu eine instinktive Bauernschläue, über die nur ungebildete Leute verfügen, die ihre eigenen Mittel aufgebraucht haben. Ladenbesitzer mit dieser Bauernschläue machten rund um Mr. Saiyetovitz viel Geld, kauften Häuser und Autos und schmückten die Hände ihrer Frauen, die nichts mehr tun mußten, als Beweis für ihren neuen Müßiggang mit Diamanten. Aber Mr.

Saiyetovitz war ein Bauer ohne jede Bauernschläue; er verfügte nicht über diesen kleinen Fehler in seiner Einfachheit, mit dem er Schecks und Übertragungsurkunden hätte unterzeichnen können, selbst wenn er nicht in der Lage gewesen wäre, das Kleingedruckte auf den Dokumenten zu lesen ... Ohne diese Begabung bleibt den Bauern nur eins übrig: harte Arbeit, Drecksarbeit, mit dem süßen, überwältigenden Körpergeruch der Schwarzen den ganzen Tag um ihn herum. Saiyetovitz machte kein Geld: Er arbeitete nur hart und lang, stand mit seinem feuchten Hemd mitten im Lärm des Ladens und hatte den Todesgeruch des Speiselokals immer in der Nase.

Währenddessen wuchs sich Miriam zu einer Dame aus. Sie gewöhnte sich ein halb gelangweiltes, halb intolerantes Achselzucken an, das an Stelle ihrer kindlichen Spitzzüngigkeit trat, die durch die Härte des schweren Lebens und die scharfen Kontraste immer wieder spitz gefeilt worden war. Ihre Stimme wurde sanft, die vorher laut und fröhlich gewesen war. Sie beobachtete und paßte sich an; und nahm bald die liberale Einstellung an, die die Türen des Geistes nachlässig offenstehen läßt, so daß jede Idee hinein- und hinauswandern kann, ohne großen Eindruck zu hinterlassen: Sie schätzte Bach und Strawinsky und hörte in der Wohnung von irgend jemandem im Dunkeln einen ganzen Abend lang Swingmusik.

Rasse und Weltanschauung hatten Miriam und mir nie viel bedeutet; aber in der Universität schloß sie sich wie selbstverständlich den jungen Juden an, die leicht und begeistert, mit der außergewöhnlichen Fähigkeit ihrer Rasse für kreative und wissenschaftliche Arbeit, das Medizinstudium absolvierten. Sie mochten sie; sie wurde zu ihnen nach Hause zum Tennisspielen eingeladen, zum Schwimmen am Sonntag, zu Tanzveranstaltungen, und sie schien ebenso unbeeindruckt vom Luxus ihrer Zehntausend-Pfund-Häuser zu sein, wie sie es vor langer Zeit vom Kontrast unseres sauberen, schönen kleinen Hauses gewesen war, als sie selbst hinter dem Discountladen wohnte.

Einen Teil der Ferien verbrachte sie normalerweise mit Freunden in Johannesburg; ich vermißte sie – und lief in der Bergwerksiedlung herum, inzwischen ohne Kontakt zu den Mädchen, die ich in der Begrenztheit des kleinen Ortes zurückgelassen hatte. Während der zweiten Hälfte der Juliferien – sie war die ersten zwei Wochen in Johannesburg geblieben – fragte sie mich, ob sie kommen und den Sonntag bei mir zu Hause verbringen könnte. Am Nachmittag fuhr einer der Medizinstudenten mit seinem kleinen Auto vor unserem Haus vor; Miriam hatte ihm offenbar erzählt, daß sie bei uns sein würde. Ich vermutete, daß ihre Eltern nichts von dem Besuch des jungen Mannes wußten, und sprach vor ihnen auch nicht davon.

So gingen die vier Jahre unserer Ausbildung vorbei. Miriam Saiyetovitz und ich waren wie zwei Blätter Seite an Seite in dieselbe Strömung gefallen und waren zusammen stromabwärts getrieben worden: Jetzt begegnete die Strömung einem Wirbel, in dem

Baumstämme kreisten, und der Kraft anderer Gewässer und floß in verschiedene Richtungen weiter. Die Blätter schwammen weiter; getrennt voneinander. Miriam bekam eine Lehrerstelle in Johannesburg, aber ich wurde an eine kleine Schule im Norden von Transvaal versetzt. Während der ersten sechs Monate unseres Erwachsenenlebens trafen wir uns selten: Miriam fuhr während der Ferien nach Kapstadt, und ich flog mit dem ersten Geld meiner Unabhängigkeit nach Rhodesien. Dann kam der Krieg, und ich trat, froh, dem Beruf, dem ich einmal mit so großer Begeisterung entgegengefiebert hatte, so schnell zu entkommen, in den Sanitätsdienst ein und verschwand für die lange, merkwürdige Zwischenzeit von vier Jahren. Während ich in einem Feldlazarett in Italien war, hörte ich, daß Miriam geheiratet hatte – einen Doktor Sowieso: mein Informant wußte den Namen nicht. Ich vermutete, daß es einer der Jungen sein mußte, die sie als Studenten gekannt hatte. Ich schickte ein Glückwunschtelegramm an die Adresse der Saiyetovitz'.

Und dann kam ich eines Tages in die kleine Bergwerkstadt zurück und fand dort alles beim alten; wie ein Gesicht, das lange Zeit gewartet hatte. Meine Mutter und mein Vater, die großen Räder des Schachts drehten sich, die Bäume entfalteten ihre Flügel um die Berkwerkhäuser herum; und unser Haus mit dem grünen, quadratischen Rasen und der Katze, die Tauben beobachtete. Die ersten paar Wochen suchte ich nach dem alten Leben, tastete mich

durch einen Traum, der der alten Realität so sehr entsprach, daß es weh tat.
An einem Nachmittag hatte ich ein Gefühl, das meine Gliedmaßen vor Vertrautheit kribbeln ließ ... Was war das? Und dann, auf unserem Rasen unter dem heißen Himmel liegend, wußte ich es: Genau diese Art von grellem Sommernachmittag ließ mich zu den Discountläden hingehen, da ich mir in der Hitze sehr allein vorkam. Sofort dachte ich an die Saiyetovitz', und ich wollte hingehen und sie besuchen, nachsehen, ob sie noch da waren, erfahren, was Miriam machte; wo sie jetzt war.
In den Läden ging es wie immer zu, nur schmutziger, kleiner, noch abgewetzter und verschmierter – so wie die Realität oft ist im Kontrast zu dem Bild, das man lange mit sich herumträgt. Als ich über den löchrigen Gehweg ging, mit den skelettartig dünnen Katzen, den Orangenschalen und den Spuckfladen, schnürte sich mir der Hals beim Gedanken an die Saiyetovitz' zusammen. Ich war aufgeregt, den Laden wiederzusehen. Und da war er; und die Erregung verebbte angesichts der monotonen Evidenz der »Dinge«. Decken schwangen leicht im Eingang. Fliegen krochen zwischen den im Schaufenster ausgelegten Hemden und Schuhen herum, der heiße, dampfige, Übelkeit erregende fette Geruch wehte vom Eßlokal herüber. Ich reagierte mit dem alten Abscheu: es war so, als ob man im Bauch von jemandem atmen sollte. Und im Laden saßen die alten Saiyetovitz' bedrückt zwischen den glitzernden Blechtruhen, unter den geheimnisvoll flüsternden Decken mürrisch da, gedul-

dig, und warteten ... Wie Tiere, die in einem Käfig warten; auf nichts.
Trotz ihrer Freude, mich zu sehen, erkannte ich, daß sie älter geworden waren, trauriger; daß ihre eigene Bescheidenheit sie irgendwie niederdrückte, daß sie ohne ein Ziel waren, auf das sie ihre Augen richten konnten. Auf was auch immer sie jetzt den Blick richteten, es war flach.
Mr. Saiyetovitz' Mund hatte sich weiter in die toten Falten seines Kinns zurückgezogen; sein Haar wucherte an den Rändern seiner Ohren. Als er mit mir sprach, bemerkte ich, daß seine Hände mit einer merkwürdig hilflosen Gleichgültigkeit zusammengerollt auf der Ladentheke lagen. Mrs. Saiyetovitz verzog sich sofort in den hinteren Teil des Ladens, um mir eine Tasse Tee zu machen, und trug sie herein, wobei der Tee in die Untertasse schwappte. Sie war jetzt häßlicher denn je, ihr Rücken war gebeugt, ihre alten, dicken Beine wegen der Krampfadern gewickelt. Und ich sah auch, daß sie schlechter sah: sie hatte diesen forschenden Blick von Blinden oder Tauben, die einen unsicher anlächeln.
Das Gespräch kam fast sofort auf Miriam, und als sie meine Fragen nach ihr beantworteten, sah ich, wie sie ihren Schwung verloren. Ja, sie war verheiratet; hatte einen Doktor geheiratet – ein Fünkchen Stolz flackerte in dem alten Mann auf. Sie lebte in Johannesburg. Ihr Mann war beruflich sehr erfolgreich. Da war eine Fotografie von ihrem Haus, in einem der besseren Vororte; ein großes, weißes, modernes Gebäude mit Blumenbeeten und einem Fischteich. Und

da war Miris kleiner Junge, der auf seiner Schaukel saß; und eine Porträtaufnahme von ihm mit seiner Mutter.
Da war das Gesicht von Miriam Saiyetovitz, zuversichtlich, sorgfältig geschminkt, umrahmt von der Vorstellung eines guten Friseurs von ihrem dunklen Haar, und lächelte königinnengleich über dem Gesicht ihres Kindes. Eine Hand lag auf der Schulter des Kindes, eine glatte Hand mit großen, schlichten, teuren Diamantringen. Ihre Brust war jetzt stolz und rund – etwas zu schwer, etwas überreif bei diesem leichten Leben.
Ich konnte an ihrem Gesicht sehen, daß sie vieles vergessen hatte.
Als seine Frau in den hinteren Teil des Ladens gegangen war, um meine Tasse Tee nachzufüllen, verstummte der alte Saiyetovitz, schaute auf die Hand, die vor ihm auf der Theke lag, die Finger bewegten sich leicht unter seinem Blick.
Es kommt nicht so, wie man es glaubt, sagte er, es kommt nicht so, wie man es glaubt.
Er schaute beruhigend lächelnd zu mir auf.
Und dann erzählte er mir, daß sie Miriams kleinen Jungen seit seiner Geburt nur dreimal gesehen hatten. Miriam sahen sie kaum jemals; ihren Mann nie. Ein- bis zweimal im Jahr kam sie aus Johannesburg, um sie zu besuchen, blieb eine Stunde lang an einem Sonntagnachmittag da und fuhr dann wieder in die Stadt zurück. Sie hatte ihre Eltern kein einziges Mal zu sich nach Hause eingeladen; sie waren nur einmal dort gewesen, anläßlich der Geburt des Enkelsohnes.

Mrs. Saiyetovitz kam in den Laden zurück. Sie schien zu wissen, über was wir gesprochen hatten. Sie setzte sich auf eine glitzerrote Blechtruhe und faltete die Arme über der Brust. Ach ja, keuchte sie, ach ja ...
Ich stand da in Miriams Schuld vor den Saiyetovitz', und sie schwiegen, in der Anschuldigung der Bescheidenheit.

Aber kurz darauf schlenderte ein Swazi in einer tabakfarbenen Decke verträumt in den Laden, und Mr. Saiyetovitz erhob sich, voll und ganz besiegt.
Durch den tanzenden Staub in dem einsamen Laden und die zitternde Angst um den Kopf des Schwarzen herum und den leuchtenden, heißen Tanz der Dekken und die entsetzliche Unterwürfigkeit der Stimme von Mrs. Saiyetovitz in meinem Ohr hörte ich seine Stimme, die wie eine Schlange meinen Glauben traf: wütend und einschüchternd, mürrisch und kurz angebunden, dem Schwachen noch einen Tritt versetzend.
Mr. Saiyetovitz und der Schwarze.
Besiegt und ohne Verständnis für ihre Niederlage.

EINE ALLTÄGLICHE GESCHICHTE

Einmal Musiklehrer, immer Musiklehrer, hatte ihre Mutter gesagt. Aber es war ihr wirklich so viel schöner vorgekommen, als den ganzen Tag lang in einem Laden oder einem Büro zu arbeiten. Es hatte etwas Kultiviertes, sagen zu können: »Ich habe meine Vormittage für mich, weißt du.« Wenn ihre Schwester aufgebrochen war, um in dem kleinen braunen Käfig über der Ladentheke im Textilgeschäft Wechselgeld hinzuzählen, konnte sie auf der Stoep in der Sonne sitzen und ein bißchen nähen; erst nach der Schule, wenn sic ihr frühes Lunch schon eingenommen hatte, kamen die Schüler im regelmäßigen Halbstundentakt.

Am Anfang hatte sie geglaubt, eine Menge mit ihrer »freien Zeit« anfangen zu können, aber die fünf Vormittage vergingen mit dem Einkaufen für ihre Mutter oder dem Auswischen der Schränke; das vage Versprechen verflog und wurde bald vergessen. In ihrem Beruf – als den sie ihre Tätigkeit ansah – passierte nicht viel. Zweimal im Jahr hatten die Schüler ein Examen, und einmal im Jahr, an Weihnachten, machte sie eine Party für sie, mit »Festkleidung« und Wackelpudding und Bonbons, die laut ihrer Mutter »wirklich gut genug« waren. Sie unterrichtete jeden

Nachmittag von zwei bis sechs, außer samstags, wo sie nur vormittags unterrichtete. Und vor ihrer Ehe hatte sie montags und mittwochs eine Theorieklasse gehabt, die jetzt mittwochs und freitags stattfand, weil Montag Waschtag war.

Es war sehr praktisch, daß sie »ihre Musik hatte«, und nach der Verheiratung weiter unterrichten konnte. Sie war achtundzwanzig und ein hochgewachsenes, blasses, sommersprossiges Mädchen mit mürrischer Miene, was ungerecht war, da sie gutherzig war, und sie heiratete den einzigen Mann, der um ihre Hand bat: einen stillen, kleingesichtigen Installateur, der seit ein paar Jahren mit ihrem Vater zusammen im Bergwerk arbeitete. Er war schon einmal verheiratet gewesen und hatte eine unterwürfige Natur, als ob irgendwann einmal etwas seinen Geist niedergedrückt und einen tiefen Eindruck hinterlassen hätte. Er fuhr jeden Morgen um sechs auf einem Motorrad zur Arbeit, trug seine alte Arbeitskleidung und eine abgewetzte blaue Kappe, und kam jeden Nachmittag um halb fünf schmutziger und stiller nach Hause zurück. Sein Verdienst reichte nicht aus, um die Miete für das kleine, mit Rauhputz versehene Haus, die Raten für die Möbel und das Essen zu bezahlen. Deshalb war es sehr nützlich, daß Agnes ihre Musik hatte.

Das Holzschild, auf dem »Miss Agnes Bretherton, A.T.C.L., Klavierlehrerin, Theorie und Harmonielehre« gemalt stand, wurde aus dem Garten ihrer Eltern in ihren eigenen Vorgarten gebracht. Dort hing es jahraus, jahrein, während jeden Nachmittag von zwei bis sechs die Prozession der Kinder, die das Gartentor kreischend hinter sich zuschlugen, herein- und herauskam. Das Tor quietschte, wenn sie es öffneten, und kreischte, wenn sie es schlossen; sie wollte ihren Mann bitten, es zu ölen, aber aus irgendeinem Grund wurde es nie gemacht, und das Tor wurde älter und rostiger, das Quietschen wurde schriller: aber es half, eine Stunde von der nächsten abzugrenzen; wenn sie es hörte – krrrk! –, hob sie ihre Hände von den Tasten der hohen Töne rechts am Klavier, wo unter ihren geübten Fingern das erklang, was die Schülerin ein paar Oktaven tiefer in der Hauptmelodie zaghaft andeutete, erhob sich vom Stuhl und versah eine Czerny-Etüde am Ende der Notenzeile mit dem Datum. »Üb das bis zum nächsten Mal, meine Liebe.«

Und diese Stunde war vorbei; und die nächste begann gleich, wenn das nächste kleine Mädchen die Stufen hochpolterte.

Sie hatte zwei Babys; ihr langer, saftloser Körper kehrte nach diesem kurzen Blühen bald zu seiner winterlichen Kahlheit zurück. Man fand es erstaunlich, wie die Kinder den Nachmittag verschliefen, während Tonleitern durch die Luft aufwärts und abwärts stiegen und Schüler ins Haus kamen und hinausliefen. In Wirklichkeit war aber nichts Besonderes daran; immer gleiche Töne hatten das geheimnisvolle Meer in dem Bauch, in dem sie gelegen hatten, gewiegt; sie waren in eine Welt hineingeboren worden, in der die gleichen Tonleitern und Etüden und Nocturnen an den Rändern des Schlafs hingen. Sie

schliefen; im Raum daneben tack-tack-tackte das Metronom, und die Nachmittagssonne schien durch den eingelaufenen Spitzenvorhang hinein und fiel auf den gebeugten Kopf des kämpfenden Schülers und auf den geduldigen Kopf, auf das dünne Haar der Lehrerin. Im Winter stand ein runder, dreifüßiger Ölofen nahe am Klavier und wärmte die kurzen, steifen Hände der Kinder und die knochigen, ernsten Hände von Agnes – Agnes hatte sich immer ihrer Hände geschämt; die spatenförmigen Daumen, die eckigen, bläulichen Nägel, die unangenehm trokkene Haut, die um die Nägel herum so dünn war.
Und im Sommer, in der gräßlichen trägen Zeitlosigkeit der Nachmittagshitze, blies die Sonne ihren heißen Atem durch die grünen Rolläden, die ihn abhalten sollten, und das Zimmer schwamm in heißem und blendendem Halbdunkel. Die weißen Zähne des Klaviers glänzten; und die lange Reihe von kleinen, schwitzenden, ungeübten Fingern ließ Schmutzränder darauf zurück. Das Metronom tickte wie ein Käfer. Eine gefangene Biene summte an der Decke herum: *und* eins-und-zwei-und-*drei*-vier, eins-und-zwei-und-*drei*-vier, sagte Agnes. Die Sonne hämmerte gegen die Rolläden ...
Befreit brach das Kind in den Sommernachmittag aus, lag im Gras, hob die Arme in den Schatten, ließ sich den leichten Wind durch die Kleider fahren. Aber in Agnes' Wohnzimmer setzte sich zappelig das nächste Kind auf den warmen Klavierstuhl; dann: – eins, zwei! eins, zwei!
Langsam zog sich die Sonne vom Tag zurück, der

blasse Himmel war kühl; die Erde ruhte; in den umliegenden Gärten zischten Schläuche den Geruch von Wasser in die Luft. Ihr Mann war mit hochgekrempeltem Hemd im Garten und befestigte ein Drahtgitter am Kaninchenstall, die zwei kleinen Buben trotteten um ihn herum, die Gesichter gestreift von rotem Sand. Durch die Fenster kam das endlose Klaviergeräusch, das sie nicht hörten. Das Tor schloß sich hinter dem letzten benommenen Schüler; ein Fünkchen eines Sterns erschien am rosafarbenen Himmel.

Agnes ging ins Badezimmer und wrang ein Tuch aus, um die Tastatur abzuwischen. Der Raum war erschöpft; der arme, schäbige Teppich voller Staub, der Rosenstrauß tödlich bleich und ohne Duft. Sie hob eine weiße Blüte; sie fiel lasch herab. Sie fühlte, daß sie kaum atmete; sie saß da. Nach ein paar Minuten merkte sie, daß sie vergessen hatte, das Metronom abzustellen; es machte immer noch tack-tack-tack.

Natürlich würde sie nicht immer unterrichten. Irgendwann einmal würde sie es aufgeben. Diese Zeit nahte zwar immer; sie kam aber nie. Arztrechnungen für die Kinder mußten bezahlt werden; sie und ihr Mann hatten sich zu gutgläubig fortgepflanzt: Die Kinder waren nicht robust, der jüngere Junge war klein und quengelig, der ältere groß und seiner Mutter so aus dem Gesicht geschnitten, daß es wirklich schien, als ob die Natur einem bösartigen Impuls nachgegeben hätte. Sie schaute sein für ein Kind so merkwürdig mürrisches, blasses Gesicht an und bemerkte zum erstenmal, wie durchschnittlich sie selbst aussah. Sie begriff das wie eine Mitteilung durch das Gesicht ihres Kindes.

Die Stellung ihres Mannes besserte sich nicht. Er war ein gewissenhafter, pflichtbewußter Arbeiter, aber es war klar, daß niemand daran denken würde, ihn zu befördern. Sie erwarteten es nicht: sie erwartete es nicht, und er auch nicht. Er befand sich in den Fängen der Langeweile; dem letzten Endes größten Feind des Kampfes.

Alle paar Jahre fuhren sie für zwei Wochen fort, ans Meer, aber in der Zeitung stand, und die ganze Zeit auch in ihrem Hinterkopf: »... der Musikunterricht beginnt wieder am fünfzehnten Januar«. Die Schüler warteten auf sie. Wenn sie größer wurden oder woanders zur Schule gingen oder aufhörten, Klavierunterricht zu nehmen, waren kleinere Brüder und Schwestern alt genug, um damit anzufangen. Fünf-Finger-Übungen, Noten mit einem Fähnchen, Noten mit zwei Fähnchen... Das kleine Haus schien den Schülern zu gehören; schien nie ganz frei von ihnen zu sein, denn ihre Füße hatten einen schmalen Pfad in den orange-braunen Wohnzimmerteppich getreten, und die Beine des Eßzimmertisches waren da, wo ihre Füße während des Theorieunterrichts dagegen getreten hatten, völlig zerkratzt. Die staubigen Abdrücke ihrer kleinen breiten Füße waren immer auf der Stoep zu sehen; das quietschende Tor hing von so vielen fröhlichen Stößen schief in den Angeln. Es schien so, als ob die Tag für Tag und Jahr für Jahr stattfindende Prozession von Kindern achtlos, ohne schlechtes Gewissen und unschuldig ihr

Leben aufbrauchte; sie zu Staub zermahlte, sie, die so zerbrechlich und kraftlos war, so unfähig, sich zu erneuern ...

So wie ein kleiner Zweig fragend auf einen flachen Teich fällt, so bedrohte schon eine leise Bewegung ihr Leben.

Die Mütter von drei Schülerinnen wollten, daß ihre Kinder Musik als Fach bei der Abschlußprüfung wählten, und kamen voller Zweifel an, um mit ihr darüber zu sprechen. Zuerst fühlte sie sich wie in einer Falle. Sie wußte, daß ihr eigenes Wissen verstaubt und unzureichend war, aber sie fürchtete um ihren guten Ruf, wenn sie zugegeben hätte, daß sie unqualifiziert sei. Dann kam ihr die Idee, daß sie vielleicht selbst Stunden nehmen könnte, bei einem Lehrer in Johannesburg, um die verblaßte Erinnerung an Kontrapunkte aufzufrischen. So erklärte sie den mißtrauischen Müttern schüchtern, ja, sie wäre in der Lage, die Kinder auf die Abschlußprüfung vorzubereiten, und sie vereinbarte eine wöchentliche Stunde bei einem bekannten Lehrer in Johannesburg.

Der Unterricht würde im Monat drei Guineas kosten, aber schließlich diente die Ausgabe dazu, um Geld zu verdienen: bei diesem Gedanken durchfuhr sie ein kleiner geschäftsmäßiger Schauder. An dem Freitag morgen der ersten Unterrichtsstunde zog sie ihr Kostüm und einen gestrickten rosa Seidenpullover an und setzte ihren marineblauen Filzhut auf. Sie steckte sich das Blumensträußchen, das ihr ihre Mutter einmal zu Weihnachten geschenkt hatte, ans Revers, schlug das Gartentor hinter sich zu und ging zum Bahnhof. Sie fühlte sich so nervös wie ein Schulmädchen; das Sträußchen schlug ihr auf die flache Brust, als sie stockend atmete. Sie saß im Zug, wartete darauf, daß er losführe, und die heiße Sonne brachte die Ledersitze zum Duften. Plötzlich bemerkte sie, daß sie den besonderen Geruch des Hauses los war; diesen leisen Geruch nach Suppe, staubigen Notenheften und dem Orangensaft, der um die Münder der zwei kleinen Jungen klebte ... Sie war weg davon.

Aber als sie erst einmal in Johannesburg war, die Unterrichtsstunde hinter sich hatte und sich beim Umsteigen den Luxus einer halben Stunde Schaufensterbummel gönnte, wurde das ganze Unternehmen farblos und flach. Bleiern sank das kleine Abenteuer auf den tiefsten Grund ihres stagnierenden Lebens. Sie konnte das Gefühl für die Neuigkeit, den Wechsel nicht aufrechterhalten. Sie war »weg davon«, weg vom Geruch, von Notenstapeln, von Suppe und Orangen. Aber war etwas für sie übriggeblieben? Menschen gingen auf der Straße in diese und jene Richtung vorbei; Frauen, die die warme Selbstbezogenheit derer ausstrahlten, für die gesorgt wurde, kamen in die Teestube, in der sie saß und eine Tasse Kaffee trank, Frauen, die redeten und lachten und einander trafen und Pläne machten. Menschen traten ihr beim Überqueren der Straße entgegen und sahen sie nicht. Sie lief herum, unsicher wie ein Geist. In einem schmalen Spiegel in einem Schau-

fenster trat sie sich selbst gegenüber und sah achselzuckend die unglaubliche Langweiligkeit ihrer Erscheinung. Ein toter Baum, der Sommer für Sommer dastand, während die grünen Blätter anderer Bäume um sie herum raschelten und sich an ihm vorbeidrängelten. Dieses blasse Gesicht, in dem selbst die Sommersprossen ausgebleicht waren, dieser lächerliche alte Filzhut, das an ihr herunterhängende Kostüm, die häßliche Blume, die überhaupt nicht dazu paßte; ihr mürrischer Ausdruck, über den sie sich immer wunderte, weil sie sich nie so fühlte. Sie war so trokken wie ein Stock; und sie wußte das. Sie war überhaupt nichts. Nichts, außer wenn sie rechts am Klavier saß und die unsichere Melodie, die der Schüler spielte, mit ihren eigenen klaren, lauten Tönen unterstützte und mit ermutigender Stimme den Takt dazuzählte. Es war ein Schock für sie; all die Jahre hatte sie weitergemacht, ohne sich Gedanken darüber zu machen. Und jetzt merkte sie, daß nichts von ihr übriggeblieben war. Sie entdeckte, in welch einer Tretmühle sie jahrelang geduldig gesteckt hatte. Eine Musiklehrerin! Das war alles. Eine Musiklehrerin! Und wie lange noch? Für immer, bis die Hände zu spielen aufhörten und die Stimme nichts mehr zählte; und die Musiklehrerin dem Rest von ihr folgte, der so still und langsam gestorben war, daß niemand es bemerkt hatte . . .
Eine Musiklehrerin! Bis zu ihrem Tode.

Und plötzlich war *sie tot.*
Auf der Heimreise ruckte der Zug grauenhaft, ent-

gleiste und kippte donnernd zur Seite. Ein Durcheinander von Glas, massivem Holz und einem Gepäckständer aus Stahl fiel auf sie, als sie zu Boden geworfen wurde.
Als sie zu sich kam, wußte sie, daß sie tot war. Sie saß ruhig auf einer Art Hügel, und ihr kam der Gedanke: Ich gebe keinen Musikunterricht mehr. Sie legte sich zurück und schloß ihre Augen. Und bald darauf kamen sie und holten sie und stellten sie vor eine Ratsversammlung. »Nun, was möchten Sie tun?« fragten sie freundlich. »Was für eine Art Arbeit möchten Sie hier tun?«
Sie sah verwirrt aus. Was ...?
»Hier können Sie machen, was Sie wollen, alles, wofür Sie wirklich geeignet sind. Das ist keine Bauernfängerei. Sie führen weiterhin ein nützliches Leben, tun aber das, wofür Sie wirklich geeignet sind. Ökonomische Zwänge spielen keine Rolle.«
Sie versuchte, an etwas zu denken, was sie tun könnte. Malen? Kochen? Schauspielerei? In der Modebranche arbeiten? Als ob sie das könnte. Eine Sekretärin sein? Soweit sie wußte, gab es nichts, was sie konnte ...
»Nun ... nun, wissen Sie, ich bin Musiklehrerin ...«, sagte sie sehr kleinlaut.
»Ach ja? Sehr gut«, lächelten sie, »das kann natürlich leicht arrangiert werden« – und hakten ihren Namen auf der Liste ab.
Einmal Musiklehrer, immer Musiklehrer, sagte die geschwätzige Stimme ihrer Mutter.

Beim Erwachen in einem Zimmer zweiter Klasse im Krankenhaus (ihr Mann hatte gedacht, daß sie sich wirklich kein Zimmer erster Klasse leisten konnten) erinnerte sie sich nicht daran, daß sie geträumt hatte, tot zu sein. Sie hatte eine leichte Gehirnerschütterung, war aber unverletzt. Ihr guter kleiner Mann saß auf dem Stuhlrand, hielt seine Arbeitskappe in den Händen und schaute ihr ins Gesicht.
Sie gab ihm ein paar Anweisungen, was das Haus betraf, sagte ihm, was er für die Kinder tun solle; sie käme in ein, zwei Tagen nach Hause. Er nahm alles sehr ernst; er war ein netter kleiner Mann, und machte sich Sorgen um sie, beschämt und unemotional, wie es seine Art war. »Gut«, sagte er, »ich komme heute abend wieder.« – Und er ging auf Zehenspitzen zur Tür. Dort blieb er stehen, wandte sich unsicher um und sagte: »Ach, und die Schüler – die kommen doch. Was soll ich ihnen sagen?«
Es entstand eine Pause. Ihre Augen waren geschlossen.
»Sag ihnen«, sagte sie und öffnete die Augen nicht, »sag ihnen, daß am Montag der Unterricht wie immer stattfindet.«

MONTAG IST SCHÖNER ALS SONNTAG

Der Geruch von geräucherten Heringen, die in Butter gebraten wurden, brachte den Morgen in die Wohnung. Die jungen Leute lagen sonntags lang im Bett, aber der alte Master war schon im Bad und schärfte sein Rasiermesser am Streichriemen, was genauso klang, trapp!, trapp!, trapp!, wie wenn ein Pferd eilig unten auf der Straße vorbeitrabte. »Lizabeth!« bellte er. »Mein Frühstück! Mach es fertig.« Seine Schuhe hackten den Gang auf und ab. Er stand in der Küchentür, rosarot rasiert, der Bauch quoll in seiner weißen Bowlinghose hervor: »Wo ist mein Frühstück?«

Elizabeth trug es in das Eßzimmer – in dem es noch nach der Leber und der Zigarre vom Abend zuvor roch –, die nach Butter und Meer riechenden geräucherten Heringe, den Orangensaft, der kalt im Glas leuchtete, und die zwei großen Quadrate braunen Toastbrotes. Sie verließ den Raum, ging leise in den Schuhen, die jemand anderem gehörten, ihr Kopf mit der blauen gestrickten Kappe sah verdrossen aus.

»Lizabeth!« die Stimme verschluckte sich vor Ungeduld. »Wo ist der Tee?« Sie nahm den Teetopf vom Herd und brachte ihn an den Tisch. Er brummte.

»Warum paßt du nicht auf, daß die Milch heiß ist? Warum muß ich es dir immer sagen.«
Sie befühlte den Krug und ging dann hinaus.
Bald hörte sie, wie er sich geschäftig und aggressiv im Schlafzimmer zu schaffen machte, die Stimme seiner Frau kam vom Kopfkissen her: »Was ist denn los, Daddie?« – »Verdammtes Mädchen – kann nicht hören. Wenn ich ihr einmal sage –«
Auf seinem Weg nach draußen hörte sie ihn bei den Blumen im Wohnzimmer; die roten Gladiolen raschelten, krümmten sich wie Zungen nach frischem Wasser, der glatte, feste, gerade Stengel knackte. »Elizabeth!« sagte er, als er auf dem Weg zur Eingangstür vorbeiging. »Gib den Blumen Wasser, ja?«
»Was, Baas?«
»Du mußt den Blumen Wasser geben. Du machst es nicht. Gib allen frisches Wasser.« Er stand da, schaute sie mit seinen kleinen, unruhigen Augen an, die wie die kleinen Augen eines großen Tieres wirkten, eines Büffels oder eines Nashorns, das unsicher war, ob es angreifen sollte oder nicht; aber er konnte an nichts anderes denken. Er brummte und verschwand.
Elizabeth nahm das Geflügel aus dem Eisschrank und begann, es auszunehmen. Aus dem kalten weißen Körper – die Haut hat sich wie ein gesticktes Muster überall da zusammengezogen, wo die Federn herausgerupft worden waren – kamen die roten Innereien in ihre braune Hand. Blut floß ihr, lebendig und kalt vom Eisschrank, über die Finger, über den alten,

breiten, gelben Ehering, der ihr in den Finger eingewachsen war, wie eine um den Stamm gelegte Drahtschlinge langsam zum Teil des Baumes wird.
Der langgezogene Seufzer der Toilettenspülung war zu hören, und dann erschien die Missus in dem karierten Morgenmantel in der Küchentür und zwinkerte mit den Augen. Sie war eine blonde Frau, deren dünnes Haar auf der rosaroten Kopfhaut aus den Lockenwicklern herausrutschte, und da sie oft allein war und keiner viel mit ihr sprach, bewegte sich ihr Mund immer ein bißchen lautlos, um die Dinge herum, die sie vielleicht gesagt hätte. Sie schaute sich langsam in der Küche um und ging dann ins Badezimmer zurück.
Elizabeth schüttelte die Pfanne, in der die erstarrende Butter eine Oberfläche wie dünnes Eis über dem Bratsaft darunter gebildet hatte, nahm zwei weitere der plumpen Fische aus der Verpackung des Krämers und warf sie in die Pfanne.
Das Zischen brachte die Missus zurück. Dennoch wollte sie nicht sagen, warum sie gekommen war. Sie öffnete den Eisschrank, verschob etwas darin und schloß ihn dann wieder. Sie ging zum Ofen. »Für wen sind die, Elizabeth?« flüsterte sie; ihre Stimme war immer so leise und sanft wie möglich.
»Für den jungen Baas und die kleine Missus«, erklärte Elizabeth stolz und ließ Wasser direkt aus dem Wasserhahn durch das Hähnchen laufen.
»Aber sie sind doch noch nicht soweit«, sagte die Missus, die eine Erklärung wollte. »Sie sind doch noch nicht auf?«

»Ich hab gedacht, sie wären schon auf«, sagte Elizabeth und schob die Flügel des Hähnchens zurecht.
Einen Augenblick lang herrschte Stille.
»Sie schlafen noch«, sagte die Herrin vor Sorge zischend. »Sie sind noch im Bett...«
Es kam keine Antwort, nur die Pfanne spritzte. Sie wandte sich um und ging. Sie klopfte schüchtern an der Tür des Sohnes, und als keine Antwort kam, trat sie schüchtern ein. Aber er war nicht mehr im Bett, in dem noch seine Form zu erkennen war wie in einem Handschuh die Form der Hand. Sie fand ihn im Badezimmer. »Das Mädchen hat dein Frühstück gemacht, Sohn«, sagte sie. »Sag Adelaide, sie soll sich beeilen. Alles ist fertig.«
»Aber großer Gott, warum?« fragte er. Die verblaßte Vergnügtheit der letzten Nacht lag wie der Schatten des Bartes auf seinem Gesicht. Zahnpasta schäumte in seinem Mund. Er spuckte aus. »Del«, rief er, »du kannst hinterher baden – wir müssen jetzt frühstücken.«
Das Haar hing schwer auf ihren Schultern, ihre dicke weiße Hand hing schwer am Breilöffel; es war zu früh für sie, um zu sprechen, und er hielt die Sonntagszeitung in einer Hand und fütterte sich mit der anderen mit Haferbrei.
Elizabeth kam herein und deckte die Teller ab.
»Sie sagt nicht Guten Morgen«, sagte das Mädchen.
»Dumme Gans«, sagte er und las weiter. »Macht einfach Frühstück, ob man fertig ist oder nicht.« Je mehr er darüber sprach, um so mehr irritierte es ihn.

»Macht sich nicht die Mühe, nachzufragen; fängt einfach an und macht es.«
Das Mädchen, das liberal sein und seine persönliche Überzeugung von der Gleichheit von Dienstboten und Herren erkennen lassen wollte, wußte nicht so recht, wie es diese Erweiterung seines Denkens vermitteln sollte; es versuchte, sich eine Erklärung auszudenken, aber es fiel ihm keine ein.
Elizabeth kam herein.
»Aber ich eß doch keinen Hering!« schrie das Mädchen und stach in den beigen, fetten Fisch, der zart neben dem Ei auf dem Teller dampfte.
»Komm schon –. Ist zur Abwechslung ganz gut«, sagte er und las weiter.
»Ich esse nie Hering«, sagte sie und schaute den Fisch auf ihrem Teller an.
Elizabeth stand da mit dem Tablett, bot keine Lösung an, zeigte keinerlei Reaktion; wartete nur ab, um zu sehen, was getan werden sollte.
»Komm«, sagte er, »ich nehm ihn.« Er schob ihn sich auf den Teller und sagte dann entsetzt: »Nein, ich kann das nicht alles essen. – Du kannst den Fisch haben, Elizabeth, ich laß ihn dir über, ja?« Und er schob ihn zur Seite.
»Danke, Elizabeth«, sagte das Mädchen, als der Tee hereingebracht wurde. Es fühlte sich ihr zu Dank verpflichtet. Aber Elizabeths mattschwarzes Gesicht ließ nichts gelten.
Nach dem Frühstück lief Wasser in die Badewanne ein, die jungen Leute gingen hin und her, das Mädchen trug die Kosmetiktöpfchen, die Haarnetze und

Nadeln und Kämme von einem Spiegel zum anderen. In dem Raum, den es gerade verlassen hatte, lagen Schuhe in Grüppchen auf dem Boden herum, Strümpfe hingen an Elizabeths harten Händen, als sie abgelegte Kleider wegräumte, um das Bett zu machen, die Wärmflasche, die jetzt kalt wie eine Qualle war, lag unten im Bett und hatte einen orangefarbenen Strickbezug. Elizabeth warf sie heraus, machte das Bett, faltete den Schlafanzug zusammen. Sie schraubte die Cremetöpfchen und Lotionflaschen wieder zu, um den Tisch abzuräumen und abstauben zu können, als das Mädchen hereinkam, jetzt fix und fertig angezogen und bereit, den Tag zu beginnen. »Oh«, murmelte es beschämt; aber es schien zu spät zu sein, selbst etwas aufzuräumen – es käme Elizabeth nur in die Quere. Es nahm sein Buch, ergriff als letztes eine Flasche Nagellack und floh.

Im Eßzimmer war der Tisch noch gedeckt, und die Missus saß ruhig in ihrem Morgenmantel da und trank eine Tasse Tee.

Elizabeth ging von einem Schlafzimmer ins nächste, streckte sich, bückte sich, seufzte, packte jedes verrückte, sich herumlümmelnde Bett an seinen Genickfalten und nüchterte es zu quadratischer Ordentlichkeit aus.

Das junge Mädchen ging im Flur vorbei und hörte, wie sie beim Wannenputzen mit sich selbst sprach. »Weißt du was«, sagte es lachend und kniete sich wie ein Kind, das einen Schatz anbringt, neben den jungen Mann aufs Sofa. »Dieses Mädchen spinnt ein

bißchen. Sie sagt die ganze Zeit, während sie die Wanne putzt, o Jesus, o Jesus.«
Sie gingen auf den Balkon und setzten sich, die hochgelegten Füße in der Sonne, hin, während die Zeitung in ihren Händen im Wind raschelte. Die Besucher kamen; man hörte Schreie und Gelächter, die Eingangstür öffnete und schloß sich, Kinder, aufgeregt darüber, gerade angekommen zu sein, rutschten über die Läufer. Die Stimme des Mittagessens war in der Küche zu vernehmen; lautes Zischen, als Elizabeth die Röhre öffnete, um das Hähnchen mit Fett zu übergießen, das Blubbern von leise kochendem Wasser, das auf das Gemüse wartete.
»Elizabeth? Kannst du bitte Tee für Boss Albert und Miss Nellie machen?« fragte das junge Mädchen höflich.
Es klopfte noch einmal an der Eingangstür. Adelaide ging hin, und als sie wieder auf den Balkon kam, fragte der junge Mann: »Wer war das?« »Jemand, der Elizabeth besuchen wollte«, sagte sie. »Natürlich ausgerechnet, wenn sie kocht.«
Der junge Mann und das Mädchen kamen herein und rannten heraus, holten gastfreundlich saubere Gläser, einen Flaschenöffner, Eiswürfel. Elizabeth war ziemlich dick; sie wichen einander aus, stießen zusammen. »Hoppla«, sagte das junge Mädchen und lächelte plötzlich. Elizabeth öffnete leicht den Mund, und es waren nichts als drei große Zähne zu sehen.
Gelächter ertönte aus dem Wohnzimmer und vom Balkon. Rauch zog durch die Luft; Asche sprenkelte

die Teppiche. In der Küche strebten die Kochgeräusche einem Crescendo entgegen, und Elizabeth schlug die Schlagsahne. Die Eingangstür ging, und mit dem dumpfen Aufprall der Golfschläger, die er im Flur hinwarf, war der alte Mann wieder da. Sein großes Gesicht verzog sich vor Freude, er schwang die Kinder durch die Luft und trat wie der Zirkusdirektor, der seinen Zirkus eröffnet, ins Wohnzimmer ein. »Schlechte Luft«, sagte er und zog die Stirn kraus. »Was ist hier los? Warum macht ihr die Fenster nicht auf?« Eine Frau lächelte wunderschön und rümpfte die Nase. »Räucherhering«, sagte sie. »Ich hab's gleich gerochen, als ich reinkam.«
Der alte Mann ging von Fenster zu Fenster, riß sie auf, murrte laut. Dann stand er einen Augenblick lang da. »Die Blumen« – er schlug mit der Hand an sein Ohr – »O Gott, diese Blumen!«
»Ich hab dir doch gesagt, du sollst die Blumen versorgen?« fuhr er Elizabeth über die Kochtöpfe hinweg an. Sie antwortete nicht; fuhr fort, die helle Soße zu rühren. »Warum hast du es nicht gemacht?« fragte er. Wieder antwortete sie kurze Zeit nicht, sondern schmollte in den Dampf des Kochtopfs hinein. »Ich hatte viel zu tun«, sagte sie schließlich, unverbindlich. – »Also, sie hatte *wirklich* viel zu tun«, sagte Adelaide, die in diesem Augenblick mit einem leeren Eisteller hereinkam. Und wieder sah sie, wie sich Elizabeth entschieden von ihr abwandte, und empfand dieses lächerliche Gefühl der Abweisung.
Elizabeth schaute noch einmal nach dem Hähnchen, das fast gar war, schob die Gemüsetöpfe zur Seite,

damit sie warm blieben, und zog das Brett hinter der Küchentür vor, um den Eßzimmertisch auszuziehen. Als sie den Tisch deckte, kam die alte Missus zögernd herein, versuchte, den alten blauen Rock und den Männerpullover zu übersehen, und flüsterte: »Vergiß nicht, das weiße Häubchen und die Schürze anzuziehen, ja, Elizabeth? Du weißt doch, der Master will, daß du die Schürze trägst...«

Das Radio lief jetzt und übertönte die Stimmen. Der alte Mann drehte es für die Nachrichten lauter. Schschttt... Die Stimme dröhnte durch die Wohnung. Elizabeth drehte sich um und bückte sich, kam und ging in einer atemlosen Routine; Herd; Spüle; Tisch; Eisschrank; das Mittagessen zusammenstellen. Soße zischte; Blumenkohl rutschte in seine Schüssel; Elizabeth ging ins Eßzimmer und brachte das dumme, kleine Gelächter der Glocke aus Kristallglas zum Erklingen.

Und alle kamen zum Essen herein. Die Stühle scharrten über den Boden, die Kinder setzten sich dreimal um; sie redeten und lachten, und niemand hatte daran gedacht, das Radio leiser zu stellen. Der alte Mann tranchierte, und das Messer glitt durch saftiges Hähnchenfleisch – und eine Kartoffel rutschte vom Teller und machte einen Fettfleck auf dem Tischtuch.

Elizabeth, du hast Master Peter keine Serviette gegeben.

Elizabeth, schneid eine Zitrone auf und bring sie uns.

Elizabeth, noch einen Löffel.

Den Käse, der in Papier eingewickelt hinten im Eisschrank liegt.
Bring Eiswürfel, bitte.
Elizabeth, warum hast du die Soße klumpig werden lassen?
Bring Miss Vera eine frische Tomate.
Als sie den abgegessenen Tisch verlassen hatten, legte Elizabeth ihr Mittagessen, den Unterschenkel und den Berg Kartoffeln und den Stumpf des Blumenkohls, zum Warmhalten in die erkaltende Röhre, um es sich später mit ihrem Mann zu teilen, und tauchte bis zum Ellenbogen in den Abwasch ein. Der alte Mann legte sich hin, die anderen saßen in dem blauen Dunst des Wohnzimmers herum, rauchten und unterhielten sich. Und als Elizabeth mit dem Spülen fertig war und den fettigen Rand im Spülbekken weggewischt hatte, warteten sie auf den Tee. Wieder stimmten die Küchengeräusche in die anderen Stimmen ein, und der Kessel zischte, und der Deckel bat schäumend um Aufmerksamkeit, während Elizabeth einen Kuchen mit Marmelade füllte und Teegebäck mit Butter bestrich.
Und nach dem Tee saßen sie da, das Gespräch stockte, die Zigaretten lagen vergessen herum, und ihnen wurde klar, daß der Sonntag fast um war, genauso verging wie der Druck in ihrem Bauch, und die Sonne wurde von dem Balkongitter in glühend heiße Stücke aufgeschnitten. Der Montag kam näher. Die Freiheit des Sonntags war schließlich gar keine Freiheit, sondern nur eine von der Routine angeordnete Zeit des Nichtstuns. Sie warteten auf

den Montag und haßten das; und das war das Ärgerliche, das Enttäuschende daran: Montag war schöner als Sonntag.
Niemand dachte daran, Elizabeth zu rufen, daß sie den Teetisch abräumen sollte. Sie stand einen Augenblick lang im Flur, die dicken, festen Lippen leicht geöffnet. Dann schloß sie die Eingangstür so schnell und leise hinter sich, daß sie nur leicht klickte, wie jemand im Schlaf mit der Zunge schnalzt. Der kalte, klare Atem strömte durch die Zementlungen der Stadt und traf auf sie auf dem offenen Korridor sieben Stockwerke über dem winzigen zementierten Hof, der dort unten begraben lag, wie die kleinste der chinesischen Schachteln. Sie ging nach oben, auf der Wendeltreppe, die sich wie ein Kriechtier aus Stahl seitlich an das Haus klammerte. Und oben war das Dach, und es hatte etwas von der Abgeschiedenheit und der Endgültigkeit von allen Bergspitzen an sich. Der Himmel ringsherum war rosafarben, gestreift, und weiter weg denn je zuvor. Ein dünner Schatten von Rauch, der wie ein Drachen aus dem Schornstein des Heizraums herauskam, bestand darauf. Die graue Reihe der Dienstbotenzimmer, alle einäugig mit ihrem einzigen kleinen quadratischen Fenster, schaute auf die grauen Kieselsteine, die das Dach bedeckten.
Niemand war da. Stücke zerrissenen Papiers und leere Limonadenflaschen drängten sich an die Balustrade. Elizabeth zog den Fuß aus dem Schuh und schabte sich die Sohle, die hart und rissig war von der heißen nackten Erde, auf der sie ihre ganze Kindheit

lang barfuß gegangen war, an ihrem Knöchel. Unter ihr und um sie herum erstreckte sich, so weit sie sehen konnte, ein Häuserblock nach dem anderen, nichts als Dächer und vorspringende Rechtecke aus Zement, tiefgespalten von schwarzen Straßen, und leicht rauchend. Hier und da, wie eine bewegende Erinnerung, der Fleck eines grünen Baumes.
Elizabeth stand über eine Minute lang da und schaute hinab und fühlte sich einsam.

»Und wie ist das alte Mädchen?« fragte er nachdenklich.
»Ein Drachen«, sagte Marks.
»Schlimm?« Er lehnte am Waschbecken, seine Augen folgten dem anderen vom Bett zum Koffer, vom Koffer zum Bett: wie beim Verfolgen eines Tennisspiels.
»Oje«, sagte Marks; er verzog das Gesicht, als ob er weinen wollte. Er stopfte ein paar schmutzige Socken in den Koffer; drückte einen Bügel nach unten, der immer wieder herausstand.
»Das sind ja gute Nachrichten«, sagte er.
»Ein Drachen«, sagte Marks, »ich sag's dir.«
»Also macht das alte Mädchen Terror«, sagte er, ohne vom Waschbecken wegzugehen, als ein rotgesichtiger, pickeliger junger Mann mit einem Kofferradio hereinkam.
»Wer ist denn das?« fragte Badenhorst neugierig grinsend.
»Wer soll es schon sein?« Er schaute ihn mit dem direkten Blick des seit langem Leidenden an.
»Schwester Dingwall?« fragte Badenhorst unschuldig. Vor einer Unterhaltung mit ihm mußten immer Tatsachen, die sowohl ihm als auch allen anderen

sehr wohl bekannt waren, noch einmal geklärt werden. Das war eine Art Ritual, das man mit ihm zuerst hinter sich bringen mußte.
»Nein«, sagte er. »Die andere.«
»Die ist mit Vorsicht zu genießen, ich sag's dir«, sagte Marks glücklich.
»Na ja, wenn das so ist, dann wollte ich, ich wäre du, und hier fertig, statt erst anzufangen. Wie viele hast du denn überhaupt gekriegt?«
»Fünfzehn.« Marks warf einen letzten Blick in die Wäscheschublade; er schlug sie zu.
Badenhorst sagte von dort, wo er halb unter ein Bett gekrochen war, um das Radio einzustecken: »Hast du viele Babys gekriegt, Marks?«
»Ich hab's grad gesagt. Fünfzehn.«
»Teufel noch mal! Da haben wir was vor uns, was? Wenn das erste erst mal da ist, macht mir's nicht mehr soviel aus – was glaubst du?«
Er sagte vom Waschbecken her: »Ich sag's dir, wenn das erste da ist.«
»Vergiß nicht, du mußt dabei sein, wenn der Kopf durchkommt; wenn du nicht dabei bist, dann ist das nicht deine Geburt, und du kriegst sie nicht angerechnet. Sie sagt dir, daß noch massenhaft Zeit ist – das sagt sie immer –, und dann, sowie du dich umdrehst, plumpst das Kind raus – und schon hast du es verpaßt. – Schaut mal her, ich laß euch Burschen das da« – als er auf dem Weg nach draußen an dem wackeligen Korbtisch vorbeikam, nahm er ein Kartenspiel auf – »aber bringt es mit zurück, ja …! Ihr könnt es mir in der Uni wiedergeben.« Und er stand

einen Augenblick lang da, den Regenmantel über dem Arm, der Koffer zog ihm eine Schulter nach unten, und schaute in das große leere Zimmer mit den vier gut durchgewühlten Betten zurück, die unter den schmutzigen Moskitonetzen wie ausgewachsene Wiegen wirkten; der Schrank mit dem fleckigen Spiegel; die von Regenwasser gefleckte Zimmerdecke, die ungeöffneten Koffer, das trübe Fenster; der junge Mann mit dem von Pickelnarben übersäten Hals, der auf dem Boden hockte; und der andere, der am Waschbecken mit der gebrochenen Tür darunter lehnte. Marks lächelte bei dem Gedanken, sie dort zurücklassen zu können.

Am Morgen kam er auf dem Weg zum Krankenhaus durch den einzigen bemalten Raum im Hotel – ein weißes, quadratisches Zimmer mit einer Tür, auf der »BAR«, und einer kleineren Tür, auf der »STRASSENVERKAUF« stand – und trat auf die Straße hinaus und sah tief unten das Meer, auf dem Wasserflugzeuge wie Libellen lagen. Auf dem Hang zwischen dem Meer und ihm bewegte sich ein Durcheinander aus winkenden Kränen, Schiffen, Warenhäusern und Bahngleisen, die zur Werft gehörten, hin und her. Die Wasserflugzeuge glänzten ihn um Aufmerksamkeit bittend an. Aber es war alles weit weg, wie wenn man jemand den Mund dringlich öffnen und schließen sieht, aber keinen Ton hören kann. Er ging mühsam weiter, den Berg hoch zum Krankenhaus.

Da war der Haupteingang aus rotem Ziegelstein, vor

dem immer die gleichen Leute herumlungerten; die Leute, die immer da sind, vor Gefängnissen, Krankenhäusern und Wohnheimen, die auf Neuigkeiten warten oder die Besuchszeiten erfahren wollen. Zwei Inderinnen saßen an der Wand zusammengekauert da, ihr schwarzes Haar glänzte in der Sonne wie Stahl, und ein altes Paar, so ausgetrocknet und zerknittert wie nur Inder und Mumien sein können, hockte, die Knie bis zum Kinn hochgezogen, im Dreck. Zwei kleine indische Mädchen in gelber Seide flatterten herum, sehr scheu, und stießen anständige, unterdrückte Schreie aus, wenn sie sich fingen, und ein schwarzes Baby, dessen Bauch zwischen seinen ausgestreckten Beinen am Boden ruhte, schaute ihnen schweigend zu. Der junge Zulu-Wächter hatte sich Garnröllchen durch die Ohrläppchen geschoben, saß auf einer kleinen Seifenkiste und platzte fast aus seiner Sergeuniform. Als er den weißen Kittel sah, schnaufte er respektvoll und tippte sich an die Kappe.

Das Krankenhaus war aus rotem Ziegelstein gebaut, bestand aus alten und neuen Teilen, hatte Flügel und völlig getrennte Gebäude, zweistöckige und einstökkige, auf die Kuppe des Hügels in alle Richtungen verteilt. Wenn er um eine Ecke herumging, wehte ihm der Wind stark ins Gesicht; er fand die Geburtsstation, mit Fliegengitter versehen wie eine große Fleischabteilung, und beim Hineingehen lief er durch einen langen Saal, der voll von Augen war, die nichts mehr überraschen konnte, die ihn lakonisch anschauten oder die ihn von den in Reihen daliegen-

den Hügeln unter braunen Decken aus gar nicht mehr sahen.
Die kleine, plumpe braune Krankenschwester führte ihn den Korridor entlang. Sie nannte ihn »Doktor«; er lächelte, als er es hörte, und machte sich bereit. Vor der Tür angelangt, klopfte er sofort und trat ein.
Schwester Dingwall schaute direkt zu ihm auf, und er konnte sehen, daß sie ihn, soweit es sie betraf, schon hundertmal zuvor gesehen hatte; sie bekam alle zwei Wochen zwei neue Medizinstudenten geschickt. Er stellte sich vor und erklärte, was er wollte, und war wie immer überrascht darüber, wie respektvoll und ruhig er in Anwesenheit einer Autorität klang. Sie stellte ihm Fragen und sagte ihm mit einer einfachen, kalten schottischen Stimme, was von ihm erwartet wurde. Dabei schaute sie ihn mit einem Blick an, der bei jemand anderem auf Gleichgültigkeit, Neugier oder Interesse hätte schließen lassen, der bei ihr aber dermaßen desinteressiert wirkte, daß man ihn ganz einfach nicht mißverstehen konnte: Er drückte nichts anderes als den Wunsch aus, sich so gut wie möglich verständlich zu machen. Wenn sie auf ihren Bericht schaute, klemmte sie den Mund ein und spannte die Nasenflügel an; wenn sie den Kopf hob, starrten ihre Augen, die dunkel und tiefliegend waren, nicht durch Schönheit, sondern durch die Zeit und eine männliche Vernunft, einen unter struppigen und ungepflegten Augenbrauen, deren lange Haare in einer Art von welliger, großartiger Linie an beiden Seiten der Nasenwurzel entsprang, direkt an. Sie hatte keine

Lippen, und ihre falschen Zähne waren häßlich und zu regelmäßig, wie eine Reihe Maiskörner.
Er folgte ihr in den Kreißsaal, den Operationssaal, in das Säuglingszimmer, und als sie ihn in dem kleinen Bereitschaftsraum für die Medizinstudenten zurückließ, wickelte er ein Stück Faden um den Knopf an seinem weißen Kittel auf und ab und fragte sich, was er denn erwartet hatte. Etwas Positiveres, ganz bestimmt; etwas, was er hätte erzählen können. Sie war sogar zu unpersönlich, um unangenehm zu sein.
Badenhorsts *Handbuch der Geburtshilfe* lag auf dem Tisch. Was hatte sie gesagt, als sie hinausging? »Jetzt ist die Zeit, da Sie Ihre Augen und Ohren und Ihren gesunden Menschenverstand gebrauchen können.« Aber sie sagte es weder ermutigend noch warnend: Es war nichts als eine Feststellung, daß sie an die Existenz dieser Qualitäten nicht glaubte. Er dachte leicht irritiert darüber nach.
– Und ihr Gesicht, das hinter der Tür verschwand, mit dieser ganz besonderen Haarlocke, schwarz-grau meliert, die unter ihrem Schleier auf der Stirn hervorgezogen worden war und sehnsüchtig auf diese Augenbrauen zustrebte, wie auf Fotos seiner Mutter aus den zwanziger Jahren!

Drei Tage später hatte es für sie alle Aspekte des Lebens ersetzt. Von acht Uhr morgens bis Mitternacht gingen sie zwischen den Warteräumen und dem Kreißsaal und dem Säuglingszimmer hin und her: Die Tür öffnete sich auf Frauen hin, die, konzentriert auf ihre Geburtsschmerzen, auf den Fersen hockten; öffnete sich auf den Dampf und das warme Blut hin, das vom Aufblitzen von stählernen Instrumenten durchkreuzt wurde, die bösartige Krokodilmäuler aus den Sterilisatoren hoben; öffnete sich auf die zappelnde Oberfläche von Neugeborenen – richtige Menschen, die reihenweise in leinenen Hängematten lagen mit lebendigen roten Mündern, die ständig fordernd offenstanden. Zwischendurch saßen sie abwartend im Bereitschaftsraum, mit den Küchenschaben und den Teetassen und den süßen Stücken »Laden«-Kuchen. Selbst wenn sie den Berg hinunter zum Hotel liefen, um zu schlafen, verband sie das Telefon auf dem Korbtisch mit dem Geruch und dem Anblick und dem Geräusch der Geburt. Sie sprachen von nichts anderem; ihre Ohren überhörten alle vorübergehend hörbaren Geräusche, sie waren das feine Pochen des fötalen Herzschlags gewöhnt, der von der anderen Welt herannahte. Ihre Witze handelten von der Geburt; »die Lage ist das wichtigste im Leben«, lachten sie und diskutierten und diskutierten. Wo war der Kopf? War das das Knie? Wie lag das Kind? Und das Rätsel der Welt war der Bauch der Mutter – die Tage und Nächte eine lange Aufeinanderfolge von Bäuchen –, über die ihre Hände tasteten, wobei ihnen das Wichtigste aus dem *Handbuch der Geburtshilfe* durch den Kopf schoß: halb wissend, halb instinktiv, wie die Hände eines Wünschelrutengängers.

Die geistige und körperliche Konzentration der Gebärenden zog sie sehr stark an; sie wurden zu einem Teil davon. Was gab es sonst noch? Was taten andere

Leute, die nichts mit diesem Gebären zu tun hatten? Es schien, als ob nichts anderes zur gleichen Zeit passieren könnte.

Als die erste Geburt vorbei war, fühlte er sich sehr bewegt, als ob er hätte weinen können; oder dümmlich grinsen. Das Kind, das er hielt, war wunderschön, noch schöner, weil es braun war, und bei dem neuen Lebewesen, noch keine zwei Minuten alt, waren die eingerollten, großen Nasenlöcher Wunder feinster Handwerkskunst, soviel gekonnter als der schmutzige Knopf der Nase eines weißen Babys, und die kurzen schwarzen Locken, schmierig von der *Vernix Caseosa,* ließen das Baby aussehen, als ob es gerade bei der Haarwäsche gestört worden sei, und bei diesem Anblick wollte er vor Freude lachen! Er badete es und räumte auf; Schwester Dingwall kam herein und ging hinaus. Er wollte, daß jemand sagte: Na, es war doch gar nicht so schlecht, was? – Deshalb lächelte er sie auf eine selbstkritische Weise an.

»Es geht nicht immer so leicht«, sagte sie und starrte ihn an. »Glauben Sie bloß nicht, daß Sie auf das hin schon ein Geburtshelfer sind.«

Es stimmte, die Frau hatte schon ein paar Kinder geboren, und es war eine normale Kopflage gewesen. Aber die Geburten, die danach kamen, waren fast alle in irgendeiner Weise kompliziert, und die Mühe und Angst, die er mit seinen ungeübten Händen dabei empfand, machten die Erinnerung an einzelne Erfahrungen unmöglich; sie wurden bald zu nichts als zu unterschiedlichen Aspekten ein und derselben

Sache: einer Geburt – und selbst die erste verlor ihre gefühlsbetonte Bedeutung.

»Hat sie einen Dammriß gehabt?« Das wurde Badenhorsts Obsession. – Es war Ehrensache für einen Mediziner und führte zwischen ihnen auch zur Rivalität, bei einer Erstgebärenden einen Dammriß zu verhindern. Badenhorst war das dreimal, und zwar schlimm, passiert. Ihm einmal. Was die bestehenden Schwierigkeiten für sie und ihre unerfahrenen Patientinnen vergrößerte, war die Vorschrift, daß ein Narkotikum ausschließlich bei operativen Eingriffen gegeben werden durfte. Die Schmerzen der Frauen waren verwirrend, schwer zu ertragen. »Zu Hause in ihren Kraals oder in ihren schmutzigen Hütten hätten sie es viel schwerer«, sagte Dingwall, die immer daneben stand. Sie trat zu der Frau, beugte ihren steifen Körper mit der Hühnerbrust über sie, packte die nackte braune Schulter mit dem festen Griff ihrer Hand, an deren Gelenk die große Schwesternuhr mit dem Lederarmband nach innen gedreht hing, und rief der Frau ins Gesicht: »Jetzt aber! Jetzt reicht's aber! Genug geschrien. Ruhe, verstanden?«

»Wenn sie so weitermacht, geben Sie ihr eine Ohrfeige«, sagte sie einmal, als sie auf der Uhr sah, daß es Zeit zum Teetrinken war, und öffnete die Tür.

»– Also, hat die Kleine einen Dammriß gehabt?« Badenhorst schaute von den Kuchenkrümeln auf dem Tisch im Bereitschaftsraum auf.

»Nein. Alles in Ordnung. Armseliges kleines Baby.« Er setzte sich mit seiner verschmierten Gummischürze hin und suchte nach einer Zigarette.

»Was erwartest du? Hast du gesehen, wie alt sie ist? Fünfzehn.«
»Babys für Babys.«
»Das überrascht mich, daß sie keinen Dammriß gehabt hat«, sagte Badenhorst.
»Nein, ich hab's geschafft«, sagte er. Er wußte, daß er gleich hinausgehen und die schwarze Schwester fragen würde, ob es stimmte.
»Mein Gott, sie ist ein Drachen«, sagte er ganz krank.
»Dingwall?« fragte Badenhorst. »Ich hab gestern abend mit ihr geredet.«
»Ich wußte gar nicht, daß sie reden kann.«
»Ich auch nicht. Sie ist seit siebenundzwanzig Jahren Hebamme.«
»Das macht sie auch nicht viel niedlicher, fürchte ich.«
»Stell dir mal vor, wie viele Kinder sie hat rausplumpsen sehen! Stell dir mal vor, wie viele sie gebadet hat!«
»Sie hätte versuchen sollen, selbst eins zu kriegen. Dadurch wär sie vielleicht etwas menschlicher geworden.«
»Sie hat nie geheiratet«, sagte Badenhorst und zuckte die Achseln.
»Wer würde die auch heiraten, um Gottes willen ...«
»Ach, vielleicht war sie gar nicht so schlecht, vor zwanzig Jahren.«
Sie schauten sich an und lachten.
»Diese Haarlocke«, sagte er und lachte. »Diese

Haarlocke. Wie gern ich sie unter den Schleier stopfen würde.«
»Ich geh und mach Tee«, sagte Badenhorst, nahm die Füße vom Tisch und ging hinaus, um die Schwester zu fragen, ob das indische Mädchen einen Dammriß gehabt hatte.

Kleine Spuren von Antiquiertheit; das Nebeneinander ihres angelernten Fachwissens und des instinktiven, kreativen Wissens der bäuerlichen Patientinnen; ihre offizielle Autorität auf einem Gebiet, wo doch alle Frauen natürliche Autoritäten in Sachen Geburt sind: all das bewirkte, daß ihre Reaktion auf Schwester Dingwalls schneidende Bemerkungen, auf die schroffe Abweisung durch ihre Kälte, auf das Schrumpfen ihres Selbstbewußtseins dadurch, daß sie nichts von ihnen erwartete, ihnen geradezu lachhaft vorkam. Es gab nur zwei Möglichkeiten, sich zu verhalten; die eine war, sie nicht ausstehen zu können, wofür Marks sich entschieden hatte, die andere war, sich über sie lustig zu machen.
Für sie wurde sie »Ding-Dong«; wenn sie mit ihrer insistierenden Stimme einer der schwarzen Schwestern eine Standpauke hielt, hoben sie die Köpfe und lächelten. »Frag nicht, für wen die Glocke schlägt...«
Sie bekamen heraus, daß sie in ihrer Freizeit Briefmarken sammelte – für ihren Vater in Schottland.
»Siebenundzwanzig Jahre Babys in allen Farben; jungen Schwestern den Kopf waschen; Medizinstudenten schlecht behandeln; und zum Vergnügen

Briefmarken sammeln: kein Wunder, daß sie ein knallharter Despot geworden ist.« Sie erkannten ihren steifen, gleichmäßigen Schritt im Korridor. »Sie geht wieder Patrouille« – meinte Badenhorst und warf einen Blick zur Tür.
Sie war etwas taub, aber wie bei vielen Menschen hatte auch sie eine selektive Taubheit, und sie hörte, was sie wollte. Dennoch schaute sie wie jemand, der taub ist; dieser direkte Blick, wenn man dastand und gerade den Puls maß oder untersuchte – oder sagte einem dieser Blick ganz einfach, daß man absolut keine Ahnung hatte... Wenn man sie in einem Fall um Rat fragte oder sie um Hilfe bat, schaute sie einen wieder so an und tat, ohne ein Wort zu sagen, das, was gerade erforderlich war. Sie *wußte* immer, wann man sich an sie wenden würde; das sah man an ihrem Mund, wenn man auf sie zuging.
»Für den Rest meines Lebens werde ich, jedesmal, wenn ich ein Baby zur Welt bringe, dieses kontrollierte Gesicht vor mir sehen, diesen Mund, den sie wegen meiner Idiotie nach innen zieht, und diese widerspenstige Haarlocke«, sagte er übertreibend. »Sie ist eine irritierende alte Kuh«, schmollte Badenhorst. – Sie schnappte die eine Seite ihrer Unterlippe mit den Zähnen und schob dabei die Oberlippe wie ein Pferd nach vorn, während sie sich auf dem altmodischen Blockabsatz ihrer weißen Schuhe herumdrehte und wegschaute, jedesmal, wenn eine Frau bei ihm einen Dammriß hatte.

Am Abend ging er zu Schwester Dingwall und sagte: »Glauben Sie, es ist in Ordnung, wenn ich die Patientin, die gerade reingekommen ist, allein lasse und schnell essen geh? Ich will die Geburt aber nicht verpassen.«

»Sie sollten es inzwischen beurteilen können«, sagte sie, hob ihre Augenbrauen und schaute auf ihren Bericht.

»Gehen Sie nicht, Doktor«, sagte die kleine Schwester und zog ihn verschwörerisch auf die Seite. »Das Baby kommt, wenn Sie weg sind.«

Er ging zurück und untersuchte die Frau noch einmal. Sie lächelte ihn an, sagte etwas auf zulu, das er nicht verstand.

Badenhorst hatte seinen ersten freien Abend, deshalb konnte er ihn nicht fragen. Er ging zurück zu Schwester Dingwall. »Schwester, es besteht die Möglichkeit, daß die Frau Zwillinge bekommt.«

»Wer sagt das?« Sie zählte Seifenstücke in eine Schachtel, die eine der Schwestern hielt. Die kleine braune Schwester verdrehte ihre Augen anerkennend und wollte lächeln.

»Nun, ich glaube es«, sagte er.

Er stand da.

»Gut«, sagte sie und entließ ihn.

Ein paar Minuten später kam sie in den Kreißsaal. Er überredete die Patientin, die, wie viele schwarze Frauen, aufstehen, und sich auf den Boden hocken wollten, doch im Bett zu bleiben. Eine Wehe kam, stark und ziehend, und Dingwall stand da und wartete ihr Ende ab, um die Frau untersuchen zu können.

Sobald die Frau sich aus der Wehe herausgekämpft hatte, um sich auszuruhen, wurde er ganz aufgeregt und fing zu erklären an; wußte nicht, was er der Schwester zuerst zeigen sollte. »Hören Sie«, sagte er schnell. »Zwei Herzen, ich bin ganz sicher. Ist doch klar, oder? Da besteht kein Zweifel – glaub ich. Und dann hier – wenn Sie Ihre Hand hierher legen, das ist ein Kopf, oder? Und dann fühlen Sie hier unten – das ist der andere, ich bin ganz sicher, das ist ein zweiter.« Er schaute ihr ins Gesicht, während sie untersuchte, und wartete.

»Ja«, sagte sie. »Sie bekommen Zwillinge.« Es war das erstemal, daß sie so etwas wie eine scherzhafte Bemerkung gemacht hatte. Er wollte lachen, hatte aber Angst davor, falls er sich nach allem, in der Verwirrung seiner Aufregung, in ihrem Tonfall verschätzt hätte.

Die Frau hatte schon vier Kinder, und die Geburt ging schnell voran. Bald war das erste Kind da, lag klein und glitzernd naß und sehr hellbraun in seiner behandschuhten Hand.

»Schönes Kind«, sagte Dingwall und zeigte ihre Maiskörnerzähne.

»Nicht schlecht«, sagte er bewundernd. Er hatte das Gefühl, alles tun zu müssen, was sie sagte. Er dachte an Badenhorst, der in einem Kino saß und nichts von seinen Zwillingen wußte.

»Also, auf was warten Sie jetzt?« fragte sie.

Er verzog die Backe, um seine Maske in eine bequemere Position zu bringen. »Ich weiß nicht genau ...«, sagte er, fühlte sich aber zuversichtlich.

»Also, Sie stehen doch nicht da und lassen sie sich entspannen, damit sie dann die Wehen von Anfang an noch mal durchmachen muß, oder?«

»Nein«, sagte er. »Jetzt hol ich vermutlich das nächste.« Der Leib der Frau stand noch offen, anders als nach einer normalen Geburt. »Aber ich kann den Kopf überhaupt nicht sehen«, sagte er, als er von der Untersuchung aufschaute.

»Sie können überhaupt nichts sehen«, sagte Dingwall. »Wenn Sie darauf warten, daß der Kopf herauskommt, dann fangen bei ihr die Wehen wieder an, und zwar ganz von vorne.«

»Ja, natürlich«, sagte er selbstkritisch.

»Da«, sagte sie und reichte ihm eine Zange. »Zwikken Sie die Fruchtblase an – ein kleiner Zug, dann platzt sie schon. Nur vorsichtig – führen Sie die Zange an Ihrer Hand entlang ein: Stecken Sie zuerst die Hand hinein.«

Natürlich wußte er, daß er das tun mußte. Er hatte es schon oft gelesen. Entfernen Sie nach der Geburt des ersten Kindes die zweite Fruchtblase, dann rutscht das zweite Kind sofort nach, ohne neue Wehen.

Er wandte sich wieder der Frau zu, die abwartete, wie eine Höhle; er hatte die Geburtszange in der Hand. Vorsichtig führte er die Zange ein. Aber wo war er? Im Körper der Frau fühlte er nur Dunkelheit, Weichheit, und kannte sich nicht aus. Seine Hand tastete sich weiter, aber was? Wo? Die Zange war so hart, daß er Angst vor ihr hatte. Es schien, als ob seine Hand nichts erkennen konnte, nichts, was er von der Anatomie wußte. Er war beunruhigt und

konzentrierte sich so, daß ein gelber Fleck vor seinen Augen auf und ab tanzte. Er hielt die Luft an.
Er kämpfte weiter und sagte nichts, und Dingwall sagte nichts: Er wußte, das sie glauben mußte, daß er es schaffen würde. Diese Idee regte ihn fieberhaft auf, machte es ihm unmöglich, daran zu denken, was er tat; es war wie laufen und wissen, daß jemand direkt hinter einem ist, und Angst davor haben, sich umzuschauen, um zu sehen, wie nah er ist, weil man sich damit verraten würde. In diesem Augenblick fühlte er etwas, mit der Stahlspitze der Zange; der Schreck ging ihm durch und durch wie manchmal im Bett kurz vor dem Einschlafen. Er wollte nicht, er wollte nicht, öffnete aber die Zange ganz leicht und kniff sie wieder über dem Ding zusammen, über der Fruchtblase.
Aber was, wenn es der Uterus war?
Was, wenn er den ganzen Uterus herauszöge?
Das konnte gar nicht sein. Es mußte die Fruchtblase sein.
Wasser lief durch seinen ganzen Körper, floß durch all seine Arterien und machte ihn durch und durch leicht. Seine Hand öffnete sich von selbst; mit dem Gehorsam der Leblosen ließ die Zange los. Er zog seine Hand und die Zange heraus, richtete sich auf und merkte, daß er Schwester Dingwall anlächelte, merkte, daß sein Gesicht wer weiß wie lächelte, konnte aber nicht anders. »Nein«, sagte er, immer noch lächelnd, und zuckte mit dem Mund.
Er wußte, daß er dort stand und nicht aufhören konnte zu lächeln.

Sie kam näher, beugte ihre gestärkte Hühnerbrust über die Frau, nahm ihm die Zange ab und führte sie zusammen mit ihrer Hand ein. Durch ihr unter der steifen Haarlocke konzentriertes Gesicht mit dem zusammengepreßten Mund schaute er ihrem Suchen zu. Dann sah er, wie sie den Mund entspannte, er war halb geöffnet, sie schnappte nach einem atemlosen Augenblick der Unsicherheit nach Luft, und sie schloß die Augen – schloß fest die Augen und zog.

Ihr Anblick war erstaunlich; der gutgebaute, guterhaltene Körper, das Gesicht, das sich für seinen Ausdruck vor langer Zeit, 1920, entschieden hatte, der Hals, der immer wußte und nie hoffte oder fürchtete: Alles war plötzlich ausgelöscht, sie vertraute auf das Glück wie ein Kind, das sich heftig wünscht, das richtige Los zu ziehen ...

Einen Augenblick später hielt sie das Kind; in ihre Hände hineingeboren.

Als er spät nachts herauskam und um das Gebäude herumging, den geheimnisvoll knirschenden Kiesweg unter seinen Füßen, pulsierte der Abend so wie langsam pochendes Blut noch in ihm, und er erlebte nach der Strapaze noch einmal die zurückliegende Anstrengung. Automatisch schloß er die Augen vor dem Wind, der in einem staubigen Wirbel an der Ecke kam und die Lichter vom Meer trübte. Er roch Staub, dann das Meer. Die Bootslampen tief unten ruckten und schwangen hin und her. An den Krankenhaustoren und den Hügel hinab schob ihn der

Wind von hinten, seine Füße ließen ihn angenehm laufen, ließen ihn schneller gehen.
In dem großen leeren Zimmer im Hotel zog er langsam den Kittel aus und nahm die Zigaretten, die Streichhölzer und die Schlüssel aus den Taschen. Er dachte die ganze Zeit an sie, sah sie vor sich. Er sah, wie sie mit diesem Blick zu ihm aufschaute, mit dem zusammengepreßten Mund. Er sah, wie ihr Rücken herrisch den Korridor entlang verschwand. Er erinnerte sich an die Briefmarkensammlung, den alten Vater, der irgendwo in Schottland unter einer karierten Decke saß. Er sah sie lächeln, die an Maiskörner erinnernden falschen Zähne ließen einen nicht los, die Locke war sorgfältig auf die Stirn gezupft. Siebenundzwanzig Jahre an diesem Ort! Niemals woanders! Tage und Jahre mit den Babys von anderen Leuten. Die Briefmarkensammlung und der alte Vater, zum Vergnügen.
Er saß auf dem Bett, hatte die Schuhe aus, und er blickte auf und sah sich in dem schmalen Schrankspiegel gegenüber. Er war allein mit sich im Zimmer und schaute sich an. Er erwiderte den Blick, den Schuh in der Hand. Rotes, krauses Haar, die sehr blasse Haut der Rothaarigen und diese häßlichen Ringe, die sommersprossige Leute unter den Augen kriegen. Die Augen waren hell und hatten einen wachsamen Ausdruck, der ihm nicht bewußt war. Und der Mund, der mürrische Mund sah nach einer Enttäuschung aus, an die er sich nicht einmal erinnerte.
Also, ich sehe ja anders aus, als ich bin, dachte er

plötzlich, das bin ich, aber ich weiß es nicht. Und das bin ich auch nicht, und andere Leute wissen das nicht.

Und er legte sich auf das Bett zurück und wollte mit diesem neuen Wissen ganz still daliegen.